黒いおおかみのうさぎなの
葉月クロル
Chlor Haduki
イラスト 椎名咲月

ガリオン
ミイシャ

「や……ん、酷いトラね……」
「お前がそうさせるんだ……可愛いうさぎ……」

黒いおみみのうさぎなの

CONTENTS

Paradigm

黒いおみみのうさぎなの

Paradigm

プロローグ　踊る黒うさぎ

とある辺境の村を、ひとりの魔導師が訪れた。

背中に輝く長い金髪に碧眼《へきがん》、尖《とが》った耳を持つハイエルフである彼、イルークレオンは、世界中を旅しては魔法の才のある人物をみつけ、正しい魔法の使い手になれるように導くという仕事をしていた。

ハイエルフというのは寿命が長く魔法の扱いに長《た》けた種族で、どちらかというと排他的である。

しかし、人間、獣人、ドワーフ、エルフといった様々な種族が生きるこの世界で、時折現れる強い魔力を持った人物が引き起こす、災厄とも言える事件を未然に防ぎたいという皆の願いにより、ハイエルフの一族にこの仕事が依頼された。

ハイエルフの長も、世界が騒がしくなるのを好まないので、それくらいの協力なら、とこの依頼を引き受けた。

イルークレオンは、特に人付き合いが好きだというわけではなかったのだが、『予感力』という他の者にはない力を持っていて、この世界のどこかに災厄の種となりうる存在がすでに生まれていることを感じ取っていた。

「兄上、わたしが行きましょう」

「俗世の者たちと関わるのは、なかなか骨の折れることだぞ？」

ハイエルフの長たる美しい銀髪の青年は、彼から見ればまだ年若い弟に言った。

「覚悟しています。しかしながら、他にこの胸騒ぎをおさめる手段はないのです」

そして、イルークレオンは帰らずの森の奥深くにあるハイエルフの郷《さと》を旅立って、『災厄の種』を探して世界中を旅していた。


「この子です、魔導師様」

質素な部屋に置かれた椅子に座る、光り輝くほどに美しいハイエルフにみとれながら、村長が言った。

辺境の村を訪れたイルークレオンは、その澄んだ青い瞳に、桃色のワンピースを着たひとりの少女を映した。

村長の家の椅子の上にちょこんと腰かけている少女は、8歳になるというのだが、どう見てもまだ4〜5歳程度の幼女である。黒い巻《ま》き毛は肩でくるんと渦巻き、まん丸い赤い瞳はわけがわからないといった様子で、美貌のハイエルフをみつめている。

そして彼女の頭には、長くて垂れた黒い耳がついていた。

その少女、ミイシャはうさぎ族の獣人であった。

赤い瞳がイルークレオンを疑うように細められ、ぺたんと頭に寝ている黒い耳は『いったいなにが起きているのだろう？』と尋ねるように、ぴくぴくと動いた。

「こんにちは、うさぎ族のミイシャ」

たいていの者がその美貌にみとれるという美しきハイエルフ、イルークレオンが声をかけても、ミイシャはじとっとしたイヤそうな目つきで彼をみつめるだけだ。ハイエルフに会うというのでワンピースでおめかしさせられているらしいのだが、その目つきの悪さですべて台無しである。

彼は、この少女は言葉がわかっているのだろうかと不安になる。

「わたしの名は、イルークレオンといいます。高い魔力を持った人たちが魔法の勉強をできるように、然《しか》るべき筋に紹介する仕事をしているハイエルフで、もちろんあなたに危害を加えるつもりはありません」

ハイエルフは少女に優しく話しかけた。ミイシャはイルークレオンの青い瞳の中を覗《のぞ》き込んでから「あ、そ」と言って、彼を睨《にら》むのをやめた。

「ミイシャ、村長さんの話によると、あなたは魔法を使うことができるそうですね？」

少女は興味のなさそうな顔で首を傾げた。肩で髪がくるんと揺れた。

椅子に座った少女は足をぶらぶらさせている。とても退屈そうだ。

高名な魔導師であり国の命で仕事をしているイルークレオンに対する、少女の失礼な態度を見て、村長は慌てた。

「ミイシャ、返事をしなさい。魔導師様がお尋ねになっているのだぞ？」

「魔導師？　このキラキラの人のこと？」

小さなピンクの唇が、可愛らしい声を出した。

「ちょっと光りすぎだよね。こんなんじゃ夜は布を被《かぶ》せておかなくちゃ。キラキラはなにする人？」

「布……キラキラ……？」

少女の反応に首をひねりながら、イルークレオンは言った。

「わたしは魔法を使う人ですよ、ミイシャ。わたしはあなたの魔法を見たいのですが、使ってみてはもらえませんか？」

　イルークレオンは少女に優しく頼んだ。

「さあ、ミイシャ。暖炉に火をつけてみせなさい」

　村長が彼女をうながす。少女は村長の顔を見て、口を尖らせながら言った。

「今は全然寒くないのに、暖炉に火をつけるの？」

「寒くなくてもいいから、早くつけなさい」

「えー、寒くない時につけるのー？　それって意味ないしー、薪《まき》の無駄だしー」

　なかなか理屈っぽい少女が、足を激しくぶらぶらさせながらさらに口を尖らせる。

「暖炉に火をつけるのなんて全然面白くないし、意味わかんない」

「いいから。さあ、早くつけなさいったら。魔導師様に魔法をお見せして」

　なかなか言う通りにしない少女に、村長がいらいらしながら言った。

　少女は膨れっ面になったが、いくらか村長に協力する気になったようだ。

「……意味ないしー。ったくもー。……ファイアー」

　少女は面倒くさそうに言った。

　村長とイルークレオンが暖炉を見たが、こんなやる気のなさではもちろん薪に火がつく気配はない。

「ミイシャ！　もっとちゃんと、魔導師様に」

「つまんないのにーファイアーファイアーファイアーファイアーファイアーファイアーファイアーファイアーファイアーファイアー
ファイ」

「もういい……」

村長はため息をついて少女に近づくと、肩をぽんと叩《たた》いてやめさせた。

「イルークレオン様、申し訳ありません。この子は本当に気まぐれで」

村長は額を手で覆《おお》いながら言った。

「だってー、つまんないしー」

ミイシャは椅子から飛び降りると、部屋に大人ふたりを残してとことこと外に駆け出して行ってしまった。イルークレオンは申し訳なさそうな村長に微笑みかけた。

「いえ村長、お気になさらずに。今のでわかりました、あのうさぎ族の子どもからは特に魔力の揺らぎは感じられませんでしたよ」

「そうですか。それでは、心配ないレベルなのですね」

「ええ。おそらく、ちょっとした生活魔法が使えるレベルの子どもなのでしょう」

村長はほっとしたようだが、力のある魔法使いを探しているイルークレオンは（また違いましたか）と少し残念に思った。

（あの子うさぎが『災厄の種』とは期待しませんでしたが……王都に連れて行って教育するレベルでもありませんでしたね）

「ミイシャは、まだ小さい頃に両親をなくしてしまいまして。強い魔力があるのならいい後ろ盾が得られるし、勉強して魔法使いになれるのならと思いましたが……そうでないならこの村でのんびりと育てて、いい縁があれば嫁がせてやろうと思います。ご存じの通りうさぎ族は、やたらに家庭を持ちたがりますからね」

うさぎは狭いところに家を作り、小さな家族を作って身を寄せ合うようにして暮らすのが大好きだ。

うさぎ族同士のカップルともなると、寝る時まで親子できゅうきゅうにくっつき合って、幸せそうに眠る。そんな環境の寝室なのに、どういうわけだか次々に赤ちゃんが生まれて子沢山なのが、うさぎ族以外からは不思議に思われている。

「そうですね。あの子にはそんな生き方が幸せでしょうね……」

イルークレオンはうなずいた。

ふたりが窓の外を見ると、ミイシャは高い木の下でぴょんぴょん跳ねていた。黒い垂れ耳がぴこぴこと揺れている。

彼女はなにが楽しいのか、跳ねながらあやしい踊りを踊り出した。

「フッフッフッフォー！　フォー！」

奇妙な掛け声と共に、ミイシャの両手が天に向かって高くかかげられた。そして、そのままの姿勢で小さなお尻が左右に振られる。

「フォー！　フォー！　フォッ　フォッ　フォッ　フォッ」

さらに全身をくねくねとさせて、あやしい掛け声もエスカレートし始めた。

ミイシャがお尻を左右に振ると、小さな黒いしっぽがピコピコと動く。

ふりふりピコピコ。ふりふりピコピコ。

「フォー！　フォー！」

赤い瞳をきらめかせながら、小さな黒うさぎはその場でくるんと回った。

イルークレオンは、うさぎの幼女のダンスを可愛らしいなと思いながら窓の外を眺めていた。

「フッフッフッ、フォーフォーフォーフォーファイアー！」

最後の『ファイアー』で大きくお尻を突き出し両手は変な万歳をするという奇妙なポーズになり、木の上を見上げて叫ぶ黒うさぎ。

その瞬間、長い耳がピンと立ち上がり、しっぽがくるんと回った。

イルークレオンの身体が、突然巻き起こった魔力を感じ取ってこわばった。

「こ、これは?!」

彼が思わず立ち上がりかけた瞬間。

ぽん！

「うわあっ！」

「ああっ！」

木のてっぺんが燃え上がり、村長とイルークレオンが変な声をあげた。

「あんなところに火が！　今のはあの子が？　かなり大きな魔力の揺らぎを感じましたが」

イルークレオンは村長に尋ねた。

「や、やめ、ミイシャ」

村長は問いに答えず、あわあわとしながら外に出る。その後をイルークレオンが追う。

ミイシャは木の周りを楽しそうにスキップして回った。

「ヒャッホウ！　フォーフォーフォーファイアー！　ファイアー！　ファイアー！」

叫びながら、ぷりん、ぷりん、ぷりん、とお尻を振る。

それに合わせてしっぽもピコン、ピコン、ピコンと回り。

ぽん！　ぽん！　ぽん！

次々と木に炎が燃え上がる。その下でお尻をぷりぷり振りながら楽しそうに踊るうさぎ。

イルークレオンは少女を叱った。

「子うさぎ、ミイシャ、やめなさい！」

（だんだん火が大きくなっていく……なんという魔力なのですか、尋常な増幅ではありません。この子うさぎ、ただ者ではありません！）

目の前に現れたどんどん強まる魔力に、背筋をぞくりとさせる魔導師。

「どこまで……これはどこまで強まるのですか⁉　読めない……」

イルークレオンの勘は、危険を知らせていた。

「ミイシャ！　やめろ！　踊るのをやめるんだ！」

叫ぶ村長を無視して、子うさぎは踊る。

「フッフッフッフォー！」

火に興奮したのか、ミイシャのあやしい踊りはますます調子を上げていた。

「フッフッフォーフォーフォーフォーッファイア！」

楽しげにスキップをする子うさぎの身体が後ろに大きく反り返り、うずくまり、高くジャンプした。

ぼぼぼぼぼん！　と音を立てて、木が激しく燃え上がった。

「うわあああああ、熱い！」

ミイシャに近寄ろうとした村長は、熱気を浴びて両腕で頭を抱え込んだ。

「楽しい？　ねえ、キラキラ魔導師、楽しい？」

ミイシャは熱風で長い金髪をなびかせながら驚愕《きょうがく》に立ちつくすイルークレオンに向かって、無邪気な笑顔で言った。

「ミ、ミイシャ……あなたは……」

「踊ろうよ！　ねえ、魔導師、一緒に踊ろう！　フォー！　ほら、一緒にフォー！」

踊る子うさぎの光る赤い瞳は、禍々《まがまが》しいほど美しかった。

「わあああ、火事だー！」

「あんなところの火をどうやって消せばいいんだ!?」

「ダメだ、このまま燃え広がると家に火が移ってしまうぞ」

誰かが叫んだ。どうやら、非常にまずい事態のようだ。

「あははは、楽しい！　ねえ、楽しいね！　フォー！　フッフッフッ」

呆然《ぼうぜん》と踊る子うさぎを見ていたイルークレオンは、我に返ると、ミイシャを抱きかかえて素早く口を手で塞いだ。

「んーんーんー」

「やめなさい！　『氷雪の精霊よここに力を現せ』ストリームブリザード！」

イルークレオンが呪文を唱《とな》えると、火を吹き上げる木に向かって次々と吹雪が起こり、冷気を吹きつけて火を消した。

「んーーーーーっ！」

口を塞がれたミイシャはイルークレオンの腕の中で足をばたつかせた。すべての火を消したあとに彼が口から手を離すと、赤い瞳が彼を見上げた。

「やーん！」

恐るべきうさぎ娘は可愛らしい声で抗議した。ほっぺたがふっくりと膨らんでいる。

「やーんじゃありません！　あなたは村を燃やすつもりですか？　あんなに次々と火をつけたりして。あなたは危険という概念を持っていないのですか？」

イルークレオンは厳しい声で言った。

「違うもん。ミイシャはちょっと楽しい踊りをしたかっただけだもん」

「違いません。今後一切、そういう迷惑な踊りは踊ってはいけません。わかりましたか？」

「でも、魔導師も楽しかったでしょ？　次はもっと大きいのにしようよ。ね？」

こてんと首を傾げる少女に、イルークレオンはため息をついた。

「……あなたはきちんとした教育を受ける必要がありますね。しかし、まずはそのはた迷惑な魔力を封じなくては。村長、この危険物はわたしが引き取りましょう」

「おみみ持っちゃいやーん」

両耳をイルークレオンにつかまれて、ぷらんとぶら下げられた少女は、ほっぺたを膨らませて言った。

「……ああはい、ぜひ、ぜひお願いします！　どこへなりとも持って行ってください、うちの村では手に負えません！」

その様子を半ば魂が抜けたような顔で見ていた村長は、慌てて言った。

「魔導師様がいてくださる時で、本当によかった！　危うく村が滅びるところだった……恐ろしい……なんて恐ろしい……」

こうして黒うさぎのミイシャは、高名な魔導師であるイルークレオンに弟子として引き取られることになったのだった。

その１　うさぎは繁殖したい

「おししょーさまー」

「なんですか？」

旅支度の確認をしていた魔導師イルークレオンは、弟子に呼ばれて振り返った。

ここはとある山の中の静かな家。ここに彼とその弟子である黒うさぎのミイシャがふたりで暮らしている。

不便な場所だが、強い魔力を持つイルークレオンが近くの町へと魔法陣でつなげているので、買い物には困らない。ちなみにこの魔法陣は、イルークレオンとミイシャ以外の者が使うとたちまち生命力を搾り取られて干からびてしまうという物騒な代物なので、悪用される心配はない。

ふんわりと広がったスカートに白いひらひらのフリルエプロンが似合う、肩で黒い巻き毛がくるんと愛らしくカールしたうさぎ娘が、きゅんと肩を竦《すく》めて言った。

「おししょーさまー、王宮に行く前に買わなくてはならない物があるので、お金をください」

イルークレオンは、笑顔で両手のひらを差し出す弟子の顔を、同じく笑顔でまじまじと見た。

赤くて丸い瞳でおねだりする黒うさぎは、まったく邪気がなさそうな顔に見えるが……。

「えーと、銀貨五枚くらいでいいです！」

うさぎはえらい額をふっかけてきた。

「銀貨五枚……そんな大金で、いったいなにを買うつもりなのですか？」

どうせろくな物ではないだろうとは思ったが、彼は弟子の言い分をきちんと聞く、真面目なよい師匠なのである。

「下着です」

「……は？」

イルークレオンの笑顔が固まった。

「ですから、男心をそそるお色気むんむんの、レースふりふりすけすけ仕様の下着です。なんと脇がひものやつもあるそうですので、とりあえずめぼしいものは一通り買っておけと、アドバイスをもらいました」

「アドバイス……」

「レダ姉さんからです。お色気担当の、フロンカの町一番のモテモテっ子、女豹《めひょう》のレダ姉さんのアドバイスです」

イルークレオンは、レダに対する尊敬の念で底光りする赤い瞳を見てため息をついた。

「レダ姉さんの話によると、すけすけ下着には男の夢が詰まっているそうなのです。そうなのですか、お師匠様？」

「……」

一瞬言葉に詰まるイルークレオン。高潔なハイエルフの魔導師は、そんな布切れには夢が感じられなかったのだ。

彼は弟子を諭すように言った。

「いいですか。何度も言いますが、ミイシャはまだ16才なんです。繁殖期に入ったからといっていきなり色気づく必要などないのですよ。焦って番《つがい》を探そうとすることはありません」

「いいえ！　お師匠様！　いいえ！　わたしはお師匠様と違って命の短いうさぎなのです！　できる時に繁殖しておかないと、花の命は短く散り去ってしまうのですよ！」

ミイシャは両手で拳を作り、黒い垂れ耳をぴこぴこさせながら力説した。

「お師匠様のような余裕の百年童貞というわけにはいかないのです！　早めに番をみつけて、産んで産んで産みまくらないと！　ですから、わたしはいつ番と出会っても大丈夫なように余裕を持っていたいのです。だからお金をください」

「なんの余裕ですか？」

「パンツを脱ぐ余裕です！」

「……」

百年童貞ことイルークレオンは、額を押さえて頭痛をこらえた。

「お師匠様がハイエルフでなかったなら、わたしだってこんなにも焦りません。いざとなったらお師匠様をたらしこんで、耳の尖った金髪頭の赤ちゃんを産めばよいのですから」

「イヤです。それだけはお断りです」

強い口調で否定されたが、ミイシャはまったく聞いていない。

「しかし、残念なことにお師匠様はハイエルフ！　繁殖期はあと五十年先！　それまではまったく役に立たない童貞ではありませんか！　お師匠様のちんこは飾りちんこなのです！」

「ミイシャ！　仮にも師匠のちん……肉体の一部を貶《おとし》めるのはやめなさい！」

「あっ、申し訳ありません、口が滑りました。大丈夫、師匠のものは飾りにしては立派なちんこだと思ってます。使えないだけで。役に立たないだけで。ただぶら下がってるだけのお飾りとしてはよい代物と言ってよいでしょう。そんなもの、わたしはまったく興味が持てませんけどね」

美貌のハイエルフは、自分の中のなにかがガリガリと削られたことを感じた。

「とにかく、今回の王宮訪問は、身体が丈夫で働き者で、よい稼ぎ手である番探しのチャンスなのです。だから、パンツを買わせてください、ドレスなんて贅沢《ぜいたく》は言いませんのでパンツを！　わたしにパンツを！」

心が弱ったハイエルフは、うさぎの手のひらに銀貨を五枚乗せた。

辺境の村からミイシャを連れて帰ったイルークレオンは、まだ8歳の彼女の師匠となったのだが、実質は父親代わりと言ってもいいくらいであった。

ちょこまかと動く自分勝手な子うさぎを、彼はハイエルフらしい広い心で辛抱強く育てたので、ミイシャは（これでも）イルークレオンのことを尊敬する弟子になったし、魔力のコントロールの必要性も理解して熱心に修業をした。おかげで彼女は、今は首に魔力封じのチョーカーをしていれば、魔法使いとしてはごく標準的な魔法を暴走することなく使えるようになった。

弟子らしく、師匠の身のまわりの世話や食事の支度、掃除に買い物などをすべて手がけ、ふたりはなかなかよい関係を築いてきたのだが、ミイシャに繁殖期がやってくると問題は起こってきた。

ハイエルフは、百歳を過ぎないと繁殖期は来ないし、来てもそれほど熱心に子孫を残したくなるわけではない。ハイエルフの人生はとても長いのだ。数百年のうちに2～3人の子どもが産まれればそれで充分なのだから。

だからイルークレオンは、自分たちより寿命が短く特に弱い獣であるうさぎの獣人が、できるだけ多くの子孫を残そうとして熱心な繁殖活動をすることが理解しきれないのだった。

そんなわけで、これればかりはイルークレオンではあてにならないと、ミイシャはふたりの住む山の家から一番近いフロンカの町まで頻繁《ひんぱん》に出かけて、豹の獣人であるレダからいろいろな（いささか過激すぎる）レクチャーを受けて番《つがい》探しに励んでいたのだが、残念ながらフロンカにはすでにめぼしい若者は残っていなかった。やはり、居住地が離れているというのは不利なもので、彼女はよさそうな獣人の若者の争奪戦に加わることができないままに、カップルの成立を指をくわえて見ているしかなかった。

「おお、慈悲深き獣人の神よ！　どうかわたしに素敵な夫をお授けください。子うさぎをたくさん産んでもびくともしない経済力を持つ、か弱きうさぎの家族を守る強い腕っ節を持った、うさぎをこよなく愛する番を、なるべく早くわたしに！」

今日も熱心に祈る、黒うさぎのミイシャなのだった。


そんなミイシャの願いが獣人の神の元に届いたのか、名高き魔導師イルークレオンに王宮から依頼が入った。

彼が各地で発見して集めてきた強力な魔法使いたち（その中でのトップは、もちろん災厄級の黒うさぎのミイシャだ）の現状についての報告と、彼らの住むディカルダ帝国に展開する魔除《まよ》けの結界の点検が今回の主立った仕事である。

そして、いついかなる時も目を離せないミイシャも、もちろんイルークレオンと共に王宮に赴くことになっていた。

「王宮に行くのは久しぶりですね、お師匠様」

荷物にしこたま下着を詰め込んだミイシャが、重い鞄《かばん》を引きずりながら言い、顔をしかめて呪文を唱えた。重かった鞄がふわりと持ち上がり、彼女の後を懐《なつ》いた犬のようについて回る。

「そうですね、2年ぶりくらいですね。もう王宮用の畑の人参《にんじん》を食べ尽くしたりしないでくださいね」

「はーい、おししょーさまー」

ミイシャのよい返事を聞いたイルークレオンは「はっ、今回は人参ではないものを勝手に食べないように気をつけていなければならないのでしたね」と顔を青くする。

「いいですか、ミイシャ。世の中には悪い男もたくさんいるということを忘れてはいけませんよ。若い娘を孕《はら》ませて、あっさり捨てて逃げてしまうような者もたくさんいるのです」

「それは困ります」

「ええ、困ります」

「そんなことになったら、ここでお師匠様と一緒に子うさぎを育てなければなりません」

「ええっ!?」

「わたしのことはお母様、お師匠様はおじいちゃまと呼ばせましょう」

イルークレオンは、小さなうさぎが5〜6人「おじーちゃまー」「おじーちゃまー」と魔導師のローブにぶら下がってくるところを想像して、身震いをした。

「とっ、とんでもありませんよ！　もう子育てはこりごりです！」

童貞にしておじいちゃんにされてしまうような恐ろしい未来だけは避けたい。強く思うハイエルフであった。

その2　花園のトラ

「わあ、いつもながら豪華な部屋ですね、お師匠様！」

黒うさぎのミイシャはそう言って、自分と師匠の荷物を解き始めた。

ここはディカルダ帝国の王宮だ。イルークレオンの転移魔法を使って王宮の城下町に作ってある拠点に一瞬で転移したふたりは、そこから馬車に乗って王宮に向かった。

魔導師イルークレオンはこの世界にとっては重要人物なので、どの国に出かけても彼と弟子は丁重に扱われる。用意される部屋も、王宮の中でも貴人専用の素晴らしいものだ。

しかしながら、使用人はつけられない。

イルークレオンもミイシャも、山暮らしをしているため、四六時中他人に張りつかれると落ち着かないのだ……というのは建て前で、帝国に情報が筒抜けになってしまうのを防ぎたいというのがハイエルフの本音だ。

帝国からしてみたら、長寿で強い魔力を持つハイエルフの秘密を少しでも知りたいし、イルークレオンがただひとりの弟子として保護しているミイシャの力も知りたい。そして、あわよくば帝国の道具にしてしまいたい。これだけ大きな国ともなると、そのような考えを持つ者も出てくるのだ。

「お師匠様の服は、ここに下げておきまーす。うさぎのすけすけパンツは……」

「ミイシャ、待ちなさい。あなたの部屋はこっちですよ」

「え？」

イルークレオンが続き部屋への扉を開けて示したので、ミイシャは開けた鞄から取り出した服を持って、顔を上げた。

「わたしの部屋って……お師匠様と別々の部屋なんですか？」

「そうです。あなたはもう子どもではありませんからね。大人の男女が同じベッドで寝るわけにはいきませんから……というわけで、いい機会なので今日から別々に寝てみましょう」

『今日から別々に』である。

さすがは長寿を誇るハイエルフ。

童貞の鑑《かがみ》。

昨夜まで毎晩16才の少女と寝ていたというのに、自分がロリコンである疑いなど微塵《みじん》も持っていなかったようだ。

しかし、突然の話にミイシャは驚いた。

「えええええーっ、今なんと!?　わたしの可愛《かわい》い垂れた真っ黒おみみがおかしくなったのでしょうか!?　別々のベッドですと!?　お師匠様は、ふんわりとした毛並《けな》みの温かな黒うさぎを抱っこして寝たくないんですか!?」

イルークレオンは苦渋の色をたたえた表情となり、額を押さえて呻《うめ》いた。

「……いいえ、決して寝たくないわけではないのです。そして、ふんわりしているのは耳としっぽだけでしょう……それだけでも充分ふんわりとしていますが……」

「可愛い可愛い弟子の子うさぎたんのおみみに顔を擦りつけて、ふんふん匂いを嗅ぎながら寝るのが好きなお師匠様が！　わたしと別のベッドで寝ると！　そうおっしゃる！」

「こ、こら、ミイシャ！　そういうことを大声で言うものではありません」

恥ずかしい秘密を暴露されたイルークレオンは、間諜《かんちょう》に聞かれていないかと辺りを見回しながら言った。常識を超えた存在であるハイエルフも、うさぎの耳の匂いを嗅ぎながら寝るのはさすがにちょっと変態じみていると思ったらしい。

「本当にいいんですか？　お師匠様は長年の習慣を捨てて、今さらひとりで眠れるんですか？」

「ね、眠れますよ！　ミイシャこそ、ひとりでは寝られないのですか？」

「寝られませんよ！」

癇癪《かんしゃく》を起こした黒うさぎは、足をたんたんたんっ！　と踏み鳴らして言った。

「お師匠様に引き取られてから、ずーっとお師匠様にしがみついて寝ていたこのわたしが、お師匠様と離れて、別のお部屋でおとなしく眠れるはずがないですよ！　なに言っちゃってるんですか！」

黒うさぎは赤い目に涙を溜《た》めて、うるうるさせた。

「ミイシャ……」

娘のように可愛がって育てた、人一倍手がかかるがゆえに余計に可愛い、彼の目から見たらまだ幼いうさぎの潤んだ瞳にうっかり絆《ほだ》されるハイエルフ。

「そうですよね、突然そんなことを言われても……離れるのはもっとゆっくりでも……」

しかし。

うさぎはあっさり言った。

「でもまあ、わたしも繁殖期を迎えたことだし、これを機会にお互いに自立しましょう、お師匠様。そして、ひとり寝の寂しさを番《つがい》をみつける原動力に変えるのです！　では、お師匠様、自分の荷物は自分で解いてくださいね。わたしが出て行くのに備えて、これからはひとりでなんでもできるように自立してください」

「……え？　ミ、ミイシャ……」

自分の鞄を魔法で浮かせてとっとと自分の部屋に行ってしまったうさぎの後ろ姿を寂しそうに見て「……親離れ、早すぎです……」と呟《つぶや》くイルークレオンであった。


「いいですか、この部屋でおとなしく待っているのですよ」

「はーい」

「勝手に外に出たりしないでください」

「はーい」

「……では、行ってきます」

「行ってらっしゃい、お師匠様！」

可愛らしく小首を傾げて、おててをふりふりする黒うさぎ。

さすがに本人を連れて『災厄の種の現状』についての報告をすることはできないため、弟子のミイシャを後ろ髪引かれる思いで部屋に置いていくイルークレオン。

それをいいお返事で見送ったミイシャは、師匠がいなくなると廊下に出てすたすた歩き出した。

「おやつに人参でも食べてこようっと。王宮の人参は美味《おい》しいんだよね」

師匠の言いつけなどまったく聞く気のない弟子である。

ミイシャは前回王宮に来た時に食べ尽くして料理人を泣かせた、王宮特製の素敵に美味しい人参がたくさん植わっている畑に向かった。

「わあ、畑が広くなってるよ！」

人参畑は、この数年で拡張されていた。一面の人参畑に緑の葉が青々と繁り、ミイシャはごくりと唾を飲みこんだ。

この拡張がミイシャが来ることを見越して行われたもので、王宮で使用する分は別の畑でこっそりと栽培されていることを彼女は知らない。

ミイシャはしゃがんで人参を一本引っこ抜くと、畑の脇を流れる小川でジャブジャブと洗い、葉っぱのついた人参をぶらぶらさせながら食べるのによい場所を探した。

少し歩くと、庭園のようなものがあり、白いふたりがけのベンチが置いてあった。座って人参を食べるのにちょうどよいベンチなのだが、残念ながら先客がいた。

「あれ、トラだ。こんなところにトラ男がいるよ」

それは、体格のよいトラの獣人であった。

背が高いらしく、ベンチに背中を丸めて座っている男は、金色の瞳に金のメッシュが入った長めの黒髪をしており、頭には先がやや丸い黒のトラ耳がついている。ぴったりした黒いパンツをはいた長い脚を投げ出した彼は、どことなく気怠《けだる》げで、美しい花々が咲き誇る庭園には不似合いな存在だ。

まあ、人参をぶら下げたうさぎの方が不似合いかもしれないが。

ミイシャはトラをじっと見ていたが、やがて踵《きびす》を返して人参畑に戻った。そして、新たな人参を一本引っこ抜き、また小川で洗う。

彼女が庭園に戻ると、ベンチに座っていたトラは、今度は人参を両手にぶら下げて戻ってきた黒うさぎを胡乱《うろん》な目つきで見た。ミイシャはそんなことなど気にせずにベンチに歩み寄ると、右手に持った人参をトラ男に突き出して言った。

「食べなよ」

トラは眉をしかめてミイシャと人参を見比べていた。

「ほら、遠慮しないでさ」

どっさりと葉がついた、まだ濡《ぬ》れた人参を押しつけられて、トラが思わずそれを受け取ると、ミイシャは彼の左隣にちょこんと腰を下ろして人参の先をかじり始めた。かりかりといい音を立てて美味しそうに人参をかじる、頭に垂れ耳のついた見知らぬ娘を、トラはものも言わずに見る。

「……ここの人参は、すごくいい人参なんだよ。甘味《あまみ》もあってさ、取りたては本当にみずみずしいんだ」

うさぎは赤い瞳で物怖《ものお》じせずにトラの金の瞳を覗《のぞ》き込んで言った。

「騙《だま》されたと思ってさ、ちょっとかじってみなよ」

そう言って、うさぎは自分の人参をかじる。

「余したら、わたしが残りを食べてあげるよ?」

そこまで言われたら、と思ったのだろうか、トラは手に持った人参をかじってみた。

「甘い？」

そう尋ねる黒うさぎをちらっと見て、トラは口の中の人参をもしゃもしゃと噛《か》むと、もう一口人参をかじった。

黒うさぎはなにも言わず、自分の人参をかじり、最後の葉っぱの一枚まで綺麗《きれい》に食べてしまった。

「あー、美味しかったな！　やっぱりここの人参は美味しいや。ねえ、あんた、もうお腹《なか》いっぱいになっちゃったの？　まあ、トラだからね、うさぎほど人参を食べないよね」

それでも、トラは人参を三分の二ほどは食べていた。

「……結構食えた」

トラ男が初めて口をきいた。唸《うな》るような低い声だ。

「そうだね、トラにしてはよく食べたよ」

「……」

トラは自分の右手に持った人参をじっと見てから、その先を左に座る黒うさぎの口元に近づけた。

ミイシャは差し出された人参にかじりつくと、かりかりといい音を立てて食べ、トラが口に入れてくる葉っぱも全部食べてしまった。

「美味しい」

ミイシャがにっこり笑った。

「あんた、ここで働いている人？」

「ああ」

「ふうん。トラだから、腕っ節が強そうだね。兵士かなんかなのかな」

ミイシャはトラ男の全身を眺めてから、彼のしっぽに気づいて声をあげた。

「ああっ、あんた、いいしっぽを持ってるね！　綺麗なしましまだよ」

「……そうか？」

ミイシャはうさぎだからしっぽは小さく、スカートのおしりに開けた穴からぴょこんと出ているだけだ。しかし、トラ男のしっぽはとても長く、やはり穴が開けられたパンツから出ているそれは自由自在に動かせるのだ。彼はしゅっとしっぽを前に持ってきて、ミイシャの目の前で軽く振った。

「すごい、黄色と黒のしまが綺麗に入ってるね。いいなあ、うさぎのしっぽは可愛くて気に入ってるんだけどさ、動きのインパクトに欠けるんだよ」

ミイシャはトラに、おしりにちんまりとついているしっぽを振ってみせた。

「これしか動かないんだもん」

「……いい動きだ」

トラが重々しく言うと、ミイシャはぱあっと表情を明るくした。

「そう思う？　本当に？」

「ああ。素早くて、動きにキレがある」

「あんた、なかなかいいセンスをしてるね！」

ミイシャはいい気分になって、目の前のトラしっぽを見た。

「トラのしっぽにはかなわないけどさ、うさぎのしっぽもいいもんだよね」

「黒くて艶があるし」

「や、やだ、あんたってば口がうまいね！　こんなうさぎをその気にさせてさ！」

ミイシャは頬《ほほ》を染めて、トラ男の腕を軽く小突いた。そして、その腕の硬さに驚く。

「うわあ、トラ、筋肉がすごいね。さすが兵士だけあるね。ちょこっと触《さわ》ってもいい？」

「構わん」

ミイシャはトラ男の腕の筋肉を両手でぺたぺたと触った。

「わ、すごい」

肩まで触ると、遠慮なく胸の筋肉を撫《な》でる。さらに背中も触る。

「うさぎじゃこうはいかないよ。……あんたなら、うさぎなんて一捻《ひとひね》りでやれちゃうね」

ミイシャは眉をしかめた。

「うさぎだけでなく、たいていのやつは一捻りだ」

「あんた、強いんだね」

ミイシャはトラをうっとりと見上げ、その眉間に刻まれたしわに気づいた。

「ねえ、なんでそんな怖い顔をしてるの？　ここにしわが寄ってるよ」

恐れを知らない黒うさぎは、人差し指でトラの眉間のしわを押した。

「笑いなよ。ほら」

ぐいぐいと眉間を押されたトラは、「そんなところを押されながら笑えん」と文句を言う。

「そんなことないよ！　笑えるよ！　ほら、押してみなよ」

ミイシャは彼の右手をとると、人差し指を自分の眉間に当てさせた。

「ほら」

そして、にっこりと笑う。

トラ男がそのままうさぎの眉間を押すと、笑顔のうさぎの身体は後ろに傾いて倒れていった。

「押ーしーすーぎー」

ベンチから落ちそうになったうさぎの身体にトラのしっぽが巻きついて、引っ張り起こした。

「もう、トラってば！」

トラはころころ笑う黒うさぎを、奇妙な生き物を見る目で見た。

「あんたって結構面白いね！　……あ、王宮の兵士って、お給料いいの？」

「……そこそこは」

「ふうん。じゃあ、あんたも結構稼いでるんだ」

「ああ」

トラはうなずいた。

「こんなところでぼんやりして、仕事をさぼってたの？」

「朝から休みなしで働いてたら、少し気分転換にぶらぶらしてこい、と」

「そう。働き者なんだね」

ミイシャは、（これはもしかして……）と思う。

「あんた、独身？　恋人はいない？」

「……そんなものはいない」

「うわあ！」

ミイシャは心の中で（これは運命の出会いかも？）と思った。

「ね、あんたって、うさぎに優しいトラ？」

「は？」

「だから！　うさぎのことをどう思う？　好き？」

「……うさぎ肉のシチューは美味《うま》い」

「そうじゃなくってさ！」

ミイシャはトラ男の腕をぴしゃりと叩いた。

「食べてどうすんのよ！　うさぎ族の獣人についての話！」

ミイシャはトラの顔を見た。

トラもミイシャの顔を見た。

よく見たら、トラは長い前髪の下で整った顔をしていたので、不意をつかれたミイシャは乙女心がドキドキしてしまう。

(やだ、このトラ、かっこいいじゃない)

そして、自分の身体に巻きついたままのトラのしっぽを見て、またドキドキする。

(このトラ、稼ぎがよくて、腕っ節が強くて、無口だけどうさぎに優しいわ)

ミイシャはモテモテの女豹、レダの教えを思い出す。

「あのさ……わたしは、黒うさぎのミイシャっていうの。あんたの名前は？」

「……ガリオン」

「そ、そう。いい名前だね」

「……ミイシャ……」

「な、なに？」

「可愛い名だ」

「やっ、やあん！　ガリオンったら、うさぎ心をもてあそばないでよ！」

ミイシャは真っ赤になった頬を両手で押さえた。

（ど、どうするんだっけ？　次は、ええと……）

「きゃん」

ミイシャに絡んだトラのしっぽの先が、彼女の顎をくすぐった。

「あ……悪い」

しゅるりと解かれたしっぽを、ミイシャの手が掴《つか》んだ。

「違うの、イヤだったわけじゃないの！　ちょっと、その、びっくりしただけなの……」

トラの金の瞳と、うさぎの赤い瞳がみつめ合った。

「……そうか」

トラのしっぽが再びミイシャの身体に巻きついた。

その3　迫るうさぎ

　ミイシャは頭の中で、モテモテセクシー女豹のレダ姉さんから教わったラブテクニックを素早く復習した。

『女は搦《から》め手《て》でいくのよ。いきなり攻めてはダメ。男の方が攻めてるんだと思わせるのよ』

　銀の巻き毛が美しい、雪豹の獣人レダは言った。

『少しずつ距離を詰めるの。それで、逃げられなくなったら……』

　レダはうふんと笑ってから色っぽく舌《した》なめずりをした。

　あとでミイシャも舌なめずりしてみたが、どうやらあまり色っぽくできなかったようだ。それを見ていた菓子屋のおっちゃんが、お腹が空いているのかと勘違いしてあめ玉をくれたので、ミイシャは口の中でコロコロと転がしながら帰った。

　繁殖期になったうさぎの本能は凄《すさ》まじく、イルークレオンによる魔法の修業に対する姿勢とは比べものにならないほどに、これと決めた男の子どもを産むための知識を貪欲《どんよく》に求めていた。そのため、レダから「あんたほど物覚えのいい子はいないよ！」とお墨つきが出るくらいに『男をものにする方法』をマスターしていたのだが……。

　悲しいかな、それらはすべて知識のみで、一度も実践されたことはないのだ。

　しかし、今こそ！

今この時こそが、うさぎの色気の見せどころ！

気合いを入れ直すミイシャは、ふんと鼻息を荒くした。

「あ、あのさ」

ミイシャはトラのガリオンの顔を見上げて思いきって言ったのだが、彼に「ん？」と金の瞳で見返された途端に膝の上に視線を落とす。

彼がとてもかっこよく見えたと思ったら、なぜか恥ずかしくなってきてしまったのだ。

だが、王宮生活一日目にしてさっそく出会った番《つがい》候補。稼ぎも良さそうだし、腕っ節も強そうだし、トラの割にはうさぎに優しい。子どもを作るのに大変よい相手に思える。

これはなんとしてでもうさぎの魅力で落とさなければならない。

ミイシャは長い耳を撫でつけて、よりつやつや見えるようにしながら言った。

「あのね、わたしはね、魔導師の弟子なんだよ。知ってるかなあ、イルークレオンっていう、やたらキラキラしたハイエルフの魔導師なんだけど」

まずは自己紹介をして相手の警戒を解き、会話の流れから向こうの情報もゲットする。

「魔導師……ああ、あれか。知ってる」

ガリオンは心当たりがあるようで、低く呟いた。

「あれの弟子……まさか、魔導師の恋人？」

ミイシャはくわっと目を見開いた。

「違うわ！　弟子は弟子！　単なる弟子！　たとえ五十年経とうとも、お師匠様のことは単なる……飾り物にしか見えないわ！」

さすがに『飾りちんこ』とは言えない。

ちなみに、五十年経つとハイエルフの『飾りちんこ』期間は終了するのである。

……イルークレオン、強く生きろ。

「そ……そうか」

真剣な表情で叫ぶ黒うさぎに、ちょっと戸惑うトラ。

「そうよ！」

うさぎの赤い瞳はルビーのように光って、ガリオンの目を射抜いた。

「わたしは16才の黒うさぎ、お年頃真っただ中で、旦那様募集中なんだからね！」

「……ああ」

黒うさぎのあからさまなアピールに金の瞳は何度か瞬いたが、ガリオンは特に動じた様子もなく言葉少なにうなずいた。

「繁殖期か」

こちらもかなりあからさまである。

「そう、それでね」

身体に巻きついたトラのしっぽの先をもじもじといじくりながら、ミイシャは言った。

「あんた、わたしの耳……ちょっと揉《も》んでみない？」

「……え？」

ガリオンが思わずミイシャの顔を見ると、うさぎ娘は顔を真っ赤にしながら恥ずかしそうにしていた。

「だから……やーん、もう！　うさぎに何度も言わせないで」

「あ……だが……いいのか？」

さすがのトラも、妙齢の女性……というよりもまだ少女の、見た目『だけ』は可愛らしい黒うさぎに突然そんなことを言われては、思わず動揺して聞き返してしまう。

獣人が男に耳を触らせようというのは、まあ、そういう意味なのだ。

「いい、よ。わたしの耳は、黒くてつやつやしていて、毛並みがよくてふわふわなの」

照れながらも自分アピールは忘れない、あざとい黒うさぎ。

「触ると……すごく気持ちいいよ」

「いやしかし、会ったばかりの俺が……そんなことを……」

「誰にでも耳を揉《も》ませるうさぎだなんて思わないで！　こんなことさせるの、ガリオンにだけ、なんだからね」

ミイシャはうるうるした丸い目で、イケメンのトラを見上げた。

「あんた、うさぎに優しい、いいトラだもん。だから、耳を揉ませてもいいかなって、ちょっと思っちゃったのよ。本当よ、こんな気持ち初めてなの。だから……優しく揉んでね」

女豹レダ姉さんの『会話に「初めて」って言葉をうまく混ぜるのよ。男は初めてに弱いから』というレクチャーをしっかりと活用する黒うさぎ。

「だけど、耳だけよ。耳だけ。それ以上はダメよ」

『自分を安売りしちゃいけないわよ。あとちょっと、もうちょっと、って男に思わせて、追いかけさせるの。草食のうさぎ男でさえ、女の子を追いかけるのが好きなんだからね』

きちんとレダの教えを守るうさぎ。

「……」

トラは、モテモテテクニックを駆使してくる割には非常に男慣れしていない、恥ずかしがってぴるぴるしているミイシャを見た。

彼女は小さな桃色の唇をきゅっと噛んで、彼のしっぽの先をこねくり回しながらガリオンの目をみつめていたが、とうとう恥ずかしさに耐えかねたのか「もうやーん」と両手のひらで顔を覆ってしまった。

一見冷静そうにその様子を見ていたガリオンだが、ふと、ミイシャの腰にさっきからトラしっぽを絡ませてずっとうさぎを捕まえていたことに気づいて、そんな自分に驚いた。

「ならば……耳だけ」

ガリオンはうさぎの腰を両手で持ち、驚くミイシャの小さな身体を抱き上げると、自分の膝の上に乗せた。

はっと顔を上げたうさぎの丸い瞳が、彼をまっすぐにみつめている。

警戒しているのか、とガリオンは思ったのだが。

(わーい、綺麗な金色の瞳ー)

うさぎは光りものが好きだった。

彼は、金の瞳にみとれてうっとりしているミイシャの頭にふわっと手のひらを乗せると、小さな子どもにするように何度か優しく撫でた。うさぎは目を細めてされるがままになっている。

やがて彼はその手を垂れた黒い耳にするっと滑らせた。

「……ああ、ふわふわだ……なんていい耳なんだ……」

その手触りの滑らかさに驚いた彼は、声に出して言った。

「んっ」

耳を触られたミイシャは目をつぶり、小さく声をあげた。

ガリオンは耳を軽く掴むと根元から先までそっと滑らせた。敏感な耳がしごかれるその度に、ゾクゾクするような気持ちよさを覚えて、ミイシャは甘い声を漏らした。

「んっ、ふ、……ガリオンたら、耳を揉むのが……すごく上手だよ」

「俺もやたらに耳を揉んだりはしない」

黒うさぎに女たらしだと思われたくなかったのか、不機嫌を滲《にじ》ませてガリオンは言った。

「嘘《うそ》。あんたはとてもかっこいいトラだから、女の子にモテるでしょ、あああん！」

口を封じるように耳の付け根をやわやわと揉まれたミイシャは、ぷるぷるしたピンク色の唇を震わせた。

「俺には決まった番《つがい》はいないからな、そんな節操のないことはしていない」

「そう、なの？」

「ああ、そうだ……本当に手触りのいい耳だな」

指で挟んで優しく擦られて、ミイシャはもうとろんとした表情で喘《あえ》ぎ声を漏らしていた。

「お前はまだ繁殖期になったばかりのようだが……俺に耳を揉ませた意味は、わかっているな？」

ガリオンはそう囁《ささや》くと長い耳を手に持ち唇を寄せ、その感触を楽しんでから口に含んだ。

「まだ幼いのに……こんなことをされて」

「ああん、やあん！」

ガリオンが耳を軽く噛みながら囁いたので、ミイシャは身悶《みもだ》えた。

「もう大人だもん、わたし」

身悶えながら、涙目で主張する黒うさぎ。

「……これからは他の男には揉ませるなよ？」

「うん、わかった。ガリオンにだけだね」

「そうだ、俺にだけだ」

あまり感情を表さないガリオンだが、ミイシャの返事を聞くと満足そうにうなずき、ほんの少し微笑《ほほえ》んで、彼女の口に唇を重ねた。ちゅっと音を立てて口づける。

「俺のうさぎ」

ミイシャがこくこくとうなずくと、ガリオンは今度はもっと長く唇を押しつける。

「……ミイシャ、俺の耳を揉んでみるか？」

「え？　いいの？」

さすがのミイシャも耳を疑った。初対面の獣人の男が、急所である耳を揉むことを許すとは、それは本気を示しているということなのだ。

「トラの耳は小さいが、ふわふわだぞ？」

クールなトラは、目元にわずかな笑みを浮かべて言った。

「そら」

彼はミイシャの手をとると、頭を下げて自分の耳に導いた。ミイシャは、黒髪の間から覗くトラの耳に触れた。

「わあ、ふわふわ」

彼女は小さな耳を小さな指先で丹念に揉んだ。

「気持ちいいよ。トラの耳も、うさぎに負けずにいい耳だね」

「気に入ったか？」

「うん、すごく気に入ったよ」

「……そうか」

目元をほんのり赤くしたガリオンは、ミイシャの腰を引き寄せた。そして、彼女の顎に指をかけて仰向《あおむ》かせると、再び口づけた。

「柔らかい……」

きょとんとした顔のミイシャは、目の前の精悍《せいかん》な顔を見た。

「ねえ、ガリオンっていくつなの？」

「23だ」

「じゃあ、そろそろ番《つがい》をみつけてもいい時期だね」

「ああ、まわりにせっつかれてる」

「じゃ、じゃあさ、……ねえ、なんで顔を揉むの」

「柔らかい肉だなと思って」

「食べる気なの!?」

ミイシャはぷんと膨れて、それを見たガリオンがくすりと笑った。

「食べない。そういう意味ではな」

その時、トラの耳がぴくりと動いた。ミイシャも耳をピクピクさせた。

「誰かが呼んでるね」

「ああ。仕事に戻らなくてはならない」

彼はミイシャを膝から下ろすと、見下ろして言った。

「魔導師の弟子のミイシャ、必ず迎えに行く」

「ガリオン……」

そして、彼は庭園から去っていった。

「迎えに来るの、待ってるよ」

黒うさぎは呟いた。

その4　恋するうさぎなの

さて、トラ男のガリオンと運命の出会いを果たした（と思っている）黒うさぎのミイシャは、ウキウキした気持ちを隠せずに部屋へ戻り、ソファの上にあったクッションを抱きかかえると、部屋の中を意味もなくうろうろ歩き始めた。

「うふふふふ、ガリオンったら、素敵なトラ！」

頬を染めて、だらしなくにやけている。

しかし、ミイシャは元々がエプロンドレスの似合う（見た目だけは）可愛い黒うさぎの娘。しっぽをピコピコ動かしながらにこにこ顔で落ち着きなく動いていても、幸い愛らしく見える。

「ただいま、ミイシャ。いい子にしてましたか？」

なので、仕事を終えて帰ってきた魔導師イルークレオンがそんなミイシャに笑顔で出迎えられて、熱烈に待ちわびられていたのかといい気分になってしまったのは仕方がないことである。

「してました！　おししょーさま、うさぎはとてもいい子にしてました！」

ミイシャはクッションを放《ほう》り出して、イルークレオンに抱きついた。

「そうですか」

人のいいハイエルフは、言いつけを守った（と主張する）弟子の頭をいい子いい子と撫でた。

「とってもいい子だったので、獣人の神様がわたしの願いをかなえてくれました」

「願いを？　それはよかったですね」

「はい！」

ミイシャはイルークレオンから離れると、ピコピコとしっぽを振りながら部屋を跳んで回った。

「黒うさぎは番候補《つがい》に出会いました！」

「……なんですって？」

イルークレオンの笑顔が一瞬で固まった。

「番候補、ですって？　出会ったと？　いったいどこで、どうやって？」

「わたしは子うさぎと子トラを産む気満々ですよ！　産んじゃいますよ！」

「……トラの子……ミイシャ？　……ミイシャ、ミイシャ！　どういうことですか？」

「素敵なトラと出会いました！　ロマンチックな庭園のベンチで、並んで人参を食べました！　トラがあーんてしてくれて、うさぎが人参を食べました！　もうふたりはラブラブなのですよ、おしょーさま！　うふふふ」

イルークレオンは笑いながら部屋中を飛び跳ねるうさぎを追いかけ回し、ようやく捕まえた。

「おししょーさまー、おみみ持っちゃいやーん」

両手でグーを作り口に当てるようにして、あざとく『いやーん』なポーズをするうさぎだが、ハイエルフはごまかされなかった。

「ミイシャ！　あなた、外に出たんですね！　全然いい子にしてないじゃありませんか！」

耳を持ってぷらーんとぶら下げた弟子に、ハイエルフの師匠は厳しい声で言ったが、黒うさぎは首を傾げて「てへっ」と笑っただけで、まったく反省していなかった。

「そこに座りなさい、ミイシャ。そして洗いざらい話してもらいましょうか」

「はーい、おししょーさま！　ハートのキュンキュンが止まらないうさぎのロマンスを話してあげますよ！　でも、その前にお茶にしましょう、王宮特製の美味しいお菓子がたくさん届いていますからね、このわたしがお茶を入れて差し上げましょう。ガリオンはお茶が好きかな？　うさぎの愛のこもった素敵なお茶を今すぐ入れてあげたい、きっとカップを持つ姿もかっこいいと思うの、しましましっぽの素敵なトラだから！」

しっぽは全然関係ない。

両手を組んであやしくくねくねと腰を振る弟子の様子に、イルークレオンはため息をついた。

「今は師匠にお茶を入れなさい。そして、さっさとここに座りなさい」

散々ハートを飛ばしながらもそこは家事が得意なうさぎ、しっかり美味しいお茶を入れると自分のカップを持って、イルークレオンの座るソファの隣にちょこんと座った。彼がじっと見ている前で、ミイシャはもきもきと高級で美味しいお菓子を食べて、両手でカップを持ってお茶を飲み、イルークレオンを見上げて「おいしし」と笑った。とても強大な魔力を持つ『災厄の種』と呼ばれる存在には見えないその姿に、イルークレオンはなんとも複雑な気持ちになる。

「おしょーさま、美味しいです。食べないのですか」

「あなたの話を聞いてから食べます」

結果として、ミイシャの話を聞いたイルークレオンは、食欲が失《う》せて、まったくお菓子を食べられないのであった。

「トラの兵士、ですか」

「はい！　とても素敵なトラなんです！　うさぎに優しいし、働き者でお給料もよさそうです」

「庭園でさぼってたんでしょう？」

「違います！　働きすぎなので、少し休憩をしていただけです」

イルークレオンは胡散臭《うさんくさ》そうな顔をした。

「腕っ節も強そうです。触ってみたら、とてもよい筋肉をしてましたから」

「触ったのですか!?　初対面の男の身体を!?」

「はい」

まんまるおめめのうさぎは、邪気のない顔でハイエルフを見た。

「そして、耳も触り合ったというわけですか」

「そうです！　そして、ガリオンはうさぎを迎えにきてくれるって言いました！　うさぎを迎えにきてくれるって……うふふ、トラなのに、優しい。うさぎはトラのお迎えを待ってるの」

「……」

謎のトラのことを疑いもせずに喜ぶミイシャを見て、イルークレオンは暗い顔つきをした。

翌日も、その翌日も、ミイシャは暇があれば人参畑で人参を二本引っこ抜いてよく洗い、庭園に出かけてベンチに座った。そして、人参をかじらずにトラの兵士が迎えに来てくれるのを待った。一緒に食べようと思っていたから。


しかし、トラは来なかった。


イルークレオンは王宮の者たちとの仕事をこなし、ミイシャにもついてくるように言ったが、うさぎはトラが来た時にいないといけないからと断った。そして、毎晩しなびた人参を葉っぱまで綺麗に食べた。「今日は仕事がとても忙しかったのね」と言いながら。

「お師匠様、ガリオンは働き者だから、きっと毎日忙しいんですよ。うさぎのことを忘れているわけじゃないんです」

ミイシャはそう言って、イルークレオンに笑ってみせた。

そしてまた翌日、庭園でトラを待った。

「ミイシャ！　今日は雨だから、やめなさい」

「でも、雨でお仕事がお休みかもしれないです」

そう言ううさぎに、イルークレオンは水を弾《はじ》く魔法をかけたマントを着せた。

「お師匠様、ありがとうございます！」

うさぎは師匠にお礼を言って、雨の中を人参畑に向かった。


「魔導師様」

そんな健気《けなげ》なうさぎの姿に心を痛めながら見送るイルークレオンに、王宮からの使いが声をかけた。

「もう一度調べ直しましたが」

その男は、彼に報告した。

「ガリオンという名のトラの兵士は、やはりここにはいません」

「……兵士だけではなく」

「下働きの男にも、出入りの商人にも、ガリオンという名の男はいないのです、魔導師様。何度も確認しました。いないのですよ」

「……」


ミイシャは冷たいベンチに座って、トラが来るのを待った。手にはもちろん、人参を二本持っている。フードを深く被っているので、長い耳は濡れずにふわふわなままだ。やがて、足音を聞きつけた耳がぴくりと動いた。

「あ……お師匠様……」

どうしたのだろう、とミイシャは首を傾げた。

「お師匠様、びしょ濡れですよ。ちゃんと雨を弾く魔法をかけてください、うっかりしすぎです」

「……ミイシャ、部屋に戻りましょう」

「イヤです」

「ミイシャ……」

彼は、不思議そうな顔で自分を見上げる黒うさぎを、辛そうな表情で見た。

「落ち着いて聞いてください。ガリオンという兵士は、この王宮では働いていないのですよ」

「なにをバカなこと言っちゃってるんですか！　お師匠様、それはなにかの間違いです。ガリオンはここで働いているんです。彼は確かにそう言いました」

「ミイシャ」

「だって、ガリオンはすごくたくましい腕をしていたんですよ、わたし、触らせてもらいました！　すっごく立派な腕でとても強そうなトラなんです。あっ、もしかしたら、兵士じゃないのかもしれないですね。力仕事をしているトラなのかもしれません」

「……わたしもそう願って、二度、調べ直してもらいました。兵士じゃなくて、他の仕事も、事務仕事も、料理人も、とにかく全部ですよ。しかし残念ながら間違いないようなのです……ミイシャ」

イルークレオンは、ミイシャの心が傷つくのを恐れて、優しく、とても優しく、残酷な事実を告げた。

「この王宮にはガリオンという名のトラはいないのです」

「違います……それはなにかの間違いです。だって、」

ミイシャはにっこりと笑った。

「言ったのよ、必ずわたしを迎えに来てくれるって。ちゃんとわたしの名前を呼んで、言ったの」

「……ミイシャ……」

痛ましげに彼女をみつめるイルークレオンの青い瞳が、ミイシャの赤い瞳を捉えた。

「ねえお師匠さま、本当に言ったの！　ちゃんと約束したの！　ガリオンは迎えに来るって……」

イルークレオンを人参を掴んだ手で殴りながら、ミイシャは叫んだ。

「ミイシャ、落ち着いて」

「迎えに来るって言ったもん！　わたしのことを『俺のうさぎ』って、他の男には耳を揉ませるなって、言ったもん！」

「ミイシャ」

「言ったもん！　言ったもん！　言った、のよ……」

ミイシャの腕から力が抜けた。

イルークレオンは雨でずぶ濡れになりながら、ミイシャの前に膝をついて瞳を覗きこんだ。

「ミイシャ、部屋に戻りましょう……ミイシャ？」

いつもキラキラ輝いている赤い瞳は、ガラス玉のように光を失っていた。

「嘘じゃないよ……わたし、聞いたのよ……ガリオンはいるのよ……一緒に人参を……」

二本の人参が、地面に落ちた。

「ミイシャ？　しっかりなさい、ミイシャ！」

彼女の中の魔力が渦巻き、チョーカーの先についた魔封じの石がきしんだ。

「まずい……ミイシャ！　黒うさぎのミイシャ！　魔力を制御しなさい！」

叫びながらイルークレオンは石を掴み、全力で魔力を流しこんで、それが破裂するのを防いだ。

「ミイシャ！　制御！」

彼はうさぎを抱きしめた。

うつろな瞳のうさぎが呟いた。

「せい……ぎょ。まりょく、せいぎょ。制御します……」

ミイシャの身体から力が抜け、同時に魔力の渦も小さくなっていった。

イルークレオンは、ほおっと息をついた。そして、黒い耳のついた頭を優しく撫でた。

「ミイシャ、いい子ですね。大丈夫ですよ、部屋に戻りましょう。そして、温かいお茶を飲みましょうね。こんな雨の日は、部屋でお菓子でも食べながらわたしと一緒にのんびりすごしましょう。わかりましたか？」

「……」

ミイシャの手がイルークレオンの背中に回り、彼の服をきゅっと掴んだ。

「……はい、お師匠様。それじゃ、うさぎがお茶を入れて差し上げます。お師匠様が風邪をひかないように。まったく、お師匠様はうさぎがいないとダメですね」

「そうですね」

「本当は、夜ひとりでは眠れないんでしょう」

「そうかもしれません」

「うさぎが一緒にいないと寂しいんでしょう」

「寂しいですよ」

「じゃあ、お部屋に戻ってお茶にしましょう」

「ええ」

「今日はずっと側《そば》にいてあげますね」

「ぜひそうしてください」

イルークレオンはうさぎを抱き上げるとそのまま歩き出した。

ミイシャは落とした二本の人参を振り返らなかった。


目に涙をいっぱいに溜めながら、うさぎは美味しいお茶を入れた。そして、その日はソファに座ったイルークレオンの隣で、丸くなってすごした。

夜になってイルークレオンがミイシャの部屋を覗くと、部屋の隅に椅子やテーブルを集めて巣が作られていた。そこで毛布を被ったうさぎが震えていたので、彼はそっと抱き上げた。

幼い頃に家族を皆亡くしてしまったミイシャは、ひとり残された部屋の隅に両親の布団や椅子やテーブルを積み上げて、こうして小さく丸まって寝ていた。

うさぎは、家族と寄り添って暮らさないと、寂しくて死んでしまう。

ミイシャは生意気な子うさぎだと思われていたが、ひとりでも生き延びることができた強いうさぎであったのだ。

イルークレオンが引き取った時も、うさぎ族のことをよく知らない彼がミイシャに一部屋を与えたら、部屋の隅で泣きながら一晩中うずくまっていて、彼が気にかけて様子を見に行かなかったら寂しくてそのまま死んでいたかもしれない。イルークレオンがうさぎの幼女をベッドに入れて、抱きしめて寝ていたのは、決して彼が変態だからではなく、そうしないとミイシャが生きていけなかったからなのである。

「ミイシャ、やっぱりひとりでは寝られないので、こっちに来てください」

「……仕方のないお師匠様ですね」

冷えたうさぎを自分のベッドに入れて、ぎゅっと抱きしめると、ミイシャは寝入りばなに涙を一粒だけこぼした。

「……うちのうさぎにこんな真似《まね》をして……トラめ、絶対に許しませんからね。必ずみつけ出し生きたまま皮を剝《は》いで、うちの敷物にしてやりましょう……」

イルークレオンの瞳が、闇の中で不穏に光った。

怒ったハイエルフは、この世で最も恐ろしい存在であった。


そして、翌朝。

ミイシャの元に、一通の封書が届けられた。

「お師匠様、お手紙がわたし宛《あて》に！　なんでしょう？」

「開けてご覧なさい」

イルークレオンも首を傾《かし》げながら言った。

「……魔導師イルークレオンの弟子、黒うさぎのミイシャを、皇帝陛下の側室候補にする……？

皇帝陛下って、誰？」

「な、皇帝陛下の側室候補？　ミイシャ、貸しなさい」

イルークレオンが見ると、それはディカルダ帝国皇帝の側近、セリュークからの通達であった。

「なんで？　側室って、お嫁さんのことですよね。しかも、いっぱいのお嫁さん。うさぎはお断りですよ！」

ミイシャはふんっと鼻を鳴らした。

「うさぎは、奥さん一筋の旦那様としか番《つが》わないのです。この手紙を書いたのは、セリュークって人ですね。お断りしてきますよ！」

「あっ！」

ミイシャは手紙を掴むと、部屋を飛び出して行った。

「ミイシャ！」

イルークレオンは、面識のある側近セリュークの顔を思い浮かべた。彼はミイシャのことを知っている。

「なぜセリュークは、『災厄の種』であるミイシャを側室に召し上げようなどと……」

イルークレオンは不思議に思いながら、皇帝のことを思い浮かべた。現在23才の、お嫁さん募集中のディカルダ帝国の皇帝を。

……トラの獣人だった。

……名前は、エンデュガリオンだった。

……エンデュ……。

「『ガリオン』！　トラの！　トラの獣人ガリオンって、そんな兵士も使用人もいないって、それはつまり……」

イルークレオンは頭を抱えて、ソファに倒れ込んだ。

「なんてことでしょう！　とんでもない魔力を持つ、人騒がせなうさぎが恋をしたのは、ディカルダ帝国皇帝陛下のエンデュガリオンだったなんて！」

とてつもなくイヤな予感にかられて、呻《うめ》き声をあげるイルークレオンであった。

その5　トラのお気に入り

さて、飛び跳ねるように王宮を駆けるうさぎは、何度か訪問しているこの建物の造りがわかっているため、行ったこともない王族の住む方向へ正しく向かっていた。

「セリュークさーん、皇帝陛下の側近のセリュークさーん、どこですかー？」

草食動物であるうさぎは逃げ足が速く、逃走経路を本能的にみつける能力があるため、うさぎの獣人であるミイシャは方向感覚に優れている。彼女は手紙の相手を探して、名前を叫びながら、黒いつむじ風のように王宮の廊下を駆け抜けていく。

「なんだあれは？」

「耳があるぞ。黒い、うさぎか？」

それに翻弄されたのは、王宮で働く人々だ。膝丈の、フリルがたっぷりついたエプロンドレスを着たうさぎの娘が、なにやら人の名を呼びながら走っていく。

王族の住む、要人も多い王宮は警備も堅い。しかし、どう見ても脅威となりそうもない小さなうさぎが跳ぶように走っているのを「襲撃者発見！」と緊急対応するのも一瞬ためらってしまい、ちょっと捕まえて話を聞いてみようかと思うとその時にはもう、意外な速さでうさぎが走り去ったあとなのだ。

「待て！　そこのうさぎ、待つんだ！」

右手に手紙を握りしめてものすごい勢いで走るミイシャを、いよいよ王族の居住区に近づいたところで王宮の警備兵は止めようとはしたが、素早い上にイルークレオンの保護魔法をかけられているうさぎを捕まえることは誰にもできなかった。

ちなみに、なぜハイエルフの師匠が彼女に保護魔法をかけているかというと、単なる過保護ということもあるのだが、もっと切実な問題があるからだ。

万一誰かがミイシャに危害を加えたとする。すると、あくまでも自分の意思で、魔力を抑えようと魔石をぶら下げている彼女は、自分の身を守るためとなれば衝動的に魔力を抑えるチョーカーを破壊し、『災厄の種』と呼ばれる強大な魔法を発動させてしまうおそれがあるのだ。

触らぬうさぎに祟《たた》りなし。

『災厄の種』というふたつ名は、伊達《だて》ではないのである。


さてさて、時間は戻り、ミイシャの元に手紙が着くことになるまでの顛末《てんまつ》であるが。

「ずいぶんと長い息抜きでしたね、陛下。珍しいことです」

「……ああ」

ミイシャと出会った庭園から執務室に戻ってきたエンデュガリオン皇帝陛下（略してガリオン）に、側近のセリュークが声をかけると、彼は相変わらずの言葉数の少なさで応えた。

高い身長で筋肉の発達した、いかにも接近戦に優れている戦士といった姿のディカルダ帝国の皇帝は、黒いシャツに黒いぴったりしたパンツをはき、やはり黒いブーツを履いている。服装がシンプルなのは、身軽な方が動きやすいからである。

普段はその上に赤いマントなど羽織っていかにも貴人然としたガリオンなのだが、やはりそこはトラの獣人、いざとなると手が獣化して鋼をも切り裂く爪が現れ、鞭のようにしなやかな身体をフルに活用して戦う戦士となるのだ。戦闘態勢のトラに喧嘩《けんか》を売るのはまさに自殺行為であり、実際に彼に危害を加えようと襲いかかってきた愚か者たちはことごとく返り討ちにあい、トラの爪で容赦なく引き裂かれた。

そのため、皇帝だというのに彼には護衛の近衛兵《このえへい》はつけられていず、その代わりに側近としてアダンという名の銀ぎつねの獣人が側に控えている。

アダンはセリュークと双子のきつね族男性で、兄にあたる。この双子はガリオンと同じ23才の若者たちだ。

銀の髪を短く切り、オレンジ色の鋭い眼光を放つ瞳を持つアダンは、筋骨隆々というわけではないが鍛えられた身体をしている。彼は剣の扱いに長《た》けていて、皇帝の身を守るという役目の他に、ガリオンが一撃で殺してしまうはずの相手を、皇帝に先んじて攻撃し、とりあえずは生け捕りにする、という奇妙な役割も果たしている。

アダンの弟にあたるセリュークは、同じく銀の髪にオレンジ色の瞳をした男性なのだが、こちらはやや長めの髪を上品に後ろに撫でつけ、落ち着いた貴公子然としている。明らかに頭脳担当といった様子の、頭の良さそうな男だ。

「陛下、あんなところでなにをしてたんだ？　まさか、体調がおかしいわけではないだろうな」

庭園までガリオンを探しに行ったアダンは、眉をしかめながら言った。その言葉を聞いて、セリュークもガリオンをみつめる。

「陛下、いったいどちらにいらしたのですか？」

「庭園」

一言答えるとガリオンは執務室にあるソファにどさりと座った。

「庭園……なぜそんなところにずっと」

ガリオンに花を愛《め》でるといった風流な趣味などないと知っているため、明らかに不審そうな顔をするセリューク。

「俺は元気だし、いたい場所にいたままでだ」

一睨《ひとにら》みでセリュークの口を封じたガリオンは、ソファの背もたれに身体をあずけ長い黒髪をかき上げた。金のメッシュが光る。

彼はたいそう無口で無愛想な男なのだが、長い髪の下には男らしく整った魅力的な顔が隠されている。精悍な眉に輝く金の瞳。すっと通った鼻梁《びりょう》にやや大きめの引き締まった口元。その陰には鋭い牙を隠し持っていて、歯を剥《む》き出すと迫力満点の威嚇ができる。

彼が長い前髪で隠して素顔をなかなか見せないのは、ディカルダ王宮の平和のためにはよいことかもしれない、と、こちらも中性的な美形顔のセリュークは思う。こんな文句なしの美貌が常にさらされていたら、あまりにも吸引力がありすぎて、あらゆる女性たちが見とれてしまっていろいろと支障をきたすだろう。

そして、彼は見た目は美しい男性なのだが、中身は凶暴なトラなのだ。ふらふらと寄ってくるご婦人方を片っ端から引き裂いてしまっては大変だ。

別の意味で食い散らかされても困るが。

「セリューク」

「はい、陛下」

獰猛《どうもう》な声で名前を呼ばれ、美貌の側近はソファに向き直った。

「側妃に迎えたいうさぎがいる」

「……うさぎ、ですか？　側妃に？」

23才の男盛りのトラの帝王に妃《きさき》を迎えようと、今帝国各地より側妃候補が集まっていて、セリュークはその担当なのだ。

「魔導師と王宮に来ている黒うさぎだ」

「ひょおっ！」

部屋の隅で、妙な声がした。

この部屋には、いささか目立つ三人の他に、大きな机に書類を山積みにして、せっせとさばいているひとりのヤギの獣人がいたのだ。

真っ白な頭に白いひげをたくわえ、頭に二本の角とヤギの耳を生やした彼は、このディカルダ帝国の宰相であるクストランである。かなり年配で、もう老人の域に入ってもいいのではないかと思われるほど老けた彼は、いつもなにかに怯《おび》えるようにびくびくしているが、ガリオンの言葉を聞いて明らかに動揺していた。

「黒うさぎ、ですと！　今、黒うさぎを側妃に迎えると聞こえたのは、わたくしの空耳などではなく……」

セリュークは、ぶるぶる震えるヤギの宰相の様子を見て（これは見せかけではなく本当に驚いていますね）と目を見張った。

「クストラン殿、陛下のおっしゃる女性に心当たりがあるのですか？」

「へっ、陛下！　陛下、どうか、お考え直しを！」

クストランは控えめで意気地がないように見せかけているが、帝国の宰相を務めるほどの人物である。獰猛なトラの皇帝相手にも、かなりビビりながらではあっても意見を伝えることができる。

しかし、それにしてもビビりすぎである。

「なんだよ、宰相、そんなにヤバい女なのか、その魔導師のところのうさぎって」

アダンも興味をひかれたようで、クストランに尋ねる。

「いい女だったら、ぜひ顔を拝みたいものだな」

「俺のうさぎに手を出すことは許さんぞ」

その時、低く唸《うな》りながらソファの男から発された言葉に、一同は凍りついた。

「俺のものだ」

「……陛下、今、なんと……」

耳を疑い、聞き返すセリューク。

「マジかよ、マジで気に入ったのかよ！　陛下が、女を!?」

あからさまなのはアダンだ。口をぽかんと開けて、ガリオンをみつめる。

「どんだけいい女なんだよ……え、もしや、さっきまで逢《あ》い引《び》きしてたとか？　嘘だろ、信じらんねえ」

そして、クストランはひたすら震えていた。

「くっ、黒うさぎを、陛下が？　ああ、なんということ、まさに災厄の種！　恐怖の源！　恐ろしや、恐ろしや……」

もはや化け物扱いである。

そして、そこでセリュークも思い出す。

「ハイエルフのイルークレオン魔導師の元には、確か強大な魔力を持つ弟子がいるとか。まさか、その弟子というのは」

「黒うさぎのミイシャだけは……あの、『災厄の種』と呼ばれる娘だけは……」

「……そうなのですね……やはり、陛下が初めて見初めた女性というのは、あの曰《いわ》くつきの……」

とうとう部屋をうろうろ歩き始めたクストランを見て、セリュークはうなだれた。

「陛下が思いを寄せられた方なら、応援したいのですが……」

「おい、なんだよ！　その女はいったい何者なんだよ？　……陛下は、それは笑っているのか？　牙が丸見えでものすごく怖い顔だが、まさか笑顔なのか!?」

「ふっ……うさぎ……捕まえて……」

獲物が手に入ったところを想像して立ち上がり、トラはそれはもう凶悪な顔をして唸っていた。元々が超美形なため、迫力がハンパない。

「俺のものだ……」

しましまのトラしっぽが激しく振られ、部屋に置かれた大きな花瓶を締め上げて割り潰した。

「おい、セリューク！　なにがどうなっているんだか、説明しろ！」

カオスと化した部屋で、まったく事情のわからないアダンが叫んだ。

その6　うさぎだけのトラ

「……そんなにヤバいうさぎなのか？」

どちらかというと肉体派のアダンは、『災厄の種』ミイシャの話を弟から聞いたが、どう考えてもうさぎの小娘が脅威になるとは思えなくて首をひねった。

セリュークは続けて言った。

「普通の貴族の娘を妃候補に入れるのとはわけが違いますよ、彼女は魔導師イルークレオンの愛弟子《まなでし》なのです。その強い魔力を制御して使いこなせるようになれば、名高い大魔導師に育つことが期待できる逸材でもあるのです。もちろん、その扱いを誤ればどんな恐ろしい事態になるのかわかりません。彼女はまさに諸刃《もろは》の剣《つるぎ》なのですよ。それを、皇帝陛下の側妃になどと……」

額を押さえて、セリュークが言った。

「黒うさぎの魔力が暴走するようなことになれば、どれだけの被害が出るか予想もつかないのだ、アダン。彼女がおとなしく、ハイエルフである偉大な魔導師イルークレオンの元で日々修業しているからこそ、我々は安心していられるのだ」

ようやくぶるぶるが落ち着いたヤギの宰相、クストランが言った。

「というわけでありますので、陛下」

「……うさぎ……耳を噛《か》んでやりたい」

まったく話を聞く気のないガリオンは再びソファに身体を沈めると、遠い目をして言った。

彼は、ふわふわした愛らしい耳を甘噛《あまが》みされながら、くすぐったそうな顔で嬉《うれ》しそうに笑ううさぎの姿を思い浮かべて、彼らしくない甘いことを言ったつもりだったのだが。

「み、耳を、噛む……」

三人の男たちは、柔い黒うさぎの耳がトラの牙でずたずたに食いちぎられるところを想像してしまい、身震いした。

飛び散る血しぶき。

引き裂かれた薄い耳。

そして、口元を赤く染め、牙を剥き出すトラ。

ガリオンに似合いすぎる姿である。

「陛下、その、本能のままに女性を責めさいなむのは、皇帝陛下としてふさわしくない振る舞いだと思われますよ？」

セリュークが恐る恐る言う。

「黒うさぎのミイシャは、確かまだ幼いのでしょう？」

「16だ。繁殖期を迎えた大人だ。……肉は柔らかかったが」

皇帝の答えに男たちは再び震え上がったが、もちろんガリオンはうさぎをかじるつもりなどない。単に言葉の選択が不適切なだけなのである。

「陛下、どうか今一度お考え直しを」

「……クストラン」

宰相は、底光りするトラの瞳に射竦《いすく》められた。

「俺は皇帝としての職務を果たしているか？」

「は、はい」

「そうだな。自分の時間など持てず、不用意に貴族とのつながりを持たないように友人も恋人も作らず、ただ公務に追われる毎日だ。もちろん恋愛など許されず、性欲を解消するための後腐れのない女が与えられる」

「……」

「そして、今度は子をなすための畑選びか？　条件のよい女をベッドに並べて、片っ端から突っ込んで中に出して孕《はら》ませろというわけだ。それがディカルダ帝国皇帝の義務だから、と」

トラは唸り声をあげた。

「国を揺るがすような大事なのか？　どうせ妃をめとるなら気持ちを惹《ひ》かれた娘を召し上げて、もう一度笑う姿を見たいと思うことすら、皇帝の俺には許されないのか？　俺はなんのために生きているんだ！　ディカルダの奴隷になるためか？　俺は人形ではない、感情もあるのだ！」

トラが吠《ほ》えた。

側近と宰相は驚いた。

トラの皇帝エンデュガリオンは、恐ろしいがわがままなことを言わない、真面目な皇帝であったから、三人は彼が23才の若者であることを忘れていたのだ。

「妃をめとれと言うのなら、俺はあの黒うさぎがいい。俺の隣であんなに可愛く嬉しそうに笑う女と、一生添いとげたい。あのうさぎがいるのなら、他の女などいらん」

「陛下、その女性をそこまで思われているとは……いつもご自分よりも公務を優先される陛下の望みを、叶《かな》えて差し上げたい気持ちはあるのです。しかし、貴族の令嬢ではない、魔力が強いだけの娘を妃に迎えるとなると、いろいろと難しい問題が……」

皇帝のお相手探しの責任者であるセリュークが、申し訳なさそうな顔で言う。しかし、ガリオンは射貫《いぬ》くような強い視線で彼を見て言った。

「……あれは俺の番《つがい》なのだ」

「つ、番、なのですか?!」

セリュークはひるんだ。

番、それは獣人にとっては運命の相手。

出会ったからには結ばれないと、いろいろと大変な問題が起こるのだ。最悪の場合、番を求めるあまりに気がおかしくなり、犯罪行為に走ってしまうことも考えられる。

「番となると話は別です！　そうですか、番だと感じられたのですね。……それでは、なにかよい方法がないか考えましょう、少しお時間をいただいて……」

「セリュークよ、側妃を選ぶための催し物を開くのだ！」

ヤギの宰相が言った。

「そこで、黒うさぎの娘が認められたなら、身分などなくとも妃として皆に受け入れられよう！どうだ？」

「ほう、面白いじゃないか。剣術大会ならぬ、花嫁大会か」

アダンがニヤリと笑った。

「いいじゃないか、実力勝負でその『災厄の種』の娘が勝ち残れば、晴れて皇帝陛下の妃となれる。誰にも文句を言わせないで、陛下の嫁にもらえるぞ」

「宰相閣下！　それはいささか乱暴なやり方では……」

控えめなクストランらしからぬ提案に、セリュークは驚いてヤギの宰相の顔を見た。しかし、意外なことに、弱気な宰相がセリュークを強い視線で見返したので、彼は息を飲んだ。

クストランは気づいたのだ。

ガリオンの瞳の奥に、不穏な光が点《とも》ったことを。

(トラは自由な生き物で、縛られるのを嫌う。なのに、今はディカルダ帝国皇帝陛下としてがんじがらめな生活を強いられている。これ以上追いつめると気持ちが爆発して、強大な力でディカルダ帝国をめちゃくちゃに破壊しかねない。彼も災厄並みの力を持つ存在なのだ)

「……わかりました。宰相閣下の案を検討して、黒うさぎのミイシャがうまく側妃選びに加われるように算段いたしましょう」

セリュークはそう言って、鋭い光を放つ金の瞳にうなずきかけた。

その人生をほとんど皇帝としての責務に縛られたディカルダ帝国皇帝エンデュガリオンの恋心を救うために、苦肉の策としてひねり出された『花嫁大会』の招待状を握りしめたミイシャは、そんな事情はつゆ知らず、一夫多妻などとんでもないとばかりにお断りする気満々で王宮を駆けた。

「セリュークさーん、どこですかー？　黒うさぎのミイシャが呼んでまーす！」

廊下に響き渡る可愛らしい声。ミイシャは見た目も声も無駄に可愛いのだ。中身は非常に残念なのだが。

「……」

たまたま側近を連れて歩いていたガリオンの耳が、ぴくりと動いた。

アダンが周りを見回した。

「……今、とんでもないことが聞こえた気がするぞ？　なんだあれは？」

「わたしのことを呼んでませんか？」

アダンとセリュークは、顔を見合わせた。

「しかも、他にも聞こえますが……」

「こらーっ、待て！　待てと言ってる、うさぎ！」「その先は立ち入り禁止だって……話を聞けー！」「なんて逃げ足の速い……まずい、追いつかないぞ」「おーい、衛兵！　そのうさぎを……うわ、速すぎる！」

うさぎを追う者たちも、大騒ぎになっていた。「捕まえ……うわあああ」そして、ガラガラガシャーンという音がした。

「セリュークさーん、セリュークさーん、セリュークさーん、セリュークさーん」

可愛い声は、絶え間なくセリュークの名を呼んでいる。大変肺活量の多いうさぎである。

セリュークの名を呼ぶ声が、段々と近づいてきた。

黒い影が廊下の角を曲がって、ガリオンたちから離れたところに現れた。

「セリュークさーん、セリュークさーん、セ……」

膝丈の紫色のワンピースドレスに、白いエプロン。

足には茶色の革のブーツ。

肩には黒髪がくるんくるんとカールしてかかっている。

黒くて長い耳が頭についたうさぎの娘の、赤くてまんまるな瞳がこちらを見た。

「へえ……可愛いじゃないか」

のんきなアダンが言葉を漏らす。

「……ガリオン！　トラのガリオンだ！」

そう叫ぶと、黒いうさぎがものすごい勢いでこっちに駆けてきた。

「ガリオーーーーーーン！」

「待てうさうわああっ！」

「ダメだうおおおおっ！」

うさぎに飛びかかる衛兵たちが次々と、目に見えない結界に弾《はじ》かれて飛ばされた。

護衛係のアダンは、いつものように剣の柄に手をかけて、ガリオンを庇《かば》うように立った。

「ガリオン、ガリオン、ガリオーーーーーーン！」

「そこで止まれ！　止まらないとっ、ぐあっ！」

突然横殴りにされて、銀ぎつねのアダンは吹っ飛んだ。あまりの勢いに受け身を取りきれず、酷《ひど》く身体をぶつけてしまい、痛みに呻いた。そして、自分を攻撃した者を見て、顔をしかめる。

「陛下、なぜこんな……」

「ガリオーーーーーーーン！」

後ろから思いきり護衛を吹っ飛ばした張本人は、なんと口の端に笑みを浮かべて、飛び跳ねながらやってくるうさぎの少女に両手を伸ばしていた。

「……俺の……うさぎ……」

「マジかよ!?　陛下が笑ってやがる！」

痛みも忘れ、驚愕して目を見開くアダン。

「……兄上にもそう、見えてますか……では、幻ではないのですね」

セリュークも呟いた。

「うわあ、ガリオン、会いたかったよおーっ！」

うさぎはぴょんとトラにとびつくと腰にしっかりと手を回してしがみついた。

「……うさぎ……」

固く抱き合うトラとうさぎ。

「ねえガリオン、お仕事が忙しかったの？」

「ああ。連絡できなくて悪かったな」

「うさぎね、すごく寂しかったの！　ガリオンに会いたくて、一緒に人参が食べたくて、我慢できなかったんだよ、寂しくて死にそうだったんだから！」

赤い瞳に涙を溜めて自分を見上げるうさぎの少女の身体に、ガリオンはしましまの長いしっぽを巻きつけた。

「すまん」

「がんばったの、うんとがんばってトラを待ったの」

「うん」

「なのに来てくれないんだもん！」

「……うん。すまん」

「……だから、トラのことは、諦めようと思ったの……」

「それはダメだ！」

ガリオンはミイシャをぎゅうっと抱きしめて、長い垂れ耳を噛んだ。

「お前は俺のうさぎだ！」

「いやあん、トラったら、おみみ噛んじゃダメー」

はぐはぐと耳を甘噛みされたミイシャは、思わず甘い声を出してしまう。

「こんな人前で、トラってば大胆なんだから……あん、いたいよお」

「すまん、強く噛みすぎた」

トラは歯形のついたうさぎの耳を、舌でねっとりと舐《な》めまわした。

「あっ、やっ、あん、ガリオン、やめてー」

感じやすい耳を濡れた舌で責められたミイシャは、たまらずに喘ぎ声を出してしまう。

「やあん、トラのえっちー」

くたりと腰を抜かしたうさぎを抱き上げて、額に口づけを落とし、そのままどこかにさらっていこうとするトラ。

「……って、待て！　陛下、なにやってんだよ!?」

「お待ちください！」

感動の再会から愛のエロエロ劇場に変わる状況を、魂が抜けたような顔で見ていた銀ぎつねの兄弟は、我に返って、幼い少女にしか見えないうさぎを明らかに性的に襲おうとする、ディカルダ帝国皇帝エンデュガリオンを必死に止めるのであった。

その7　お嫁さんにしてくれる？

「……邪魔をするな」

たくましい腕に軽々と黒うさぎの少女を抱えた黒ずくめのトラは、邪魔者どもをそれはそれは恐ろしい顔で睨めつけた。

しかし、その口には黒いうさぎの耳がひとつ、ぱくりとくわえられたままであるため、彼のことが怖いんだかぬけてるんだかわからない奇妙な姿に見えて、３人の男たちを戸惑わせる。

（ああ、あの冷静で獰猛《どうもう》な美丈夫の、迫力満点の皇帝であるエンデュガリオン陛下が、すっかり残念な感じになられている……）

恋とは恐ろしいものだと震え上がる男たちであった。

「……いえ、ここはお止めしますよ。落ち着いてください、陛下」

皇帝の姿にうろたえつつもセリュークが訴えると、兄のアダンはガリオンの前に回り込んで身体を張って、欲望のままにうさぎをさらおうとする主を止める。

「陛下、まだそのうさぎに手を出したらダメだろう。側妃候補として皆に公正に見てもらい、きちんと認めてもらわないと、その子はただの火遊びの相手として軽く見られる羽目になるぞ。それは陛下にとってもその子にとっても困るんじゃないか？」

「……」

「陛下がそのうさぎに本気だというのなら、本気の対応をした方がいい」

アダンに諭されたガリオンは、物欲しげに腕の中に収まったまんまるおめめの少女を見た。

まるでルビーのような鮮やかな赤い瞳は、会いたくて仕方がなかった人に会えた喜びで輝いている。そのあまりに無邪気で純粋な輝きに、胸の中から今までに感じたことのない、なにやら温かくてくすぐったいような甘い感情が湧き出てきて、ガリオンはミイシャを抱きしめる手に無意識に力を入れてしまう。

「……困る」

ダメだ、このうさぎは手放せない。

彼は思った。

「……あっ」

　ガリオンの腕の中で、満足そうに耳をピクピクさせていたミイシャは、右手に握った手紙のことを思い出して言った。

「そうだ！　わたし、セリュークさんに大事な用事があって来たんだったっけ。ガリオン、ちょっと下ろして」

「……俺以外の男の名を……口にするな……」

　美形の側近を恐ろしい目つきで見ながら、牙を剥《む》くガリオン。

　運の悪いセリュークは、トラの憎悪を浴びて背中をぞくりとさせた。

「あ、ガリオン、やっぱりこのまんまでいて」

　しかし、ミイシャはそんなことに気づかずに、ガリオンの首に手を回してきゅっとしがみついたので、トラはそのことに満足して側近のきつねに対して黒い炎を燃やすのをやめた。

　ほっと息をつき、心の中で（グッジョブ、うさぎ！）と呟くセリューク。

「ねえ、トラは知ってる？　うさぎはたくさんくっついていないと、すぐに寂しくなっちゃうんだよ。だから、ガリオンはうさぎをたくさん抱っこしてね。うんとくっついていてね」

　きょん、と首を傾げるうさぎの無意識な煽《あお》りに、無口で無表情なトラですら興奮して、仮にもディカルダ帝国の皇帝であるというのに変質者のごとく息がハアハアと荒くなってしまう。

「よし……よし、わかった、たっぷりとくっついて……抱っこ以上のことも……」

「陛下ーっ！」

　双子の銀ぎつねの声に、ようやく立ち直って参戦したヤギの宰相、クストランの声が加わった三人のユニゾンが響いた。

「やん、ガリオン、おみみ噛まないでってば」

ミイシャは両手で頭を覆って言った。

「もう、うさぎの耳は大事な耳だって知ってるでしょ！　こんな人前で噛んだり揉《も》んだりしちゃダメなんだからね。あっ、揉んじゃダメって言ってるのに」

ミイシャの指の隙間に自分の指を突っ込んで耳を揉もうとするガリオンに、潤んだ瞳のうさぎは抗議する。

「やあん、もう、こんなことして、ガリオンのえっち！　……赤ちゃんができたらどうするの？　わたしたちはまだ結婚もしていないし、子どもを育てるふたりの住むうちだって決まってないんだよ？」

「……赤ちゃん？」

「そうだよ。ガリオンが働いて、わたしは小さなおうちで赤ちゃんをたくさん産むの。可愛い子うさぎと子トラをね」

ふわふわの耳を撫《な》でつけながら、ミイシャは頬《ほほ》を染めた。

「わたしはこう見えても、家事が得意なうさぎなんだよ。お茶を入れるのも上手だし、トラの好きなお肉の料理だってたくさん知ってるの。旦那様のために美味《おい》しいお肉料理を作るから、楽しみにしていてね。ガリオンの奥さんになって、たくさん赤ちゃんを産んで育てて、温かな家庭を作りたいんだ。ああ、楽しみだなあ、きっとガリオンによく似た可愛いトラの赤ちゃんが生まれるんだろうなあ……あれ？　ガリオン、わたしをお嫁さんにしてくれる……んだよね？」

そう言えば、正式なプロポーズを受けていないことに気づいたミイシャは、慌てて確認を取った。

「ガリオン？」

「俺の……赤ちゃんを……」

彼はミイシャの言葉の意味をしみじみと噛みしめた。

ディカルダ帝国皇帝のではなく、トラのガリオンの子どもを。

「俺の子どもが欲しい、のか？」

「うん。ガリオンの赤ちゃんがいいの。わたしね、本当にガリオンのお嫁さんになりたいんだ。だって……」

ミイシャはもじもじしながら言った。

「うさぎね、うさぎ……ガリオンのことが好きになっちゃったんだもん」

「ミイシャ……」

番《つがい》に告白をされたトラの頬が、喜びのあまり赤く染まった。

「もちろんだ、嫁にする！　俺だってお前のことが可愛いし、世界一大事な女だし、今はとても……とてもお前が好きだ、誰よりも好きなんだ、ミイシャ！」

ミイシャは頬を染め、丸い目で熱い視線をうさぎへ注《そそ》ぐガリオンをみつめた。

「ガリオン、それは本当なの？　本当に、わたしのことをそんなに思ってくれていたの？」

「ああ、本当だ！……そう、それならば、これからは俺は父親として、お前の夫として……うん、まずは新鮮な人参をお前にたくさん食べさせてやるから」

「うわあ、嬉しい！　わたしは人参が本当に大好きなんだ。王宮のくらい美味しい人参をくれるの？」

「ああ、世界一美味しい人参だ」

ガリオンはそう言いながら、ミイシャのふっくらしたピンク色の唇を指で優しくなぞった。

「可愛いうさぎのミイシャ、お前が欲しがるものは、この俺がすべて与えてやろう」

「うわあ、すべてだなんてさすがガリオン、太っ腹だね！　伊達に素敵なしましましっぽをしてないね」

嬉しくなってくすくす笑ううさぎの耳元に、ガリオンはそっと唇を寄せてかすれる声で言った。

「……俺にしてみれば、お前のしっぽの方がずっと素敵で可愛い」

トラに抱き上げられているミイシャは、頬を唇でかすめるように甘く囁《ささや》かれて胸がときめいてしまい、両手で頬を押さえ、赤くなった。

「んもう、ガリオンったら！　なんて優しいトラなの……ガリオン……」

「ミイシャが……世界一可愛いうさぎだからだ……」

「あんもう、それならガリオンは世界一かっこよくて素敵なトラよ……ガリオン、大好き……うさぎはもうガリオンに首ったけなんだから。もう、うさぎをこんなにさせるなんて、ガリオンは悪いトラね」

「そうだな、俺は悪いトラだ……お前を一生離さずに、こんな風に可愛がって……逃がさないからな、覚悟しろよ」

「あ、あん、やあん、トラったらもう……好・き」

強く抱き合いすりすりと頬を寄せて密着するうさぎとトラ。ガリオンがミイシャの首筋をぺろりと舐め上げ、甘い吐息を漏らして震えるうさぎを見て色っぽく笑った。

そのまま大人のいちゃいちゃタイムが始まるのは時間の問題である。

「……ならば、さっそくうさぎとトラの赤ちゃんを……」

今にもうさぎを連れ去って子作りを始めそうなガリオンの様子に、あまりにも普段と違う彼の姿に驚いて、口をあんぐり開けて見ていたきつねふたりとヤギもさすがに我に返り、慌てて止めた。

「陛下、話が違うでしょう！　ええと、黒うさぎのミイシャさん、わたしがセリュークです」

銀ぎつねは、ガリオンの顔色を窺《うかが》いながらミイシャに言った。

「わたしに用事があるということですが、その件は……」

「あっ、そうそう、忘れていたよ」

ミイシャに口づけようとしていたトラの顔を手で押しのけて、彼女は言った。

「この変な手紙をくれたのは、セリュークさんでしょ？　わたしはごらんの通りガリオンのお嫁さんになるから、皇帝陛下の側妃になるとかいうお話はお断りします！」

「……え？」

「奥さんがいっぱいいる人とは結婚なんかできないもん。だいたい、わたしが好きなのはガリオンなんだもん。こんな見たこともない皇帝陛下になんて嫁げないよ」

「……」

当の皇帝陛下の首根っこにかじりつきながらうさぎが言うものだから、その場に妙な静寂が満ちた。

そして、きつねふたりとヤギの視線が、トラに突き刺さる。

本人が言え、と。

ガリオンは三人の男たちの顔を見回し、ちょっと睨《にら》んでみたりしたが、返ってくる視線が主に対するにしては厳しい、じとーっとしたイヤなものだったので、とうとう観念した。

「……ミイシャ、言い忘れていたが……俺が、その、……ディカルダ帝国皇帝エンデュガリオン、なのだ」

「え？」

「だから、その手紙は、俺の側妃になれという手紙であって……」

「ガリオンが、この国の皇帝？　あんた、王宮の兵士じゃなかったの？　わたしをお嫁さんにするっていうのは、皇帝の側妃にってことなの？」

ミイシャはまんまるな目をさらに見開いて驚いたが、やがてすっと目を細めて、ガリオンの腕から抜け出して床に降り立ち、仁王立ちになった。

「あんたはわたしを……愛人にするつもりだったのね……このうさぎのミイシャを、たくさんの奥さんの中のひとりにしようとするなんて……」

その瞬間、トラの体毛が恐怖ですべて逆立った。

その8　うさぎの決意

「いや、それは、ミイシャ」

おろおろとうさぎをなだめようとするトラであったが、そのうろたえぶりはミイシャの怒りにさらに油を注ぐようなものであった。

「ガリオンが皇帝陛下？　エンデュガリオン？　わたし、てっきりあんたは王宮の兵士だとばかり思っていたわ。働き者の兵士なんだって……だから、思いきって初めて耳も揉ませたのに……。それが、実は皇帝陛下でしたー、ですって？」

「いや、うさぎの娘さん、皇帝の仕事も大変なものなのですよ、この方はたいそう働き者の……」

フォローしようとしたヤギの宰相は、ミイシャの昏《くら》く光る赤い瞳で睨まれて、言葉を失った。

「ヤギ……あんた、丸焼きにされたいの？」

クストランは、ヤギの丸焼きにされてコショウを振られた自分の姿を想像して「いや、その、なんでも……」ともごもご呟《つぶや》きながら、銀ぎつねのアダンの後ろに隠れてぶるぶる震えた。

「ミイシャ、俺の気持ちは本当に……」

イケメンなトラは、さっきまでラブラブだったはずの恋人に必死で訴える。

しかし、うさぎは絆《ほだ》されなかった。

「こともあろうに、このうさぎを側妃に、たくさんの奥さんの中のひとりにしようだなんて！　あんた、わかって言ってるの？　うさぎはね、生涯にただひとり、自分だけを愛してくれる男としか番《つがい》にならないんだよ。なんでかわかる？　番が他の女のところなんかに行ったら、うさぎは寂しくて死んじゃうからだよ！　トラ、ちょっと顔がいいからってうさぎをなめるのもいい加減にしなよね！」

足を大きく開いて踏ん張り、腰に手を当てて怒りのあまりたんたんたんっと足を踏み鳴らした黒うさぎは、エンデュガリオン皇帝陛下をビシッと指差して言った。

「そういうわけで、わたしはあんたのことをすごく気に入っていたけど、あんたの赤ちゃんをたくさん産もうって楽しみにしてたけど、ただひとりの奥さんにするのでなければお断りよ！　わたしが旦那様にしたいのは、番を愛する働き者の兵士のガリオンで、夜ごと愛人のところを日替わりで回る、女に囲まれた皇帝陛下なんかじゃないよ！」

そこまで言うと黒うさぎのミイシャは両手の拳を握りしめ、赤い瞳に涙を浮かべて、今度は悲しげに言った。

「さよなら、ガリオン。うさぎは本気で好きだったのに……あんたは皇帝陛下だから、子トラを産んでくれる女なんていっぱいみつかるよ。でも、わたしは、絶対に、そのひとりなんかにはならないんだ……」

「ダメだ！」

拳でぐいっと涙を拭いそのまま走り出そうとしたミイシャに、トラが飛びかかった。押さえ込もうとするトラを、うさぎの強い足が蹴りつける。

「離してよ！　もうわたしのことは放っておいて！　これ以上うさぎの気持ちを傷つけないで！」

ガッとイヤな音を立てて、トラの鳩尾《みぞおち》をうさぎの足が蹴り込む。

思わずぐうっと声を漏らすトラ。

「うわ、あのうさぎ、ディカルダ帝国の皇帝に対してなんてことを……すがすがしいほど容赦ないな！」

武闘派のアダンは思わず、責めているのか誉《ほ》めているのかわからない感想を漏らす。

「い……イヤだ！　離さない！」

痛みにもひるまないトラの顔面に、今度はうさぎの頭突きが炸裂《さくれつ》する。鼻をしたたかに打ちつけられて、鼻血を垂らすトラ。せっかくの超絶イケメン皇帝の美しい顔が台無しである。

しかし、それでもガリオンはうさぎの手を離さない。

「ミイシャ、好きだ、俺はミイシャがいいんだ」

さらに飛んでくる攻撃に耐えながら、ガリオンは訴える。

「たとえ好きでも愛人はお断りだよ！」

うさぎに引っかかれて額からも血を流すトラに、憤然として言いきるミイシャ。

「いい加減に離さないと、わたし、本気で怒るよ？」

(え？　まだ本気じゃなかったのか？)

うさぎ対トラの壮絶な戦いをただ見守っていたきつねたちとヤギは、ミイシャの言葉に愕然《がくぜん》とする。うさぎにボコボコに蹴られたディカルダ帝国皇帝陛下は、秀麗な顔面を腫らし、すでに血まみれの姿なのだ。

「ミイシャ、頼むから、俺にチャンスをくれ」

「愛人はお断りだって言ってるでしょ！」

「お前が望むなら、皇帝なんか辞めて兵士に」

「陛下ーーーーーーーーっ！」

側近たちと宰相が、ガリオンの言葉をかき消すように叫んだ。

「滅多《めった》なことを口になさってはなりませんぞ！」

「陛下、落ち着け！　そんなにそのうさぎが大事なのか？　ディカルダの国を放《ほう》り出すほどに？」

「陛下！　あまりうさぎを締めつけたら死んでしまいますよ！」

セリュークは、ガリオンがしましまのしっぽでミイシャが逃げないように締め上げた上から抱きしめる姿に、警告を発した。

「ミイシャ、ミイシャ」

うさぎは苦しくてきゅうきゅう言いながらもがいた。

「離してよ……離してって言ってるのがわからないの？」

そして、黒うさぎの赤い瞳に、虚《うつ》ろな光が灯《とも》った。

チョーカーの魔石がぴしりと音を立てた。

うさぎの動きが止まる。

「悪いトラだね……わたしを害する悪いトラには……お仕置きが必要だね……」

「……ミイシャ？」

黒うさぎから噴き出す禍々《まがまが》しい気のようなものを感じて、ガリオンは凍りついた。

「ま、まずい！　これは非常にまずい！」

ぶるぶる震えるヤギが、頭を抱えてしゃがみこみ、自分の身を守るように小さく縮こまった。

『災厄の種』を封じる魔石が唸《うな》り、ミイシャの唇が三日月のように弧を描き。

「うわあ、なんだかカオスになってますねー」

森を吹き抜ける風のように澄んだ声がした。

その場の男たちは、弾かれたようにいっせいに声の主を見た。彼らを観察していた第三者の存在に、今の今までまったく気がついていなかったからだ。

「そろそろうちの弟子を返していただきますね」

突如として現れた、サラサラの長く美しい金糸のごとき髪に青い瞳の美貌のハイエルフが、にこやかに言った。

「あ、お師匠様だ！」

彼はトラに拘束されたミイシャの前にかがむと、チョーカーについた魔石を握って素早く魔力を流し、それが砕け散るのを防いだ。

(このハイエルフ、いったいいつの間に？　いつからここにいたんだ？)

その接近に誰も気がついていなかった男たちは驚愕《きょうがく》した。

「はいはい失礼」

そう言いながら、たいして力のなさそうなハイエルフは、ミイシャを力ずくで捕まえるトラの腕としっぽをするすると解いてしまい、黒うさぎを抱き上げた。

「ミイシャ、どこか痛くしていませんか？」

「ううん、大丈夫です、お師匠様」

背の高いハイエルフに抱き上げられたうさぎは、首をきゅんと傾げてお返事した。

「だいぶ暴れましたね。ケガしていたら、すぐに魔法で治しますよ」

彼は、治癒や防御の魔法に長けていた。

「どこもケガなどしていません」

「ならば結構です」

イルークレオンはそう言ってミイシャの頭を撫でると、腫れた顔から血を流し、しっぽの毛をむしられたガリオンの無残な姿を見て……なにも見なかったような顔で目をそらした。

（スルーかよ！）

心の中で突っ込む一同。

イルークレオンはにこやかに言った。

「エンデュガリオン皇帝陛下、ずいぶんと大きくなられましたね。前回おみかけした時にはまだまだ幼い子トラだったのに、もう花嫁探しですか？」

にこやかーに、あくまでもにこやかーに言われているのに、なぜだか背筋を冷たい汗が伝う。

「そして、どうやらうちの弟子にも興味深い招待をしてくださったようで？　セリューク殿」

びくっと身体を震わす銀ぎつね。緊張で耳がヒクヒクしている。

「クストラン宰相閣下、わたしの愛弟子のことはよくご存じだと思っていましたが……まさかあなたが、わたしの手元から修業中の前途ある魔導師候補をさらっていこうなどと企《たくら》むとは、思いも寄りませんでしたよ」

「いや、この、それは……しかし、ディカルダ帝国皇帝陛下の配偶者に選ばれるというのは、女性にとって大変名誉なことであるし、ましてやおふたりが思い合っているというならば」

「先ほどの様子からは、とても思い合っているようには思えませんでしたが？」

「……」

「しかも、側妃のひとりに？　わたしの大切な弟子を、側妃に？　うさぎ族の女性を、側妃に？

……無知にもほどがありますね」

ひゅううう、と、イルークレオンの周りに氷の粒を含む風が渦巻いた。

「では、ミイシャは引き取らせていただき……」

「待ってくれ、魔導師イルークレオン！」

ガリオンがハイエルフの前に立ち塞がった。

「ミイシャを……連れて行かないでくれ」

「聞いたでしょう？　うさぎ族は側妃には向かないのですよ。あなたが王宮の真面目な一兵士、ガリオンであったなら考慮しましたが……残念です」

「俺は、他の妃をめとらない。そう誓ったなら、ミイシャは俺のものになってくれるか？」

「……本気ですか？」

「ああ、本気だ。俺は他の女性などいらない。生涯ミイシャひとりだけを番《つがい》として愛すると誓う」

イルークレオンは笑顔を絶やさずに尋ねる。

「ディカルダ帝国皇帝というあなたの立場では、それは難しいのでは？　側妃を置かず、身分のないうさぎをただひとりの正妃に据えることに反対する者も多いでしょう」

「それは……しかし、俺は本当に、ミイシャ以外の妃などはいらないのだ」

「おやおや、ずいぶんと思い詰められていますね。いくらうちの弟子がふわふわで可愛いお茶目《ちゃめ》なうさぎさんだからといって、こんなに短期間でそこまで思ってしまったのですか」

ガリオンは、あまり表情の変わらない顔をほんの少し歪《ゆが》めて赤らめ「そ、そうだ」と言った。

どうやら照れているようだ。

そして、イルークレオンは師匠バカであるようだ。

「なるほど、皇帝のあなたがそこまで言いますか。わかりました、そうしたいのならば、力で黙らせるのではなくミイシャを周りの者たちに認めさせなければなりませんね。ミイシャ」

「はい、お師匠様」

イルークレオンの腕の中で話を聞いていたミイシャは、こてんと首を倒した。

「彼はどうやら、下手すると帝国を捨てるほどあなたを番にしたいようですよ」

「やあん、そうなのですか？　トラはうさぎをもてあそんだのではないのですね」

うさぎも頬に手を当てて照れている。

「彼が、エンデュガリオンがあなたのただひとりの夫となるのなら、番にしたいですか？」

「したいです！　わたしはガリオンが好きだもの」

その言葉を聞いて、ガリオンは表情を緩めた。

「ミイシャ……」

「ならば、うるさい者たちにあなたの力で認めさせなさい。ディカルダ帝国皇帝の妻は、うさぎ族のミイシャただひとりがふさわしいとね」

「はい、お師匠様！　うさぎは愛するトラのお嫁さんになるために、全力でがんばります！　……

待っててね、あ・な・た」

ミイシャは、ガリオンに向かってラブラブパワー全開で言い、可愛らしくうふふ、と笑った。

「ミ、ミイシャ……」

ガリオンは早くミイシャをその手で抱きしめたくて、無意識にわきわきと動かした。

「大丈夫よガリオン。そんなのはね……うさぎには楽勝なの」

黒うさぎの赤い瞳が妖しく光った。

その9 『花嫁大会』対策会議

「ねーねー、おししょーさまー」

ソファに座り、おやつに人参をぽりぽりかじりながら、ミイシャは言った。

「なんですか？」

こちらは優雅に小さな甘い菓子を口に入れたハイエルフが、お茶を飲んでからお行儀の悪いうさぎに言った。

「ミイシャ、口いっぱいに人参を頬張りながら話すものではありませんよ。あなたは皇帝の番《つがい》になるつもりなのでしょう？　少しマナーを気にした方がいいと思います」

「んー、人前ならちゃんとやるもん！　今はねー、うさぎのリラックスタイムなのですよ、お師匠様。お師匠様のお膝で食べてないだけ偉いと思ってください」

「当たり前です！　あなたは一応、小さいけれど、大人のうさぎなのですからね、人の膝に乗ろうなどと……」

「乗せたいんでしょ？　小さくてふわふわした黒うさぎを、本当はお膝に乗せたくてたまらないんでしょ？」

「……くっ！」

まあるいおめめで聞かれて、正直な親バカ師匠バカのイルークレオンは、悔しそうに目をそらした。

「でも、もちろんわたしはガリオンのお嫁さんになるうさぎなのですからね、たとえお師匠様でも、他の男性のお膝には乗ってはならないのですよ、悪《あ》しからず」

「……くううっ！　そこまで煽《あお》っておいて、勝手に親離れするとは、まったく卑怯《ひきょう》なうさぎですね！」

親心をもてあそばれて、ひそかに涙ぐむ偉大なるハイエルフの魔導師であった。


さて。

うさぎにボロボロにされたトラは、イルークレオンの治癒魔法で治してもらえなかったので、ディカルダ帝国のお抱え魔導師が呼ばれて治療が行われた。

他言無用と釘《くぎ》を刺されて皇帝のケガを看《み》た魔導師は、この強いトラの獣人がこれほど打撲傷や噛み傷（うさぎの歯はとても強いのだ）だらけになり、おまけにしっぽの毛が酷くむしられているのを見て、いったいどのような恐ろしい敵と戦ったのだろうと震え上がった。

綺麗にケガを治されて、消耗した体力を回復させようとこんがりローストした肉をかじりながら、エンデュガリオン皇帝陛下は急遽《きゅうきょ》組織された『花嫁大会』開催委員会の会議に参加していた。

委員会のメンバーは、ディカルダの要人である宰相のクストラン、銀ぎつねの双子のセリュークとアダンである。

特に国同士の争いもない平穏な時世であるために、こんなのんびりとしたことに国のトップが関わっていられる……いや、『災厄の種』黒うさぎのミイシャの取り扱いが、ディカルダ帝国にとっての一番の大事だからであろう。

「困りました……まさか、偉大なるハイエルフ、高名な魔導師イルークレオンの愛弟子が、アレとは思わなかったものですから」

頭を抱えるのは、宰相のクストランだ。

「おまけに陛下の心を一目で奪った女性でもあるし、わたしはてっきり、もっとこう大人っぽく落ち着いた、凛としたデキる女性を想像していたのです」

「ああ、俺もだ」

「わたしもです」

イルークレオンの元で厳しい修業をこなし、無愛想無表情な強面《こわもて》のトラをメロメロにしてしまった女性なのだ。しかも、『災厄の種』などと言われるほどの強い魔力を有している。従者も宰相も、ものすごく魅力的で美しい、大人な感じの黒うさぎを想像していた。

「なので『花嫁大会』の概要をそのつもりで決めてしまったのですが……実際はアレですからね。果たしてこの試験をこなすことができるのか、いささか心許《こころもと》ないのです」

ガリオン以外の一同は『アレ』を思い浮かべ、ため息をついた。

皆の脳内で、膝丈のエプロンドレスを着たロリっとした黒うさぎが、きょんと首を傾げた。

「かといって、今さら花嫁の選考基準を『人参の早食い』などに変更することもできないし」

「ダントツで一位になるだろうが……まあ、他の貴族たちにデキレースがあからさまにバレて、示しがつかないだろうな」

アダンが言った。

「仕方がありません、選考の仕方をふるい落とし方式ではなく、総合的な判断ということにして、うまくごまかしましょう」

策を練るのは、責任者であるセリュークだ。

「でないと、一次試験で落ちてしまう可能性が……」

「あー、あるな。これはあのうさぎには無理だな」

予定されていた一次試験は、常識や知識を問うのが狙いの、筆記試験であった。

「そして、この結果は、絶対に他の貴族には漏れないようにしなければなりませんぞ」

宰相が、強く言った。

「ディカルダ帝国の王妃になるには、それ相応の頭脳が要求されますからな」

「……俺、ディカルダ帝国の未来が不安になってきたんだが……」

アダンが弱気に呟く。そんな兄の肩を励ますように軽く叩き、銀ぎつねの弟は言った。

「我々でフォローしていきましょう！　王妃の役割で一番大切なのは世継ぎを産んでいただくこと。もう、この際、それ以外のことは我々で！　産む以外は我々でできますからね！」

セリュークの言葉にうなずく三人と、自分の子どもを産むうさぎを想像して口元を緩ませる皇帝エンデュガリオンであった。


そんなわけで『花嫁大会』の開催が三日後に決められた。

そして、その間に、王宮ではある部屋の改築工事が行われた。黒うさぎのミイシャ専用の部屋が新たに用意されたのだ。

「たとえ師弟の仲であっても、皇帝陛下の花嫁候補を男性と続き部屋にお泊めすることははばかられますので」

ヤギの宰相が、慇懃《いんぎん》に言った。

「どうか、速やかにお部屋の移動をお願いいたします」

「クストラン殿、ひとつ確認しておきたいのですが」

にこやかにハイエルフに言われたにも関わらず、この師弟に苦手意識を持つ宰相はぶるりと震えた。

「ミイシャが正式に皇帝エンデュガリオンの番《つがい》になる前に、まさか彼が部屋に渡ってくるなどということはないでしょうね？」

「なっ、そっ、それはもちろんでございます！　ミイシャ殿の名誉は、必ずお守りしますゆえ」

「お師匠様、名誉を守るってどういうことですか？」

ふたりのやりとりを聞いていたミイシャが尋ねた。

「……結婚前に、子作りをしないという意味ですよ」

遠まわしに言ったらわからないだろうと思ったイルークレオンが、単刀直入に言った。

「ええっ⁉　それはつまり、ガリオンとイチャイチャできないということですか？」

「まあ、そういうことに……」

「イヤです！　わたしは番とイチャイチャしたいです！　じゃないと寂しくて眠れません！」

ミイシャが足でたんたんたんたんっと床を踏みならしながら、訴えた。

「しかし、正式な決定もないまま皇帝が渡ってきたら、他の貴族たちが黙ってはいないでしょう。花嫁選びの最中にそのようなことをしていたら、あなたはきちんと皇帝の番として認められませんよ」

「そんな……」

うさぎは寂しげに唇を噛んだ。

「だって、もうお師匠様は抱っこしてくれないんでしょ？」

「だ、抱っこ⁉」

クストランが、思わず声に出す。

イルークレオン殿が、黒うさぎを抱っこ！　いくら師弟とはいえ、それはまずいのでは。少なくとも、独占欲の塊になっている皇帝陛下が知ったら、大暴れするに違いない。

イルークレオンは、こほんと咳払《せきばら》いをした。

「もうしませんよ、大人のうさぎを抱っこするわけにはいきませんからね、ええ」

「じゃあ、ガリオンに抱っこしてもらいたいの！　うさぎ、寂しくて死んじゃう！」

ミイシャは赤い瞳を潤ませた。

「ううん……仕方がありませんね、わかりました。では、こうしましょう」

イルークレオンは笑顔で言った。

「ふたりが決して一線を越えられないように、防御魔法をかけておきます！」

こうして、イルークレオンの手で強制的に操を守られたミイシャは、部屋を引っ越した。まとめた荷物を王宮のメイドが運び、師匠と一緒に新しい部屋に入ったミイシャは声をあげた。

「うわあ、なんて素敵な部屋なの！」

他の部屋よりも天井が低く、うさぎの巣穴のようなその部屋は、壁にベッドがめり込んでいた。そして、狭苦しいベッドの上にはたくさんのクッションが置かれている。

ミイシャは大喜びで、ベッドによじ登って奥まで進んだ。そこは、成人男性が中腰になったら頭をぶつけそうなくらいの高さになっていた。

ミイシャはクッションを集めると、それらで自分を取り囲んだ。

「ねえ、すごく素敵なベッドだよ！　なんて居心地がいいの！」

「皇帝陛下のお心遣いですよ、ミイシャ殿。うさぎ族の方が安心して眠れるようにと」

大喜びするうさぎの様子を満足げに見ながら、クストランは言った。

「これならひとりでもぐっすり眠れるよ！　ガリオンがいてくれたら、もっとよく眠れるけど」

黒うさぎは嬉しそうに、うふふと笑った。

「……うさぎの好みを、かなり研究されましたね……」

少し悔しげに呟くイルークレオン。

「ミイシャ、どうしても寂しくなったら」

「たぶん平気！」

あっさり答えられて、しょんぼりするハイエルフであった。

その10　花嫁試験と真っ黒うさぎ

「ガリオン、来ないかなあ。素敵な巣ができたから一緒に暮らしたいなあ。呼びに行ってみようかな？」

昼間は師匠とすごし、夜は自室で休むことになったミイシャは、イルークレオンの部屋で椅子に座り、足をぶらぶらさせながら言った。

「ダメです！　結婚前に一緒に暮らすなど、とんでもない！」

潔癖ハイエルフの師匠に叱られて、黒うさぎはぷくっと頬を膨らませた。

「ちっ、石頭の百年童貞だね……」

黒い呟きは、幸い師匠の耳には入らなかった。

「それよりも『花嫁大会』の項目ですが……」

「うさぎが一番になるに決まってるもん！　だって、うさぎとトラは愛し合ってるからね」

数日前にその愛するトラをボコボコにした黒うさぎは、両手をグーにして口に当て、むふふと笑った。

「もうふたりを引き裂くことはできないよ！　引き裂こうとしたら、このうさぎが黙っていないよ！」

「被害者を出さないうちに早いとこふたりをくっつけないと……宰相クストランは、なんとしてでも貴族たちを納得させてミイシャを選ばせると言ってましたが、あまりにもあからさまな贔屓《ひいき》ではまずいでしょうね……聞いてますか？」

「聞いてます！　うさぎ、全力でがんばります！」

「わたしも付き添って、全力でフォローしましょう」

うさぎを引き取ってからはフォローのプロフェッショナルとなったハイエルフは、ふっと余裕の笑いを漏らす。

「大丈夫、このわたしがいるからには、王宮を焼け野原にはさせませんよ」

フォローの方向性に誤りがあるハイエルフであった。


ささささて、いよいよ『花嫁大会』の開催である。

ミイシャは居心地のよいベッドでぐっすりと眠り、エプロンドレスに着替えると、朝一で畑から人参を引っこ抜いてきて食べてから、王宮の美味《おい》しい朝ごはんをイルークレオンと共に食べた。

「お師匠様、すごく狭くて素敵なベッドでした！　ガリオンの愛を全身で感じて、黒うさぎはやる気に満《み》ち溢《あふ》れてますよ」

「あなたの場合は、やる気が満ち溢れすぎると恐ろしい事態を引き起こす可能性が高いので、ほどほどに満ちさせてくださいね」

「わかりました、お師匠様！」

ミイシャはよいお返事をして、きゅんと笑った。みかけだけは可愛く無邪気な黒うさぎである。とてもトラのしっぽを地肌が見えるまでむしるようなうさぎには見えない。

時間がくると、イルークレオンの部屋に迎えの者が来た。犬耳の男性である。

「黒うさぎのミイシャ様、選考会場にご案内いたします」

ミイシャとイルークレオンは、案内人に続いて王宮の奥にある広い会議室に向かった。

「魔導師様は、あちらにお席が用意されておりますので、ごゆるりと」

会議室の隅に、豪華なテーブルとソファが設置されている。この歓待ぶりからも、魔導師イルークレオンがディカルダ帝国で重要視されていることがわかる。

「まあ、あれは魔導師イルークレオン様……」

「噂《うわさ》には聞いておりましたけれど、なんて麗しい方なのでしょう」

「金糸のような艶《あで》やかな髪に、空から落ちてきた宝玉のような青く澄んだ瞳……柔和な微笑みがなかったら、この世のものならざる幻の美の化身かと思ってしまうわ」

「あのお方は高潔かつ偉大な長命の種族、ハイエルフでいらっしゃるのよ！　その魔力を世界の平和のためにお使いになって、各地を旅されているとか……ああ、素敵なお姿を拝見できて、眼福ですわ」

花嫁候補の貴族の令嬢たちが、イルークレオンの姿を見て囁く。

普段ミイシャに『飾りちんこ』などと言われて蔑《ないがし》ろにされているハイエルフだが、その実力と美しい外見のおかげで、実は憧れの存在なのである。

まあ、もっとも美しいと言われるハイエルフという一族に生まれたからにはそうなることは当たり前なので、本人は令嬢たちにひそひそ噂されようとまったく気にしていないのだが。

「では、わたしはここで待ってますからね。がんばっていらっしゃい」

「はい！」

膝丈の黒いエプロンドレスに、リボンの飾りのついた黒い靴を履いたミイシャは、こくんとうなずくと、犬耳案内人に連れられて令嬢たちが座るテーブルの方へ向かった。

「え……幼女？　うさぎの女の子が来るわ……」

「魔導師様の侍女ではなかったの？　まさか、イルークレオン様の秘蔵の弟子って……あの子？」

すでに16才で成人しているにも関わらず、小柄で可愛らしいため12～13歳ほどに見えてしまうミイシャである。

こんなに盛りがついているのに、穢《けが》れを知らない子うさぎに見られてしまう、絶賛繁殖期中のミイシャである。

彼女は他の花嫁候補の令嬢たちから、一瞬にして「敵にあらず！」と認定されてしまった。


「うさぎのお嬢さん、ごきげんよう」

令嬢のひとりがミイシャに声をかけた。

「今日は皇帝陛下のお姿を拝見できるかもしれなくてよ？　楽しみですわね」

ミイシャのことを、場違いな場所に紛れ込んでしまった子うさぎだと思い込んでいるリスの令嬢は、優しく言った。

「えっ、ガリオンが来るの？　会いたいな！」

ミイシャが赤い目をキラキラさせながら答えると、令嬢はうろたえた。

「うさぎさん、陛下のことをそんな風に愛称のように呼んではいけなくてよ？　叱られてしまうわよ」

リスは、きょとんとするうさぎに優しく言った。

「そうなの？　わたし、知らなかったよ。ずっとガリオンって呼んでた」

「うさぎさんは、魔導師様のお弟子さんだから大丈夫かもしれないけれど、普通は気をつけないと不敬罪、っていう罪になってしまうのよ」

「イリュアン様、そんな子を構わない方がよろしくてよ？」

テンのご令嬢が、つんと顎を上げて言った。

「どう見ても、貴族の血など引いてなさそうな、品のない子じゃないの。下品が移ったら大変よ」

「そんな、セルリア様こそ失礼ですわよ」

イリュアンと呼ばれた、親切なリスは言った。

「このお嬢さんは、魔導師イルークレオン様のお弟子さんでいらっしゃるのだから、大変素晴らしいお力をお持ちなのよ」

「力と品は関係ないじゃないの。あなた、悪いことは言わないから、今のうちに辞退して出ておゆきなさいな。どう見ても場違いよ」

「セルリア様！」

リスは心ない言葉をとがめるように言ったが、テンは力のある貴族の令嬢なのか余裕の表情で笑い、まわりの令嬢が合わせるようにくすくす笑った。

「なんの場所かわかっていてここにいらっしゃるのかしら？」

「こんな子が、お妃候補《きさき》になるだなんて、なにかの間違いでございましょう」

ミイシャは悪意に満ちた笑顔を見回していたが、やがてにっこりと笑って言った。

「あんたたち、すごく意地悪で品がないね！　わたしはいろんな国の貴族と会ってきたけどさ、ディカルダ帝国の貴族のレベルってこの程度なんだね。お妃がなかなか決まらなかったわけがわかったよ」

「……なんですって？」

「やっぱり、わたしがガリオンと結婚するのがこの国にとっても一番良さそうだね？　子どもを見ると親がわかるって言うからさ、あんたたちの親たちも、きっと下品で足の引っ張り合いとか大好きなんだろうね」

「なっ、なっ、なんですって!?」

目をつり上げたテンの令嬢がミイシャを睨みつけたが、ミイシャはその視線を平然と受けとめて鼻で笑った。

「うふふ、ず・ぼ・し？」

ぶほっ、と、会場の隅で誰かが噴き出した。

その11　うさぎの知識

会場の隅で、とうとうこらえきれなくなって噴き出したのは、銀ぎつねの剣士、アダンであった。

男性の前ではお上品で清楚《せいそ》なお嬢様ぶっているが、陰にまわるとやたらと家の権威を振りかざして、他の姫君たちより優位に立とうと激しくマウンティングするテンの令嬢。本人はうまく立ち回っているつもりなのだろうが、賢明なる皇帝の従者たちはその本性を掴《つか》んでいる。それでも、有力な貴族の姫ということで、花嫁候補から外せない事情があるのだ。

その姫君が今、先が白くてあとはオレンジ色の自慢のしっぽをぴんと立てて、その毛をぶわっと逆立てながら、怒りと屈辱でぶるぶる震えている。

対峙《たいじ》するのは、きょん、と丸い目で首を傾げる無垢《むく》（？）な黒うさぎ。

対称的なふたりの様子を見て、アダンだけではなく、セリュークもクストランも身体を震わせて笑いをこらえる。

「こっ、この、このわたくしに対してなんていう口のききようですか！」

テンのセルリア姫は、お嬢様ぶった仮面を外して、強い口調で言った。口元には、普段は隠している鋭い牙すら見える。

「わたくしを誰だと……」

「なあに、おばさんは王宮の偉い人なの？」

うさぎはいかにも無邪気そうに首をこてんと倒したが、花嫁候補のセルリア姫を『おばさん』とばっさり斬りつけている。さすがは黒うさぎ、敵には容赦がない。

「無礼な！　わたくしはディカルダ帝国でも有数の、歴史ある家系、誇り高きハルニル家の血を引く……」

当然のことながら、怒り狂ったテンがわめき散らしたが。

「ま、わたしがガリオンと結婚したら、たとえなに家でも、おばさんはわたしより格下になるよねー。わたしはおばさんと違って、心が広くて平和主義で公正なうさぎだから、品よく仲良くしてくれる人とは、たとえ王様のお嫁さんになっても身分とかそういうのは気にしないでつきあうんだけどさ」

そこのリスのお姫様みたいにいい人とはね、と、にこっと笑う。

「おばさんみたいに『ミブンガー』『チスジガー』とかくだらないことをわめいて、その人の本当の姿を見ないようなのとはつきあいたくないんだ。だって、そういうのってすごく下品なんだもん！」

「……げ、ひん……」

「下品な人とつきあったら、うさぎまで下品になっちゃうもん」

ぐうの音も出なくなったテンのセルリア姫は、ものすごく凶悪な目で、「いやーん」と言いながら可愛らしく肩を竦《すく》めるミイシャを見た。テンは可愛らしいが肉食獣なのだ。

「うさぎ、いい加減にしないとそのうち喉笛を噛みちぎられるぞ」

いつの間にか近寄ってきていた男たちの中から、笑いを含んだ声でアダンが言った。

「ええっ、ディカルダ帝国にはそんな凶悪な生き物がいるの？　うさぎ、非力な草食だからこわーい」

赤いおめめを潤ませて、ミイシャは恐怖に震えるうさぎのポーズをとった。

「獰猛なトラをボコる草食のくせに、なにを今さら……」

アダンが呟くと、セリュークと宰相クストランも「うんうん」とうなずいた。


「せっかく姫様方が交流をされているところではありますが、ここで最初の試験を始めたいと思います。まずは、筆記試験です」

テーブルについた10人ほどの花嫁候補たちの前に、クストランがお手製の試験用紙を配り、セリュークがペンを用意する。

「皇帝陛下の配偶者になられますと、やはり外交に関わる公務も担われる必要が出てきます。詳しいことは、ご婚約なされてから教師がつきまして、改めてお勉強していただくことになりますが、おおまかな知識は持っていていただきたく考えますので、確認させていただきます」

ミイシャの頭を考えて、『試験はするけどあとでお勉強するから大丈夫』というニュアンスを出す、ヤギの宰相。なかなかの策士である。

「主要国の地理と歴史を問題にいたしました。では、どうぞ」

姫君たちが、いっせいにペンを取った。

「宰相、話が違うぞ！　簡単にするはずじゃなかったのか？」

試験用紙を初めて見たアダンが、クストランに囁いた。

「しましたよ？　問題を地理と歴史に絞り、穴埋め問題にしましたし、政治的傾向をみるための記述問題はすべて削除……」

話に加わったセリュークも、花嫁たちが奮闘する姿を横目で見つつ、うんうんとうなずく。

「待て！　宰相、花嫁にどこまで求めている？　皇帝陛下と同じレベルの知識か？　セリュークや宰相には常識かもしれないが、貴族の令嬢がどれだけ各国の内情に詳しいと思ってるんだ？」

「……まさか……」

青くなるヤギ。

「む、難しすぎる、のですか？」

「明らかにな！　しまったな、俺が先に目を通しておくべきだった……」

問題が簡単だと判断した宰相クストラン、セリューク、そして、エンデュガリオン皇帝。皆、第一線で仕事をするプロフェッショナルなのだ。プロフェッショナルの『簡単』はレベルが違うのだ。

「……ディカルダ帝国の貴族の令嬢なら、いくらかは答えられるかもしれないが……」

3人は、にっこり笑ううさぎが、真っ白な試験用紙を見せる姿を想像してしまうのであった。

さて、うさぎはがんばっていた。

テーブルに向かい、ちゃんとペンを持ち、かりかりとなにかを書いていた。頭を使っているらしく、黒くて長い垂れ耳が時々立ち上がり、ピクピクと動いていた。

うさぎは時折問題を見て「むううう」と唸った。その間、ちゃっかりお茶など入れてもらって優雅なティータイムをしているうさぎの師匠は、『がんばってー』というようにうさぎに向かってひらひらと手を振った。

……そしてなぜか、うさぎは絵も描いていた。

時間が過ぎ、一番最初にペンを置いたのは……うさぎだった。彼女はつまらなそうな顔で脚をぶらぶらさせ、人参畑に行っておやつを取ってきたいなどと考えていた。

やがて、難しい顔で問題を解いていた令嬢たちも、ぽつりぽつりとペンを手放すと、ほうと息をついた。やはりこの問題はかなり難しかったらしい。

「そろそろよろしいようですので」

「よろしくないよ！」

ミイシャが口を尖《とが》らせて、不機嫌そうに言った。

まさかのうさぎのクレームに、『いいから、この場は黙って！』と視線で訴える宰相。しかし、黒うさぎはそんなクストランの思惑を無視して言った。

「なに、この問題？　誰が考えたの？」

「わたし、ですが……」

どうしたらこのうさぎを黙らせることができるかと、必死で考える宰相。

「あら、うさぎさん、見苦しくてよ。どれもディカルダ帝国においては常識的な問題でしたわ。解けなかったからといって、終わってから文句を言うだなんて……」

ほほほ、と笑うのは、テンの令嬢。どうやら、よい教師をつけてもらっている彼女には解ける問題だったらしい。

「この程度の知識もなくて、よくもまあ皇帝陛下の花嫁になるだなんて大きなことを言えたものですわね」

他の令嬢から、「さすがはセルリア様」「知識の量が違いますわね……」などという声があがる。

「……まずいな」

アダンが小さく言った。

「これではかなり、うさぎが不利になるぞ」

宰相も眉をしかめた。

しかし。

「いやーん、これがディカルダ帝国の常識なの？　それってかなりまずくない？」

お口をぽかんと開けて、呆《あき》れるようにうさぎが言った。

「ほほほ、あなたの頭ではついていけなかったようですわね。もう諦めて、おとなしくお帰りになったら……」

「テン、うるさいからちょっと黙ってなよ！」

「なっ！」

ぴしゃりとうさぎに言われて、テンのセルリア姫は唇を戦慄《おのの》かせた。

「ヤギ！　ちょっとここを見なよ！」

ミイシャは自分の試験用紙を宰相に向けて見せて、指先でつついた。

「な、どうかしましたか？」

「この問題、間違ってるよ！」

試験用紙には数カ所、怒ったうさぎの顔が描いてあった。

「いい？　キューノル国の王子は、実は双子なの。影武者じゃないよ、そんなの間違えたら、国際問題になるからね」

「ええっ？　ですが、キューノル国は……」

「うん、ここから遠いし、最近公表したからね。でも、間諜を送り込んでないとは言わせないよ！」

「う……」

「外務に早く伝えておきな。キューノルの国民は結構喧嘩《けんか》っ早いから、隙《すき》を見せちゃダメ。わかった？」

「は、はい」

「それから、ここ！　この国とこの国の境界線に関する問題だけど……」

ミイシャは、『怒ったうさぎマーク』の場所について、すべて説明をした。

「わかった？　あと宰相、親切なうさぎからの警告。わたしに言われたことを鵜呑《うの》みにしないで、全部改めて自分で確認してよ」

「それはもちろん！」

「でもね、もしも聞きたいことがあるなら、外務の係をわたしのところによこしなよ」

笑顔のミイシャは、とても優しい声で言った。

「旦那様の国だからね、うさぎは贔屓《ひいき》して、なんでも丁寧に教えてあげるよ」

「……」

もう言葉もないヤギの宰相は、額に流れる汗を拭った。

「では、試験は終わりでしょうか」

イルークレオンが立ち上がり、ミイシャの試験用紙を見て「上手な絵ですね」と頭を撫《な》でた。

「ミイシャはわたしと一緒に、世界各国を頻繁に訪れていますからね。おまけにこの通り、人懐《ひとなつ》こいものですから、様々な人と関わって面白い話を拾ってくるんですよ」

「キューノル国の双子の見分け方はね、口にセロリを突っ込むといいんだよ。美味しいって言うのがお兄さんで、怒って追いかけてくるのが弟」

黒うさぎはくすくす笑いながら言った。

「ねえ、これで試験はおしまい？　うさぎ、おやつに人参が食べたいの。頭を使ったら、お腹が空《す》いちゃった」

宰相はうなずき、ミイシャは笑顔のイルークレオンと一緒に部屋を出て行った。

「……宰相、大丈夫か？」

じっと試験用紙を見るクストランにアダンが尋ねると、宰相はゆっくりと首を振りながら言った。

「満点、です。すべて合っています。あの黒うさぎ……わたしが予想していた人物とは違うようです……」

「満点だと!?」

アダンが驚愕した。

「満点ですって!?」

テンのセルリア姫が、思わず椅子から立ち上がって言った。

「まあ、すごいうさぎさんだったのね。さすがイルークレオン様のお弟子さんだわ」

優しいリスのイリュアン姫は、頬に手を当てながら感心したようにうなずいた。

その12　うさぎのお部屋にようこそ!

「ねーねーおししょーさまー」

試験が終わり、イルークレオンの部屋に来たミイシャは、そこに用意されていた掘りたてのみずみずしい人参をひとつ手にしてソファに座り、さっそくいい音を立ててかりぽりかじりながら言った。

そんな黒うさぎに、しつけ担当のハイエルフは言った。

「だから、あなたは、人参を口いっぱいに頬張ったまま話さない。いいですか？」

ミイシャは素直にもぐもぐごっくんしてから、目を丸くしてハイエルフに言った。

「飲んだ！」

ハイエルフは額に手を当て「これを本当に王妃に据えようとするとは、ディカルダ帝国の首脳陣は勇者！」と呟いた。

「山暮らしが長かったのがいけなかったのでしょうか。でも、わたしもまさかあなたが王妃になるとは露《つゆ》とも思わずに教育しましたからね。魔導師になるなら、多少お行儀が悪くてもなんとかなりますから」

「まあああ、お師匠様ったらイヤですわ！　こんなにお行儀のよいうさぎに対して、なんてことをおっしゃるの？」

ソファでくねくねしてみせてから、大口を開けて人参をかじる黒うさぎに、またしてもため息をつくイルークレオン。

「大丈夫です、お師匠様。いざとなったら付け焼き刃でもなんでも、うまくごまかしますから。うさぎは人を煙に巻くのが得意なのです、そしてその隙にとんずらします。まあ、逃げきれなかったら……その時は実力行使で……このうさぎがなんとでもしますから、ね……」

くくくくく、と黒い笑みを漏らすうさぎに、「それを一番恐れているんですってば！」と叫ぶハイエルフであった。

そんなうさぎを王妃に据えようとしている勇者たちは、本日の『花嫁大会』の反省会を行っていた。

「これは、試験の結果を公表してしまった方がいいでしょうね」

ミイシャの満点の試験用紙を感心して見ながら、セリュークは言った。

「あのうさぎ、お見逸《みそ》れしたな！　こんな難しい問題をすらすら解きやがって……俺よりずっと物知りじゃないか……」

おバカなうさぎに負けて、いささかプライドが傷ついたアダンはうなった。

そして、最も大きな衝撃を受けたのは、宰相のクストランである。

試験用紙の『怒ったうさぎマーク』を見ながら「わが国の諜報《ちょうほう》活動の見直しと、外交関係の再教育をしなければ……誰をあのうさぎのところに相談に行かせるか……」などと呟き、さっそく黒うさぎを利用する気満々なのは、気弱そうに振る舞う外見よりもずっと腹黒いヤギの本性なのであろう。

「……あのハイエルフに育てられたのだ、当然だろう」

結果に驚いていないのは、本日は公務のために外出していたガリオンである。

「あれは、見た目ほどお綺麗《きれい》なハイエルフではない」

「魔導師イルークレオンがですか？」

セリュークが尋ねた。

「ああ。確かに世界の平和のためにハイエルフの里より遣わされた、立派な人物ではあるが……」

ガリオンは遠い目をした。どうやら、昔イルークレオンとの間になにかがあったようだ。

「『災厄の種』をひとりで制御するほどの魔導師ですからね、並みの人物ではないでしょうね……そして、陛下は『災厄の種』を番《つがい》に迎えようというのですから……」

やっぱり並みの人物ではありませんよね、という言葉は飲み込んだセリュークであった。


そして、その晩。

「ミイシャ様、お休み前のミルクでございます」

なんと、うさぎには侍女がつけられていた。

デキレースで王妃になることが決定しているうさぎなのだ、これからは王族にふさわしい生活に慣れていかなければならない。ミイシャには、マイラというねこ族の貴族の娘がつけられた。

「ありがとう、マイラ」

「ちっ、違います、わたくしの耳ではなくミルクを」

テーブルに置かれたホットミルクを無視して、自分の頭に手を伸ばしてくる主から、マイラは後ずさりながら言った。しかし、見た目は可愛い黒うさぎであるマイラの主は、きょんと首を傾《かし》げながら「違いません」と言った。

「さあさあ、そのお耳をうさぎによこしなさい。お休み前にマイラたんのふわふわ茶色お耳を揉《も》まないと、黒うさぎはよく眠れないのですよー、むふふふ」

見た目は幼い少女、中身はおっさんな黒うさぎが、両手をわきわきしながら迫ってくる。

「いやあん、ミイシャ様ー」

気のいい娘だということで、平民（しかし、魔導師の一番弟子）のミイシャの味方になってくれるだろうことを期待されて侍女に選ばれたマイラは、黒うさぎにまさかのセクハラを受けていた。

「マイラたんは、かわゆいねこたんですねー、黒うさぎはもう、マイラたんの虜《とりこ》なのです！　黒うさぎはねこ科の人に弱いのです！」

「トラとか、トラとか、トラに弱いのですよね!?　ならば、ぜひトラ族の陛下とこのようなことをっ！」

「トラの耳はトラの耳として、きっちりと愛《め》でます。しかし！　マイラたんのお耳はまた別のお楽しみとしてうさぎに与えられたもの！　愛でなければ！　しっかりとこの手で愛でなければ！」

「きゃあああああ、ミイシャ様、ご無体なーっ！　おやめくださいませ、マイラは侍女として参ったねこでございます、どうか、どうかーっ！」

茶トラの、非常に可愛いねこ族の子女マイラは、身の危険を感じて狭い部屋を逃げ回った。

「つーかまーえたー」

「いにゃあああああん！」

にひひと笑う黒うさぎに飛びつかれた茶トラのねこが哀れな鳴き声をあげた時、ミイシャの部屋の扉ががちゃりと開いた。

「……なにをやっている？」

マイラの悲鳴を聞きつけて部屋に飛び込んだディカルダ帝国皇帝のガリオンは、自分の番《つがい》が可愛いねこを襲っているのを目にして、ぼそりと呟いた。


自分を助け出してくれた皇帝に潤んだ瞳で感謝を告げ、不幸な侍女は部屋を退出した。明日からはヘッドドレスを装着して、耳を完全に隠して勤務をしようと心に誓いながら。

「んもう、もう少しであのふわふわお耳が堪能できたのに！」

膨れっ面のうさぎは、トラに文句を言った。トラは、これは浮気になるのだろうかと首をひねる。

「……お前はトラの耳よりねこの耳が好きなのか？」

ミイシャはまあるい赤い瞳で、そんなことを呟くトラを見た。

「ガリオン……妬《や》いてるの？」

「妬いてなどいない」

背が高く美形のディカルダ帝国皇帝は、重々しく言った。

しかし、しましまのトラしっぽが激しく左右に振られ、近くの家具をぴしぴしと叩《たた》いている。

ミイシャはそんなトラに、にっこりと笑いかけながら言った。

「うふふ、トラったら、おばかさん。黒うさぎが一番好きなのは、トラのお耳に決まっているじゃないの」

「……そうか」

トラのしっぽが、ミイシャの腰に絡みついた。

「あん、しっぽも素敵なんだから！　ガリオン、会いたかったよ。今日の昼間は会えるかなって期待してたのに、トラったら黒うさぎの応援に来てくれないんだもん」

さわさわとしっぽを撫でられて、ガリオンの背筋がぞくぞくした。

「すまない、公務で」

「お仕事が忙しかったのね！　じゃあ、仕方がないよ。うさぎは働き者で甲斐性《かいしょう》のある男の人が大好きなの。ガリオンはとても働き者なのね」

「……ああ」

「うさぎ、そんなガリオンが大好きよ」

ミイシャがガリオンの身体にぴょんと飛びつき、トラの皇帝は彼女を抱きしめて頭に頬ずりした。

「うさぎに素敵なお部屋をくれて、ありがとう。ねえ、特にこのベッドが素敵なのよ。うさぎの大好きな、巣穴みたいなベッドなの」

「べ、ベッド……」

就寝の支度をしたミイシャは、あからさまにセクシーなものではないとはいえ、身につけているのは寝衣一枚であった。

「ねえ、ちょっとここに乗ってみない？」

そんなうさぎが、ガリオンをベッドに誘う。

「い……いいのか？」

「もちろんだよ！　だって、ガリオンはうさぎの旦那様だもんね」

にこにこと笑って、巣穴のような素敵なベッドをガリオンに見せたいうさぎは、別にセクシー女豹レダ姉さんのテクニックを使っているわけではなかった。

だがしかし。

「ほら、早くきてー」

「ミ、ミイシャ……」

誘われたガリオンの方は、可愛い未来の花嫁に誘われたガリオンの方は……。

「い、いいんだな？」

当然ながら、違った期待をしながら、ミイシャに手を引かれてベッドに乗るのであった。

その13　トラのおみみもふわふわよ

ミイシャは両手でガリオンの手を引くようにして、壁に半分めり込んでいるベッドに導いた。

「ほら、ガリオンもここに乗って」

ご機嫌なうさぎが、大きなトラをぐいぐいと押す。

「ミイシャ、本当に、いいのか？」

シャツにズボンの軽装で、夜に女性の部屋を訪問したガリオンは、当然ながらそういう期待もしてしまうわけで。

彼はやたらと積極的なミイシャに戸惑いながらも、やがてベッドの上に乗って、なにやら動き回るミイシャを見る。彼女は自分たちを囲むようにクッションを並べてから、ガリオンの隣にふんわりと座った。

まるでトンネルの中にいるような不思議な空間で、くっつき合って座るふたり。

ミイシャは赤い目を嬉《うれ》しそうにキラキラさせながら、ガリオンに言った。

「こうして囲まれた場所にいると、わたしはとっても落ち着くの。うさぎの好きなものを考えてくれて、ガリオンはとっても優しいトラだね。うさぎ、ガリオンが大好き！」

ガリオンの左隣に座ったミイシャは、彼の左腕にしがみつくと、頭をこてんと倒してくっつけた。

「ありがとう。ガリオーン、好き好き、だーい好き」

「……いや」

うさぎは目をつぶりながら、ふわふわの黒い耳をガリオンに擦りつけて、すっかり懐いた様子で甘えている。

部屋の模様替えをしただけで大喜びをし、こんなにも甘えるミイシャの姿を見て、ガリオンの胸の中に甘い気持ちが生まれて、彼はそっと笑った。

「……ミイシャ、他に欲しいものはあるか？」

「欲しいもの？」

「あるなら言ってみろ」

うさぎはきょとんとした顔でガリオンの秀麗な顔を見上げる。優しく口元がほころんでいるためいつにも増して彼がかっこよく見えたので、うさぎは頬を染めてから悩み出した。

「んー、んー、うさぎの欲しいものは……美味しい人参は畑で取り放題だし……素敵な巣はもらったし……あ」

「なんだ？」

無表情なトラは、それはそれは優しい声で尋ねた。

「赤ちゃん」

「ぶふっ！」

ミイシャの返事に、彼は皇帝らしくない間抜けな音を立てて噴き出した。慌てて手の甲で口を拭う。

「あ、赤ちゃん、なのか」

「うさぎが欲しいのは、あとはガリオンの赤ちゃんなの。そして、ここでみんなで一緒に幸せに暮らすのよ」

ミイシャは赤くてまんまるな目をしてガリオンに言い、彼の腕にきゅうっと力を入れて抱きついた。

「ねえ、うさぎのお願い、聞いてくれるの？」

「き……」

若干荒くなった息遣いのトラは、その整った男らしい顔の目元を少しだけ赤らめて言った。

「聞いて、やる。やるが、しかし……お前は赤ん坊の作り方を知っているのか？」

ミイシャはほっぺたをぷんと膨らませた。

「当たり前だよ！　こう見えても、わたしは繁殖期に入った立派な大人のうさぎなのよ？　それくらい、ちゃんと知ってるもん。レダ姉さんに教えてもらったもん」

「そ、そうか」

レダ姉さんというのが誰だか知らないが、どうやらこの無自覚煽りうさぎは性に関する知識があると言っている。

「……まあ、耳を揉《も》む意味を知っているようだしな、大丈夫か」

みかけは幼い少女な黒うさぎでも、さすがに16歳なんだしな、と彼は思い直す。

「うん！　知ってる！　大丈夫だよ、うさぎに任せて！　それから、赤ちゃんを産むために必要なものも知ってるの」

「必要なもの？」

「うん。役立ちんこ」

ガリオンはまたしても、ぶふううっ！と皇帝らしくなく噴き出してしまったのだった。

「ねえ、なんで？　なんで『役立ちんこ』って言っちゃいけないの？」

ガリオンの教育的指導を受けながら、ベッドの上にちょこんと座ったミイシャはこてんと首を倒して尋ねた。

「レダ姉さんが教えてくれたのよ、『はじめに役立ちんこありき！　役立ちんこなきところに繁殖はない！』って」

「あー、そうだ、確かにそうなんだが……」

レダ姉さんの教育法を考えて、頭痛を覚えるガリオン。

「そういうことは、特に男性には言ってはならないんだ。確かにレダという人物の言うことは正しい。役立ち……それはとても大切で唯一無二の要因だ。しかし、女性が口にしては、その……勢いを失うというか……」

ミイシャは目を丸くして両手で口を押さえた。

「ああっ、もしかしてそれは、禁断の呪文なの？　役に立たなくなるの？」

「まあ……そんなところかな……」

首をひねりひねり言うガリオン。

「それは恐ろしい呪文だね！　役立ちんこが役立たなちんこになってしまうなんて！　わかった、うさぎ、もう言わないよ。だから、ガリオンにお任せで！　赤ちゃんを！」

（くっそ、イルークレオンめ！　弟子の性教育くらい自分できちんとしておけ、あの性悪ハイエルフ！）

斜め上の性的知識を持つ黒うさぎをペロッと食べてしまいたい思いにかられ、心の中でハイエルフに八つ当たりするガリオンであった。

「ねえ、ガリオン……お耳を揉《も》んでもいい？」

悶々《もんもん》とするトラに、黒うさぎがもじもじしながらすり寄った。まさに、トラの口に飛び込むうさぎなのだが、本人はわかっていない。

「うさぎ、トラの素敵な耳が忘れられないの」

「……そうか」

トラはミイシャをひょいと持ち上げると膝の上に座らせて、耳に触《さわ》りやすいように頭を下げた。

「ほら」

「うわあ……」

ミイシャは目を輝かせると、手を伸ばしてトラの耳を触り始めた。

「いい耳だね。気持ちがいいよ」

うっとりするミイシャは、もみもみ指を動かしながら彼の金色に光る瞳を覗《のぞ》き込んで嬉しそうに笑った。

さて、ガリオンにしてみれば、気持ちがいいどころの騒ぎではない。獣人にとっては、耳は性感帯なのだ。それを、寝巻き姿の可愛いうさぎ娘がふたりきりの部屋で、しかもベッドの上で揉んでくるのだ。

膝の上から伝わるのは、ミイシャの温かな体温。

彼の、役立ちものの逸物が反応するのは当然のことなのである。

「ガリオン……？」

彼は左手でミイシャの腰を引き寄せると、右手を彼女の後頭部に回して、己の唇でミイシャの唇を塞いだ。

「んっ？」

ミイシャの手がトラの耳から離れ、筋肉の発達した彼の腕を掴んだ。

「ミイシャ……可愛い……」

唇を離したガリオンが、うさぎに囁いた。

なんだかいつもと様子が違うガリオンにミイシャは戸惑ったが、間近で見た彼の顔が素敵だったので嬉しくなって口元が緩んでしまう。

「うふふ、なあに、ガリオン。どうしたの？」

可愛らしく首を傾げた赤い目のうさぎは、状況を飲み込めずに旦那様候補の顔を見る。女豹の性教育は、あくまでも知識であり、ミイシャは実際の経験が欠けているのだ。

ガリオンは舌を伸ばすと、ミイシャの唇をペロリと舐《な》めた。

「ひゃん」

うさぎは身震いしたが、トラの腕はしっかりと彼女を抱えて逃がさない。

「うさぎ……俺のうさぎ……可愛い可愛い可愛い可愛い可愛い可愛い」

闇雲にうさぎの顔を舐め始めたトラに、ミイシャはようやく危険なものを感じた。

「やあん、ガリオン、うさぎを食べないで！」

もがいてトラのペロペロ攻撃から逃れようとするが、小動物の儚《はかな》い抵抗に肉食獣の血はますますたぎってしまう。

「食べたい！」

彼は再びミイシャの唇を奪うと、口の中に舌をねじ込んで、ねっとりと舐め回し始めた。

「んっ、んー、んー」

肉食獣の厚い舌が、草食うさぎの口の中を犯す。ミイシャがじたばた暴れても、トラの腕は獲物をしっかりと抱え込んで、無抵抗なうさぎを蹂躙《じゅうりん》する。

「や、はあっ」

ようやく唇が離れた隙に、息をつくミイシャ。

「ダメ、ガリオン、食べないで、うさぎを食べ……」

うるうるした瞳で見られたトラは、さらに興奮してしまう。うさぎの口に食らいつき、舌を引きずり出してぬるぬると擦《こす》り合わせる。恋人などいなかったミイシャなので、当然キスするのも初めてである。だというのに、こんなにも熱いトラの口づけを受けてしまい、なにがなにやらわからない状態である。

しかし、そこは盛りのついた大人のうさぎ。息も絶え絶えになってぐったりとトラに身をあずけながらも、段々といい気持ちになってきて、身体がふわふわしてきてしまう。

そしてトラは、金の目を欲望で爛々《らんらん》と光らせて、うさぎの舌をいたぶりながら今度は垂れた長い耳に手を伸ばした。

「ああん！」

感じやすい耳をガリオンに撫で揉まれたミイシャは、たまらずに甘い声を漏らす。

「やあ、ん、ガリオン、そんな、んー」

唇同士が合わさった中でくちゅくちゅと舌を擦《こす》り合わせながら、ガリオンはうさぎの耳を揉んでは先までしごく。その度にうさぎの身体はぴくん、ぴくん、と揺れた。

「ミイシャ……気持ちいいか？」

「……いい……」

とろんとした目でガリオンを見返しながら、唇をぽってりと腫らしたうさぎがうなずく。

「ここはどうだ？」

ガリオンはミイシャの腰に手を回すと、黒くて小さなしっぽの付け根を揉んだ。

「ああっ、ダメえっ」

「なにがダメなんだ？」

「ああっ、そこっ、やあん、おかしくなっちゃう」

目に涙を浮かべたうさぎは、身悶えながら言った。しっぽも獣人にとっての性感帯なのだ。

「ああん、ガリオンのえっち！」

「……そうだな」

なにを今さら、と、トラは薄く笑い、ミイシャの襟ぐりに唇を寄せて、しっぽをいじり回しながら舌を這《は》わせて首筋を噛んだ。うさぎは腰をもじもじと動かして、身体の中から湧《わ》いてきた熱を逃そうとする。

やがてガリオンはミイシャの寝巻きをめくり上げると、ふたつの膨らみを手で撫で回し始めた。

「やあん、そんなところまで」

「レダ姉さんとやらには習わなかったのか？　これも赤ちゃんを作るための大事なことだぞ」

「でも、うさぎ、恥ずかしいの」

散々卑猥《ひわい》なことを平気な顔で口にしていたミイシャが、頬を染めて恥ずかしがる姿を見てしまい、トラはさらに興奮した。両手で膨らみを揉みしだき、その先端を口に含んで丹念になぶる。

「ああん、そんなの、やあん」

ミイシャは恥ずかしさに身悶えながら、金のメッシュが入ったトラの黒髪に指を入れた。しかし、うさぎの力ではトラの頭はびくともしない。

彼は頭を起こしてにやりと笑うと、わざと舌を長く伸ばして、ミイシャに見せつけながら尖った胸のいただきをなぶった。舐められる度に、胸から下腹部へとびりびりと電流のようなものが流れて、ミイシャは腰を振った。

やがて、ガリオンの指先がミイシャの身体を下に滑り、下着の中に侵入すると、そこがすでにぬるぬるになっていることを確認する。恥ずかしい割れ目をトラの指先で前後に擦られて、ミイシャはあんあんと鳴いた。

「こんなに濡れて……大丈夫、大人のうさぎだ……」

満足したトラは、そこにそっと指を差し入れて……。

「ガリオーン！　ガリオンてば！　しっかりして！」

「……あんっっの性悪ハイエルフ、なんてところに結界を張るんだ！　しかも、かなり強烈な電撃

つきとか、俺に対する悪意にしか思えん！　そんなに愛弟子《まなでし》を取られるのがイヤなのか、ロリコンハイエルフ！」

全身を貫く電撃に一瞬気が遠くなったガリオンは、突然見事にぶっ倒れた番《つがい》候補を心配したミイシャに揺すぶられて我に返り、イルークレオンに対して牙を剥き出すのであった。

『弟子の操を守るのも、師匠の大切な役割ですからね』

その14　花嫁試験、第二弾！

うさぎといちゃいちゃし、さてここからがいいところ！　という時にハイエルフの仕掛けたトラップ（ガリオンにはそうとしか思えなかった）にしてやられたディカルダ帝国皇帝エンデュガリオンは、まだ電撃の後遺症でじんじん痺《しび》れる身体で黒うさぎを抱きしめて、狭苦しいけどなぜか妙に居心地のいいベッドで朝までぐっすりと眠った。

口にうさぎの長い耳をくわえたままで。

きゅうきゅうに抱きしめられて、うさぎ型抱き枕状態のミイシャは、うさぎの本能的に大変満足して目が覚めた。

しかし。

「あっ、大変！　トラに耳をかじられてる！」

隣に横たわる黒髪の美形にうっとりと見とれていたミイシャは、その唇から出ているのが自分の自慢の耳だと気づくと慌ててガリオンの口から耳の先を引っこ抜いた。ふわふわの毛が、トラの涎《よだれ》ですっかり濡れてしまっている。ミイシャは耳を掛け布団に擦《こす》りつけて拭いた。

「もう、わたしの耳はおしゃぶりじゃないんだよ！　あー、なんだかふやけてるよ……」

ミイシャは耳をピクピク動かした。

口からおしゃぶり……ではなく、耳を引き抜かれたイケメン皇帝は、口元を拭いながら目を開けた。

「……あ……ミイシャ？」

「ガリオン、おはよう！　よく眠ってたね。トラも狭いベッドが好きみたいで、よかったよ」

寝間着姿のうさぎ娘が、にっこりと笑って言った。

「早くうさぎをお嫁さんにしてね。そうして、毎日一緒のベッドで寝ようね」

「……」

甘えん坊うさぎが言う、甘ったるい愛の言葉を聞いて、トラはまたしても興奮状態になった。

「俺のうさぎ！　可愛い可愛い可愛い可愛い可愛い可愛い可愛い」

「やあん、ガリオン、舐めないでぇ」

「ミイシャ、可愛い可愛い可愛い可愛い可愛い可愛い可愛い」

「ああん、ガリオンったら、えっち！　えっちなトラだね！」

朝っぱらから始まったいちゃいちゃに、ミイシャの部屋の外では茶トラねこの侍女マイラが洗面用のお湯を持って、どうしたらいいのかとおろおろするのであった。

幸い、ガリオンは元々冷静なトラの皇帝であったので、朝からうさぎを食べようとするのは控えて、ミイシャの部屋を出て自室へと戻って行った。

「うふふ、ガリオンは可愛いトラだね。ねえマイラ、そう思わない？」

「め、滅相もない！」

ミイシャの部屋から出てきた色気たっぷりの美形皇帝の姿を見て、頬を赤くしていた茶トラねこのマイラは、ミイシャの言葉に今度は真っ青な顔になる。

「皇帝陛下に可愛いなどと、そんな恐れ多いことを……」

無表情で無愛想、おまけに口元から肉食獣の牙をちらつかせるエンデュガリオン皇帝は、恐ろしいトラとして知られている。仕事ぶりは真面目だし、その判断は公平なのだから、自分にやましいことがない者は彼を恐れる必要はないのだが、その鋭い金の瞳で見据えられると、迫力に負けて皆竦んでしまう。

彼は国の頂点に立つ者として若くして国を治めている皇帝なのだ。

かなりのカリスマである。

ミイシャの前では、ただのうさぎ好きのトラになってしまうのだが。


「ミイシャ様、本日は花嫁選抜試験の二回目が行われるので、お支度が済みましたら魔導師イルークレオン様のお部屋に行かれるように、とのことですわ」

「ああ、そういえばまた試験だったね。今日のは面白いといいんだけど」

試験に間違ったものを求める黒うさぎ。

ミイシャはマイラの持ってきたお湯で、トラに舐められてベタベタする顔を洗うと、今日も膝丈のエプロンドレスに着替える。

「ミイシャ様は、長いドレスはお持ちではないのですね」

マイラは不思議そうに言った。ディカルダの国では、成人女性は足首まで隠れるドレスを着ることが多いのだ。

ミイシャは背中でリボンを結んでもらいながら言った。

「あまりスカートが長いと、足さばきがよくないんだよね」

「足さばき……ですか」

「例えば、急に踊らなければならなくなった時、とかね」

「急に……踊り？」

「あと、お師匠様からとんずらする時とか、アダンからとんずらする時とか、セリュークからとんずらする時とか、クストランから……」

ミイシャ様、この数日間、いったいなにをなさっていたのですか？

マイラは心の中で呟いた。


部屋で新鮮な人参をはじめとする朝食をとったミイシャは、侍女のマイラと一緒にイルークレオンの部屋に向かい、そこで花嫁大会開催委員会からの呼び出しを待った。

「ミイシャ、今日は得意技の披露ですけれど……準備はしましたか？」

今日も輝く金髪が美しい、どこから見ても非の打ち所がないハイエルフは、少し心配そうに弟子に尋ねた。

「はい、お師匠様！　準備万端です！」

いつの間にか手に入れた人参をかじりながら、ミイシャは力強く言った。

「うさぎはしっかりアピールして、見事観客の皆さんの心を掴んできますよ！　素晴らしいパフォーマンスにご期待くださいね、お師匠様！」

「……え？　そういう趣向のもの……でしたっけ？」

首をひねるハイエルフ。

「そうです、今日は隠し芸大会なのです、お師匠様。うさぎは誰よりも心をくすぐる芸を披露しますからね、ディカルダ帝国の皆さんは、うさぎの芸に釘づけなのです」

「……ちょ、ちょっと待ってください！　王妃としてふさわしい品格のある手習いなどを披露する試験なのであって、決して隠し芸大会ではありませんよ」

慌てて黒うさぎに説明しようとするが、無情にも迎えの者がやってきてしまう。

「さあ、お師匠様、はりきっていきますよ！」

ぴょんこぴょんこと足取りも軽く花嫁選抜試験に向かうミイシャを見て、イルークレオンは「うーん、いくら贔屓《ひいき》されているとはいえ、大丈夫なんでしょうか」と首をひねり、最も常識的な茶トラねこのマイラに至っては、「ああもうおしまいですわね、わたくしの職はなくなりますわ、もうこうなったらミイシャ様がどんな隠し芸をされるのかをこの目で確かめて楽しませていただきますわよ、ええ」と若干光の弱った目で呟くのであった。

その15　素敵な隠し芸

　さて、本日の試験も、花嫁大会開催委員会の三人の要人と、花嫁候補の令嬢たち、そして、エンデュガリオン皇帝本人も立ち会って行われた。

　広間に案内されたミイシャは、一段高くなったところに置かれた立派な椅子にガリオンが座っているのを見るなり「あっ、ガリオンだ！　ガリオーン！」と大喜びで駆け寄ろうとしたのだが、素早くイルークレオンに耳を掴まれて、ぶらーんと持ち上げられてしまった。

「おしょーさまー、おみみ持っちゃいやーん」

「ミイシャ、一応試験だということを考えて行動してください、フォローするにも限度がありますからね」

　ちょっと不満げなうさぎは、それでも師匠の言うことを聞く良い弟子としておとなしくなり、案内された椅子に座った。

「ごきげんよう、うさぎさん」

　隣に座っていた令嬢が、黒うさぎににっこりと笑って言った。優しいリスの令嬢、イリュアン姫だった。

「あっ、リス！　元気だった？　今日は楽しみだね、いろんな楽しい出し物が見られるとあって、うさぎの心は期待にわくわくしちゃってるの！」

やっぱりどこから見ても幼い少女にしか見えない黒うさぎが、赤くてまん丸な瞳をキラキラさせて言うものだから、イリュアン姫は緊張すべき試験なのになんだか微笑《ほほえ》ましく楽しい気持ちになって、うさぎの頭を撫でた。

「そうね、皆様がそれぞれ得意なことを見せてくれるから、きっと楽しいわね」

「うさぎもね、すごく楽しくて素敵な出し物を考えてるんだよ！　みんなが気に入ってくれるといいんだけど」

ミイシャは、両手で口を押さえて、むふむふと嬉しそうに笑った。そんな黒うさぎを見て、またしてもテンの令嬢セルリア姫が鼻で笑う。

「素敵な出し物ですって！　下賤《げせん》な大道芸人のような真似《まね》でもなさるおつもりなのかしら、本当に品のない方ですわね」

テンに与する貴族の令嬢たちも、お上品にバカにして、クスクス笑う。

「うわあ、大道芸人よりもすごい芸でうさぎを楽しませてくれるんだね！　うさぎは大道芸が大好きなの。見てるとウキウキするからね。ディカルダ帝国の芸のレベルは高いのかな？　うふふ、楽しみー」

嫌味《いやみ》などまったく気にしないうさぎは、ワクワクしながら言って、リスのイリュアン姫に笑いかけた。

「ねえ、リスはなにをするの？　あっ、やっぱり言わないで、お楽しみにしたいの！」

愛らしい笑顔の黒うさぎを見て、セルリア姫に一言物申そうとしていたイリュアン姫は思わず微笑んでしまう。

（こんなに可愛いうさぎさんに向かって意地悪をするなんて、セルリア姫っておかしな方ね。肉食獣だからなのかしら？　あまりに酷《ひど》いことをするようなら、わたくしが守ってあげましょう。リスは草食だけど、強い前歯を持っているんだから！）

イリュアン姫は、つくづく優しい姫であった。

「あのテン、相当意地が悪いな」

令嬢たちから離れたところで、アダンが言った。

彼女たちは気づいていなかったが、会話のすべては側近のアダンとセリューク、宰相のクストラン、そして、ガリオンの元へ魔法で送られて筒抜けになっているのだ。花嫁選抜試験は、この部屋に入った時から始まっていた。

「まあ、貴族たちの勢力図の縮小版が見られるということですね」

セリュークが言う。

「テンのハルニル家は、なんとか重用されようと裏でいろいろと動き回っていますからね。あまり力を持たせないようにしないと、余計な野望でも抱かれたら面倒です」

「陛下を差し置いてなどと言語道断な考えですが、あのテンはずる賢いところがございますので」

ヤギはブルブル震えながら言った。

「娘を王妃にしようと、ずっと画策してきた男でございますし」

「だから、ひとりでも蹴落としておこうと黒うさぎをいじめてるわけか。……愚かなテンだな、人を見る目がない」

アダンはニヤリと笑った。

「あの姫が黒うさぎからどんな報復を受けるのか、なかなか見物だな」

ずっと黙って話を聞いていたガリオンが言った。

「……ミイシャ……あんなに嬉しそうにして……可愛いな……」

一同は（あー、ダメだこのトラ……）と思ったのだった。


「えー、それでは、選抜試験の方を始めさせていただきます」

椅子に座った令嬢たちの前で、宰相のクストランが言った。それを真剣な目で見ながら、ぱちぱちと拍手をするうさぎ。

「王妃にふさわしい人物であるかどうかを知るために、本日は幼き頃より数々の教育を受けられた姫様たちのその腕前の一端を披露していただきます。順番はこちらで決めましたので、お名前を呼ばれた順にお願いいたします」

そして、最初の令嬢の名が呼ばれた。

「わたくしは、絵を描くことを得意としておりますので、いくつかの作品をお持ちいたしましたの」

何枚かの額装された絵を抱えた侍従たちが、ガリオンの目の前にそれを示した。

「うむ」

それを見て、重々しくうなずいてみせるエンデュガリオン皇帝。

続いて、側近たちにもそれが見せられ、令嬢たちの元へと運ばれる。

「姫様方、お手元に配られた紙に、ご自分以外の方のお披露目《ひろめ》に対する採点をなさってください。10点が満点ですので、正直な気持ちでお書きください。こちらの参考にさせていただきます」

クストランは言い、令嬢たちはそれぞれ絵を見ては紙に点数を書き込んだ。

ミイシャのところにも絵が運ばれてきた。

「うわあ、これ、全部あんたが描いたの？」

黒うさぎに聞かれた令嬢は、ケチをつけられるのかと思って「そうですわ。一筆たりとも他の者に描かせたりなどしておりません」と、つんとした口調で答えた。

すると、黒うさぎは赤い瞳をキラキラと輝かせて言った。

「あんた、すごく絵がうまいじゃないの！　この朝露に濡れた薔薇《ばら》なんて、あんまり瑞々《みずみず》しいから花びらをかじりたくなっちゃったくらいだよ！　へえ、本当にうまいこと描くね、うさぎ、びっくりだよ」

「あ、あら、そうかしら」

予想に反してうさぎに誉《ほ》められた令嬢は、ちょっといい気持ちになって頬を赤らめた。

「そうだよ！　それにさ、この夕焼け空の絵がまたいいじゃないの。うさぎは寂しいような温かいような、不思議な気持ちにさせられちゃったよ！　あんた、すごいよ！　うさぎ、満点をつけちゃおうっと」

ミイシャは、手元の採点用紙に『10点』と書いた。

うさぎにほめちぎられた令嬢は、思わずにこにこしてしまった。

「な、なによ、わざとらしい子ね！」

テンが憎々しげに呟《つぶや》いた。

その後も、手琴を演奏したり、詩を読んだりと、令嬢たちが次々と得意なものを披露していったが、ミイシャはそれらをとても楽しんだ。

「わあ、みんなすごいよ！　うさぎ、楽しい！」

ご機嫌のうさぎはわくわくしながら次々と『10点』と書き、次はどんなパフォーマンスが行われるのかと耳をピクピクさせて待った。

やがて、リスの名が呼ばれた。

「わたくしは歌を歌わせていただきますわ」

お付きの者が手琴で伴奏して、リスのイリュアン姫は美しく通る声でディカルダ帝国の歴史を題材にした歌を歌った。

全力で拍手をするうさぎ。

そして、椅子からぴょんと飛び降りると、イリュアン姫のところに駆け寄ってドレスに抱きついた。

「うまいね！　リス、すごく綺麗な声してるよ」

「まあ、ありがとうね、うさぎさん」

イリュアン姫はにっこりと笑ってうさぎの頭を撫でた。

「ああ、うさぎ、もっと聴きたくなっちゃったよー。ねえリス、ライアレル姫の歌、知ってる？すごく綺麗なお姫様の、ロマンチックな恋物語の歌だよ」

「ええ、知ってますわよ」

「うさぎ、それが聴きたいの！　ねえ、いいでしょう？　お願い、歌ってー」

すがりつくようにおねだりする黒うさぎが可愛くて、リスが「どうしましょう」と笑っていると、ガリオンが口を開いた。

「俺も聴きたい」

「まあ！」

皇帝直々の言葉をもらったイリュアン姫は、赤くなった頬を押さえてから、「それでは、恐れながら」と言った。

ミイシャはとことこと戻って椅子に腰かけ、背中をピンと伸ばしてイリュアン姫の歌を聴いた。


「ああ、すっごいよかったよ！　リス、ありがとう！　うさぎね、姫が騎士と再会するところでぐっときちゃったの」

現在恋する乙女であるミイシャは素晴らしいラブロマンスの歌に感銘を受け、両手を握り合わせながら言うと、採点用紙に『10点』と書いた。

「ああ、いいものを聴かせてもらったよ！　次はなにかな？」

「続いて、セルリア姫の刺繍《ししゅう》をご覧になっていただきます」

宰相が言うと、ガリオンの手にハンカチが渡された。

「我がハルニル家に伝わる、特別な刺繍でございますの」

セルリア姫は顎をつんと上げて言った。

ガリオンは刺繍を眺めるとそれを側近たちに渡した。令嬢たちの元にも回ってくる。

「まあ、さすがセルリア様。たいした腕前ですわ」

「繊細で美しい出来ですわね」

「ほほほ、特別な糸を使っておりますのよ」

テンは上品に笑ってみせた。

やがて、ミイシャのところにも刺繍されたハンカチが回ってきた。

「あなたのような方には、この刺繍の……ちょっと！　あなた！」

刺繍されたハンカチを手にしたうさぎがぴょんと席を立って駆け出したので、セルリア姫は声をあげた。

「わたくしの刺繍に、なにをなさるおつもりなの!?」

席を立ち、後を追うテン。

ミイシャは光が入る窓辺に行くと、ハンカチを広げてしげしげと刺繍を見た。

「ああ、なんて綺麗なんだろう！　ここの花とここの花、微妙に艶の違う糸が使ってあって、奥行きが出てるよ！」

「そ、その通りよ！　あなた、なぜそれを一目で……」

驚くテン。

「それにさ、ここんところ！　二回ずつ刺してるね！　それで余計に艶が出て、生き生きとした柄になってるんだ」

「まあ……そんなところまで……」

恐ろしい子、とテンは驚愕した。

（一目でそこまで見抜くなんて！　ハルニル家の秘密の刺し方だというのに……）

ミイシャは、テンのそんな驚きになど気づかずに、刺繍から目を離さずに言った。

「綺麗だねえ……夢のように綺麗な刺繍だねえ……うさぎ、こんなに綺麗なハンカチを初めて見たよ……」

ミイシャはにっこりと笑って、刺繍を指先でそっと撫でた。

「こんなに素敵な刺繍をするの、大変だったでしょ？」

「わたくしにとって、このくらい、なんてことありませんわよ？」

ちょっと得意げになるテン。

「いいなあ、このハンカチ……すごく綺麗……」

窓辺で光を当てて、黒うさぎはうっとりとしながら刺繍をじっと見ている。

「うさぎ、このハンカチ、大好きなの。なんて素敵なんだろう……」

そんなミイシャの姿をしばらく無言で見ていたセルリア姫は拳を握りしめ、ふるふると震わせた。

「……差し上げますわよ」

「え？」

ミイシャは顔を上げて、テンの令嬢の顔を見た。

「だから、それはあなたに差し上げるって言ってますの！　あとでお部屋に届けさせますから、ほら、返しなさいな」

「嘘《うそ》でしょ？」

ミイシャはセルリア姫の顔を見上げて言った。

「あんた……こんなに素敵なハンカチを、うさぎにくれるって言ってるの？」

「だから、わたくしにとってはたいした……きゃあ」

ぴょんとうさぎに抱きつかれたテンは、びっくりして悲鳴をあげた。

「嬉しい！　ありがとう！　あんた、親切なテンだね！」

「そんな、大げさなことでは……」

「信じられない……うさぎ、大切にするよ！　わあ、すっごく嬉しい！」

「だから……もう……」

テンのセルリア姫は、大喜びする黒うさぎの頭を無意識のうちに撫でていることに気づき、はっと息を飲むのであった。

その16　うさぎはいつもふわふわなの

「ああ、なんでわたくしは、エンデュガリオン皇帝陛下に献上するはずの、ハルニル家伝来の秘技を駆使したわたくしの渾身《こんしん》の作品を、あんな黒うさぎにあげてしまったのかしら！　……あの耳、ふわふわしてたわ……」

うさぎの頭を撫で撫でしてしまったふわふわの感触がまだ手に残ったテンの令嬢は、侍女にハンカチを額装するように指示すると、呆然《ぼうぜん》と呟きながらふらりと椅子に腰かけた。

精神的ダメージを受けたテンのセルリア姫の事情など知らず、素晴らしく綺麗なハンカチのプレゼントをもらえることになったミイシャのテンションは完全に高まって、もうお祭り気分でウキウキうさぎになっていた。

「それでは、最後になります。ミイシャ様」

「はい！　うさぎのミイシャです！」

宰相に呼ばれた彼女は椅子からぴょんと飛び降りると、とことことひときわ立派な椅子に腰かけたガリオンの前に行き、右手を高く上げて「うさぎ、がんばります！」とやる気満々の宣言をした。

ガリオンはほんの少し口元を緩めて、うさぎにうなずいた。

「うさぎの隠し芸は、なんと、みんなびっくりの魔法を使っちゃいますよ！」

……誰も驚かなかった。

魔導師の弟子が魔法を使う。

非常に納得できる成り行きであった。

ミイシャは丸い目をくるんと回して、両耳をピンと立てた。

「今日は、黒うさぎおすすめの、魔物を召喚しまーす！」

今度はみんな驚いた！

一同に衝撃が走る。

「ま、魔物ですって!?　ここに!?」

口をあんぐりと開ける、イケメン銀ぎつねのセリューク。

「おい、うさぎ、待て！　王宮に魔物なんて召喚するんじゃねえ！」

アダンが飛び出して、うさぎを確保しようとする。

「いやあああああああ！」

怯《おび》えて身を竦ませる令嬢たち。

うさぎはギャラリーの反応などまったく気にせずに、両手を上に上げて黒いうさぎしっぽをくるんと回す。

真剣な顔で天を仰ぐうさぎの身体から、ほんのりと赤く光る魔力が立ちのぼる。

「……ん……可愛いな……」

呟くガリオンの前に、セリュークが立ち塞がった。

「黒うさぎを愛でている場合ではありません、陛下、お逃げください！　魔物が現れる前に早く！

あっ、宰相閣下!?」

宰相のクストランは素早く身を翻すと、部屋の片隅に設置されたくつろぎのコーナーでゆったりとお茶を飲む、付き添いのハイエルフの座るソファの後ろに隠れてぶるぶると震えた。

そのまた後ろでは、イルークレオンのお世話を命じられてお茶など入れていた茶トラねこのマイラが、全身の毛を逆立ててフーッと息を吐いた。

「まっ、魔導師殿、黒うさぎが、黒うさぎが魔物を召喚すると申しておりますが、魔導師殿！」

クストランがすがるようにハイエルフに向かって言ったが、彼は笑顔を絶やさずにのほほんと言った。

「おや、ミイシャはなにを呼ぶのでしょうね？　大丈夫ですよ、魔物がこの部屋の外には出ないように結界を張っておきますし。ふふふ、わたしは結界魔法が得意なのです」

美しい笑顔を見せるハイエルフであったが、その場の誰も彼の輝く青い瞳や艶やかな金の髪などどうでもよい気持ちであった。

「この部屋の中はどうなるのですかーッ！」

叫ぶヤギ。

「魔物があまりにも大きくて、この部屋からはみ出るといけないですね……。まあ、宰相殿、多少魔物が暴れても大丈夫ですよ。わたしは回復魔法も得意としておりますので」

笑いながらお茶を飲むハイエルフ。

「全然大丈夫じゃなーーーーーーーいッ！！！」

ヤギはメーーーーーッと叫び、ソファの陰でまたぶるぶる震えた。


ミイシャの身体から立ち上がる魔力を受けて、天からうさぎに向かって黒く渦巻くエネルギーラインが降りてきた。魔界からの通路だ。

これで召喚の準備は整った。

「うさぎ、いっきまーす！」

「いくなっ、うさぎ、いくなって、うわあ！」

ミイシャを押さえようとして飛びかかり、ミイシャに張られていた防御魔法に弾き飛ばされたアダンは、床に四《よ》つん這《ば》いになって必死で叫ぶ。

「やめろーっ！」

しかし、自分の出番だとはりきっている黒うさぎは、きつねの言うことなどこれっぽっちも聞いていない。

「黒うさぎミイシャの名において、我が僕《しもべ》を召喚する！　出《い》でよ！　ブラックサンダーバニーちゃん！」

ミイシャの声が高らかに響いた。

「バ、バニーちゃんだと？」

ズルッと腕を滑らせて、床の上でずっこけるアダン。

精悍《せいかん》なイケメン剣士がお笑い芸人のようなリアクションをしてしまったのだが、皆うさぎの召喚魔法に気を取られていたため、幸いなことに誰もそれに気づかなかった。

どごおん、と轟音《ごうおん》を上げて、魔界からの通路を魔物が通り抜けてきた。もくもくと湧いた煙が晴れると、そこには一匹の魔物が鎮座していた。

「わーい、バニーちゃん！　よくきてくれたね、いいこ！」

ミイシャの前にうずくまり、黒い瞳で『なあに？　あたしをよんだわね？』と彼女をみつめるのは、額に透明な魔石をきらめかせる、小型犬くらいの大きさの立派な黒うさぎ、ブラックサンダーバニーであった。

「……黒うさぎ……」

ガリオンは、召喚された魔物をみつめて言った。

バニーも、黒い瞳で『なによ』とみつめ返す。

「心癒《こころいや》される、可愛いうさぎでしょ？　わたしのお気に入りの魔物なの。もちろん、召喚者のわたしに隷属《れいぞく》しているから、蹴ったり噛《か》んだりしない、いいこだよ」

ミイシャは胸を張り、得意げに言った。

アダンが「お前自身は蹴ったり噛んだりする酷いうさぎだがな！」と突っ込んだ。

「毛並みだって、素敵にふわっふわ。やっぱり魔物もうさぎ系に限るね！」

ミイシャは自信満々に言うのだが、残念ながら、どんなすごい魔物が召喚されるのかと戦々恐々としていたギャラリーたちは拍子抜けして、内心で『……だから？』と思った。

その時、ガリオンが椅子から立ち上がりバニーに近づくと、耳を掴《つか》んでぷらーんと持ち上げた。

バニーが『ちょっと、よんでおいておやつもださないの？』と目で訴えた。

『おみみもっちゃいやーん』

そして、そのまま自分の椅子に座るとバニーを膝に乗せ、側に仕えていた侍従に「すぐに人参を持て」と命を下した。

「少々お待ちくださりませ」

侍従が素早く外に出て、お付きの者に王宮自慢の美味しい人参を持ってくるようにと伝える。

その間、バニーはガリオンの膝の上でもこもこと脚を動かし、居心地よさそうに座った。獰猛《どうもう》なトラの膝に収まったうさぎは、『なでたいならなでなさいよ』と目で語った。

ガリオンはうさぎの身体を数度、撫でた。

「……柔らかくてふわふわだ……」

頭も撫で、首元を指でかき、彼はうさぎの毛並みを楽しむ。

「……これはいいうさぎだ」

バニーはガリオンに身を任せながら『あんた、なかなかなでるのがうまいじゃないの』と満更でもなさそうな顔で鼻をくふん、と鳴らして目を細めた。

『やるわね、トラ』

「陛下、人参をお持ちいたしました」

よく洗って水気をきられた掘りたての人参が、ガリオンに差し出され、彼は一本受け取った。

そのまま、バニーの口元に近づける。

『あら、にんじんじゃないの、あんた、なかなかきがきくトラね』

ガリオンの顔を見て、バニーは人参をかりこりとかじり出す。

『いいあじね』

ガリオンは人参を食べさせながらバニーの身体を撫で、「これはいい召喚だな」と言った。

「さすがガリオンだね、うさぎの扱いがうまいじゃないの」

ミイシャは満足そうに言った。

「さあさあ、まとめて呼んじゃうよ、黒うさぎは太っ腹だからね！　出でよ、ブラックサンダーバニー一家！」

どうやら、魔物のうさぎも多産のようで、バニー一家のメンバーはかなり大勢であった。みるみるうちに部屋がうさぎで溢《あふ》れていく。

「さあみんな、好きなうさぎを抱いてみなよ！　ドレスに毛がついてもバニーちゃんが戻れば消えるから大丈夫」

「まあ、うさぎがこんなに」

「バニーちゃんっていうの？　とても魔物には見えなくてよ」

足元をぴょんこぴょんこと跳ね回り、『だっこしたいの？』と黒いまんまるおめめで語りかけてくるバニーに、令嬢たちは指をわきわきさせながら近づいて抱き上げると、いそいそと椅子に腰かけてその身体を撫で回した。

「ああん、ふわふわですわ！」

「柔らかくて温かくて、なんて可愛らしいのでしょう」

「さあ、人参をお食べなさいな」

部屋がふれあい動物コーナーと化している。

バニーちゃんはひとりひとりに一匹ずつ行き渡り、各々が可愛いうさぎを愛でた。

「……くっ！」

悔しげに抱き上げるが、その手がうさぎを撫でてしまっているのは剣士アダン。

セリュークはというと、片手でうさぎを抱き上げてもう片手で人参を与えている。

「……魔物が……魔物が……」

ぶるぶる震えるヤギの頭にも、ぼうっとしたうさぎが帽子のようにゆったりと乗っていた。なかなかバランス感覚に優れたうさぎのようだ。

「こ、こんなうさぎなんて……皆様方、どうかしていらっしゃるわ！　……こんな……」

苛立《いらだ》たしげに言うテンのセルリア姫の前に、中でもまだ小さく幼い子うさぎが、恐る恐るやってきた。

『……だっこ、しないの？』

くるんとした目で語りかけられ、息を止めるセルリア姫。

『ね、だっこ』

あどけない子うさぎは、テンを見ながら小首を傾げた。

「わ、わたくしは、そんなことは」

不思議そうな顔の子うさぎは、テンに近づこうとして、跳ぶのに失敗した。

『あん』

そのままこけて、床に鼻をぶつける。

『いたいの』

涙目で見上げる子うさぎを見て、セルリア姫はとうとう我慢できなくなり子うさぎに駆け寄って抱き上げた。

「まあ、かわいちょうに！　いたいいたいしちゃいまちたねー」

テンは赤ちゃん言葉になっていた！

セルリア姫はあどけない子うさぎを抱いたまま椅子に腰かけ「人参を持っていらっしゃい」と侍女に命じ、心ゆくまでふわふわの子うさぎを可愛がったのであった。

その17　試験の講評？

「ああくそ！　すっかりうさぎにたぶらかされてしまった！」

悔しげにテーブルを叩くのは、銀ぎつねの剣士アダンである。

これから、先ほど行われた第2回花嫁選抜試験の結果について協議しようということで、開催委員である銀ぎつね兄弟とヤギの宰相、そして嫁取りをする本人のエンデュガリオン皇帝がテーブルを囲んで座っている。

抱き上げたブラックサンダーバニーを散々モフって可愛がったあと、消え去る時にうっかり「あぁ……」という残念そうな声を漏らしてしまったアダンは、剣士ともあろう者が任務をそっちのけでモフりを楽しんでしまうとは、と、眉根を寄せて首を振る。

「黒うさぎのミイシャ、あれはとんでもないうさぎだな！　やることが凶悪すぎる……」

「いや、ただ可愛い黒うさぎを出しただけでしょう。現れたのがたちの悪い魔物でなくてよかったです」

にこやかに言うのは、銀ぎつねのセリュークだ。

「あの黒うさぎにしては、非常に常識的な選択だったと思いますよ」

どうやら彼も、うさぎとのふれあいをかなり楽しんだらしい。

「……いい召喚だ」

言葉少なだが、うさぎのモフりに満足したガリオンは言った。

彼も、すっかり慣れて膝の上でくつろぐ大きなうさぎの身体をモッフモッフと大変気持ちよくモフり、バニー自身も『あんた、いいモフりだったわよ』とたいそう満足げに異界に消えていったのだった。

「陛下がそうおっしゃるなら、まあ……」

なんだかんだ言っても結局はモフりを楽しんだアダンは引いた。

「で、結果はどうなっているんだ？」

「こちらですね」

宰相のクストランが、令嬢たちが採点を書き込んだ紙と、その結果を集計したものをテーブルに広げた。

「一位は、黒うさぎのミイシャ。満点です」

「ああ……やはり、そうですよね」

納得するセリューク。

貴族の令嬢たちには、なかなか動物と触れ合う機会はない。それが、今回は美しいドレスを汚す心配もなく、ふわふわでまんまるおめめをした愛らしい生き物（魔物だが）を抱っこして、撫でたり餌をやったりモフモフしたりして、『わーい、もっとなの』『モフって』『きもちいいの』などと懐かれたのだ。

ブラックサンダーバニーを異界に帰す時には、皆、名残惜しげであった。

そのため、あのテンの令嬢さえも「くっ、わたくしのところにあんなあどけない子うさぎを寄越《よこ》すなんて、なんてあざといやり口でしょう！」と赤い顔をしながらも採点用紙に『10点』と記入していた。

そして、ミイシャの採点用紙には。

「……楽しかったみたいだな」

ガリオンはそれを読んで微笑んだ。

採点用紙には、すべての令嬢の欄に『10点』が記入された上に、『大変良くできたうさぎマーク』が書かれていた。

そして、『それぞれの個性に溢れた素晴らしい出し物ばかりでした。次回の隠し芸大会に向けて、皆さんさらに精進してください』と講評らしきものまで書かれていた。

「次回、か……」

「陛下、畏れながら、花嫁選抜はこの一回のみにございますので！」

うさぎとのふれあいについて聞きつけた令嬢たちが王宮に押し寄せる光景を想像したヤギの宰相が、慌てて言った。

「花嫁は、黒うさぎに決定してよろしいのですよね!?」

「ああ、もちろんだ。……ミイシャが喜ぶなら、隠し芸大会を別途開けばいいか」

「陛下、どうか趣旨を見失わぬようにお願いいたします！」

クストランは汗を拭き拭き言うのであった。

「次回の花嫁選抜試験ですが、そろそろ黒うさぎのミイシャを皆にお披露目しておくとよいと思われますので、ちょっとした夜会のようなものを開き、そこでダンスの腕を見せてもらう、という流れを予定しております」

セリュークが、企画書を読みながら言った。

「一応、ダンスの名手であるキルミット夫人を審査委員長として招く手筈《てはず》になっていますが」

「ほう、今度はダンスか。あのうさぎは踊れるのか？」

アダンが疑わしそうに言う。

「ハイエルフの魔導師殿には、得意だと聞いております」

クストランは言った。

「そうか、身のこなしは良さそうだからな。なら、それでいいんじゃないか？」

こうして次回は夜会が開かれることが決定し、花嫁大会開催委員会は終了となった。

『黒うさぎのミイシャの踊り』の意味を、誰も知らないままで。

「うわあ、次はダンス大会なんだね！」

イルークレオンの部屋に来て、今日も掘りたての人参をかじりながら、ミイシャは嬉しそうに言った。

「そうですね、ダンス大会ではなく花嫁選抜試験ですが」

「楽しみだね！　じゃあわたし、とびきり素敵なダンスを踊って、ガリオンたちをあっと言わせなくっちゃ！　うさぎのダンスは最高にご機嫌なダンスだもんね」

人参を食べ終わったミイシャはそう言うと、立ち上がってお尻をふりふりして、小さな黒いしっぽをくるんと回した。

「わたしも、とびきり素敵な結界を張っておきますからね」

にこやかに言うハイエルフ。

ダンスをするのに結界を張る必要がある。

その言葉の異常性を、ミイシャ本人のみならず、イルークレオンもわかっていないのは、長年にわたる黒うさぎ育てで感覚が麻痺《まひ》してしまったからなのかもしれない。

師匠と弟子の会話は、和やかに続く。

「おししょーさま、黒うさぎのように粋な感じでさ、ステップに合わせてキラキラ光るようなやつを、一発張れますか？」

彼は自信ありげにふふふ、と笑って言った。

「ミイシャ、わたしを誰だと思っているのですか？　防御魔法の達人と言われる、魔導師イルークレオンですよ。任せなさい、最終試験にふさわしい、あっと驚くような結界を張りますからね」

夜会の会場を焦土にさせたりしませんよ、という言葉は、ミイシャの「うわー、さすがおしょーさま、素晴らしく頼りになる童貞です！」という喜びの声にかき消されるのであった。


「まあ、次は夜会でございますか」

ミイシャの部屋の壁に額装されたテンのハンカチを飾りながら、茶トラねこの侍女マイラが言った。セルリア姫はやることが素早く、試験の翌日の夜には美しい刺繍の施されたハンカチがミイシャの元へ届けられたのだ。

大喜びの黒うさぎは心ゆくまでハンカチを眺めてから、マイラに頼んで壁に飾ってもらって、またにこにこしながら眺めている。

「本当に素敵なハンカチだね！　あのテン、意地悪を言うけど実はいい人なのかな？　あとで人参でも持って行くかな」

「セルリア様は、ハルニル家にいらっしゃいますよ」

「ええっ、みんな王宮にいるんじゃないの？」

花嫁候補がすべて王宮に泊まっていると思っていたミイシャは、驚いた。

「お屋敷が遠い方以外は、ご自分のお家からこちらにいらっしゃってますよ……って、なにをなさいますの」

身の危険を感じたマイラは、さっと飛びずさった。

「ちっ、勘のいいこねこちゃんめ！」

赤い目を妖しく光らせた黒うさぎが、両手をわきわきさせながらマイラに迫る。

「ミイシャ様、不穏なことをおっしゃるのはおやめください、きゃあ、ミイシャ様っ」

「今夜こそ、そのヘッドドレスの下に隠されたふわふわお耳をいただきますよ！」

「差し上げません！」

「かわゆいですねー、レースとふりふりのついたそのヘッドドレス、とてもかわゆいですよ、きっと黒うさぎにも似合うと思いませんかー？」

「それでは、ミイシャ様に後日お持ちいたしますので、ああっ」

「黒うさぎは今そのヘッドドレスが欲しいのです！　そして、その下のふわふわねこ耳を！」

「きゃあああああ、ミイシャ様、ご無体はおやめくださ……え？」

両手で耳を隠したマイラは、突然響き渡ったガラガラドシャーンという音にびっくりして、目を見開いた。

ドシャーン、ガシャーン、という音は、だんだんと近づいてくるようだ。

「ミイシャ様、なにかが起きているようでございます」

黒うさぎは首を傾げて、長い耳をピクピクさせた。

「あー、たぶん大丈夫だよ。あれ、聞いたことあるもん」

「でも……ああ、この部屋の前に!?」

健気《けなげ》なマイラは、怪しい気配から主を守ろうとして、ミイシャとドアの間に立ち塞がった。

「何者で……陛下!?」

扉が開いて、よろりと部屋の中に入ってきたのは、ディカルダ帝国皇帝エンデュガリオンであった。

しかも、全体がよれっとしていた。

「わーい、ガリオン！　来てくれたんだね、うさぎ、嬉しい！」

ミイシャがぴょんと跳ねてガリオンに飛びつくと、彼はふらふらと後ろに倒れてしまった。

「大丈夫？　お仕事でお疲れなの？　あと、さっきからお師匠様の防御魔法が展開する音がしてたけど、あれなに？」

ミイシャは倒れたトラに抱きつきながら尋ねた。

「くっ、あのハイエルフ、涼しい顔をしているように見せかけて、よほど俺が憎いとみえる……この部屋に来るまで、俺にのみ発動するトラップが山ほど仕掛けられていた……」

彼はミイシャを抱きしめ返すと、ふわふわおみみに頬ずりしながら言った。

「だが、すべて回避してくれたわ！　……ほとんどは」

明らかに、何発か受けている。

「やだ、お師匠様がそんなことを？　ガリオン、大丈夫なの？」

「ああ、少し休めば大丈夫だ」

彼はうさぎを抱き上げると、そのままベッドに行き、倒れ込んだ。

「あんもう、ガリオンったら本当にうさぎが好きなんだから！　うふふ、うさぎもガリオンのことが大好きよ、好き好き、だーい好き！」

ミイシャがガリオンのほっぺたにちゅっと音を立ててキスをすると、傷だらけのトラはうさぎを優しく見て甘く微笑んだ。

「あの、失礼いたします！」

真っ赤な顔をしたマイラは、そそくさと部屋を出て行った。

「ああ、ミイシャ、なんて可愛いうさぎなんだ……」

「ねえ、ガリオン、やあん、うさぎのみみを噛まないでよ、ねえ……ガリオン？」

イルークレオンの卑劣な罠《わな》でまんまと体力を削られてしまったガリオンは、うさぎのふわふわおみみを咥《くわ》えながらそのまま朝までぐっすりと眠ってしまったのであった。

その18　花嫁選抜ダンス大会！

「ミイシャ様、本当にこのドレスでよろしいのですか？」

花嫁選抜の夜会当日、黒うさぎ専属侍女として、日夜茶色のふわふわおみみを守りながら働く茶トラねこのマイラは、戸惑いながら尋ねた。

なにしろミイシャが着たいと言っているのは、膝丈の、裾がふわっと広がった真っ黒なドレスなのだ。中にはたくさんのパニエが重なっているため、ふりっふりでゴージャスで、うさぎによく似合っている。垂れたおみみの黒うさぎがこれを着て、きゅん、と首を傾げると「きゃー、可愛いーっ」と思わず抱き上げたくなるような愛らしさだ。

そう、艶のある生地でたくさんのフリルが重なり、確かに大変可愛らしい黒のミニドレスではあるのだが……夜会用にしてはいささか丈が短すぎる。

ディカルダ帝国の夜会では、ご婦人方は足首すら見せないロングスカートなのだ。

ちなみに、パニエも、ちらっと見えるドロワーズも真っ黒だ。ドロワーズに至《いた》っては、繊細な『見せレース』がたっぷりとついていて、それだけでも着られるくらいにおしゃれな作りになっている。

そして、足には柔らかな革でできた赤い靴。バンドがついていて、踵《かかと》はそれほど高くない。

喉元にはいつもの魔力封じの魔石がついたチョーカーを着けている。

「だってさ、ダンス大会なんだよ？」

期待で耳をピクピクさせながら、笑顔のミイシャが答えた。

「長いドレスじゃ、足さばきの邪魔になっちゃうじゃない！　思う存分踊るには、このドレスが一番なんだよ。ああ、楽しみだな！　隠し芸大会の次にはダンス大会を開くなんて、あのヤギ、なかなかいい趣味をしてるね。うさぎ、ちょっと見直しちゃったよ」

知らないところでうさぎからの評価を上げたクストランだが、これを知ったら「め、滅相もございません、ええ、わたしにお気遣いなく！」とブルブル震えて逃げ出すだろう。

もちろん、執着心の強いトラの怒りを買わないために、だ。

とんとん、と部屋の扉がノックされ、マイラが応対すると、迎えにきたイルークレオンであった。

「まあ、イルークレオン様……」

白の服に銀のローブを羽織り、魔導師の正装をしたイルークレオンのあまりの美しさに思わず頬を赤らめうっとりしてしまうマイラ。さすがハイエルフだけあって、きらびやかさにおいて右に出る者のいない、正統派の美形男性である。

「あ、お師匠様！　可愛い？　ねえ、うさぎ可愛い？」

目の前でくるくる回ってみせる黒うさぎに、頬を緩ませる師匠バカのハイエルフ。

「よく似合ってますよ、とても可愛いうさぎです」

「むふふ、これならガリオンもうさぎの魅力に首ったけで、ちょっと早いけど赤ちゃんを作っちゃおうかな、ハアハア、とか言っちゃったりして！」

「……作らせませんよー」

いい笑顔で答える師匠。きっと、対エンデュガリオン皇帝陛下の新たなトラップでも思いついたのだろう。

そして、トラはもうすでにうさぎに首ったけで、ちょっと早いけど赤ちゃんを作っちゃおうかな、ハアハア、ととっくに考えているのである。誰かさんの妨害により達成できないだけなのである。


イルークレオンにエスコートされ、ミイシャは花嫁選抜夜会の会場へとやってきた。

「うわあ、すごい人ですね、お師匠様」

「ディカルダ帝国の有力な貴族をはじめとして、国の重要人物がすべて招待されているらしいですからね」

そんなことを囁《ささや》き合うふたりであったが、そして、当人たちは気にも留《と》めていなかったのだが、金髪碧眼《きんぱつへきがん》の美しき魔導師イルークレオンとその愛弟子《まなでし》ミイシャは、会場の注目をかなり集めていた。

特にご婦人方は、イルークレオンの美貌に夢中であった。

「ご覧になって。まさか、あの魔導師様が夜会にご出席なさるだなんて」

「あの、黄金の糸のような美しい髪！　さらさらと背中を滑って、なんて美しいのかしら」

「それに、青空を切り取ったかのようなあの瞳を見て。なんて澄んだ青なのかしら。あの瞳でみつめられたら、わたくし、わたくし、ああ……」

大変な人気である。

世界のスーパーアイドル、モテモテキングのイルークレオンなのである。

しかし、誠に残念ながら、飾りちんこの百年童貞なのである！

そして、黒うさぎのミイシャもしっかりと噂《うわさ》になっていた。

「あれが皇帝陛下が見初《みそ》めた、魔導師様の弟子、ミイシャ……だと？」

「庭園で出逢い、一目で恋に落ちられた……だと？」

「素晴らしい観察力と知識を持ち、皆の規範となる貴婦人……だと？」

すべての囁きに疑問符がつき、「だが、幼い少女ではないか！」と締められる。

黒うさぎのミイシャ、ただいま繁殖期の16歳成人女性。

しかし、膝丈ふりふり真っ黒ドレスを着て赤い靴を履いた、長い垂れ耳の愛らしい黒うさぎは、どう見てもまだまだ幼い少女、おまけをしても成人前の美少女にしか見えない。

「おししょーさま、まだダンスは始まらないのですか？　うさぎ、早く素敵な踊りが見たいのです」

あどけない口調でしゃべる、その声までが可愛らしい。

お腹の中は真っ黒だというのに、あざといまでに幼く愛らしい黒うさぎに……皇帝エンデュガリオンの評価はだだ下がりになる。

すなわち、『ロリコン』と。

「あっ、おししょーさま、あっちにガリオンが見えますよ！　ガリオーン、ガリ……」

まさに脱兎《だっと》のごとく駆け出したミイシャは、その後を猛ダッシュで追いかけたイルークレオンに捕獲される。彼は伊達《だて》にうさぎ育てをしていないのだ。闇雲に飛び出すうさぎを捕まえる素早さは、そこらの猟犬が「お見逸れしました」とお腹を見せてしまうレベルのスゴ技なのである。

イルークレオンに両耳を持たれて「めっ！」とぶら下げられたミイシャは、「おしょーさまー、おみみ持っちゃいやーん」と膨れた。

「こんな公衆の面前で皇帝に抱きついたりしたら、今までの苦労が水の泡ですよ？　少しは自重というものを覚えてください」

「……ガリオンのお耳を触りたかったのに」

「とんでもない！　ところ構わず盛《さか》るのはおやめなさい。あのトラと番《つがい》になりたいのでしょう？」

「なりたいです！」

びしっと親指を立てて答えるが、耳を持たれてぶら下げられたままなので今ひとつ決まらない。

「ならば、もう少し我慢をなさい。あなたといいあのトラといい、忍耐力というものがまったく足りていませんね」

「だって、ミイシャ、お年頃なんだもん！　繁殖期なんだもん！　百年童貞のお師匠様にはわからないでしょうけど、ガリオンの役立ち……」

イルークレオンの大きな手のひらが、危ないところでミイシャの口を塞いだ。

「誰が聞いているかわからないこの場所で、不用意なことを言わない！」

「……ふごーん」

弟子は可能な限りのいいお返事をした。

「皆様方、今宵の夜会にようこそお越しくださいました」

花嫁大会開催委員のセリュークが、夜会の開会を宣言する。

「ご存じの通り、この夜会は皇帝陛下の花嫁、つまりディカルダ帝国王妃となる女性を選ぶための試験ともなっております。試験内容は夜会のダンス。そこで、高名な踊り手であるキルミット夫人に特別審査員としてお越しいただいております。キルミット夫人、どうぞ！」

頭をきりっと持ち上げた姿勢の良いねこの獣人が、セリュークの紹介で進み出た。彼女はマイラと違ってシャム猫のようだ。

キルミット夫人はしなやかな身のこなしで一礼すると、「誠心誠意、このお役目を務めさせていただきますわ」と婉然《えんぜん》と笑った。

「キルミット夫人がおひとりおひとりの踊りを採点して回ります。それをもとにして、結果について協議したいと思います。それでは、このひとときをお楽しみください」

銀ぎつねの貴公子が一礼すると、銀の髪がきらりと光り、令嬢たちから「きゃあっ」と黄色い声があがった。セリュークもインテリイケメン貴公子としてたいそう女性に人気があるのだ。

「さあ、おしょーさま、行きますよ！」

「はい。って、ミイシャ、どこへ？」

「決まっているでしょう、観覧席を作るんですよ！」

ミイシャはそう言って、会場を見渡せる眺めの良い場所に椅子を設置すると、美味しそうな食べ物や飲み物を小さなテーブルに山盛りに用意して、ワイングラスなどを傾け始めた。

「楽しいですね、おしょーさま！　みんなおめかしして綺麗なドレスを着て、とっても素敵です！

これだけでごはんが三杯は食べられます！」

ミイシャはそう言うと、料理を盛ったお皿を膝に乗せて、花嫁候補の踊りを楽しみながらもきもきと食べ始めた。

「うわあ、あのテンやるじゃない！　オレンジのしっぽ遣いがうまいね、うん。もうちょっと自分を抑えて相手の動きをよく見ると、もっと踊りが安定しますね」

踊りの講評まで始めた。

「あっ、親切なリスだ！　くるくる速いステップがうまいじゃない。それに、バランスをとっている、モッフリしたリスのしっぽが素敵だね。あのリスは気立てがいいし可愛いし、わたしがお嫁にもらうならあのリスで決まりだよ！」

「ミイシャ、お嫁に行くのはあなたでしょ」

「あっ、そうだったね！　うさぎ、うっかりしちゃった」

てへっと笑い、うさぎはまたもしゃもしゃと料理を食べるのだった。


「おい、うさぎはどうした？」

なんだかんだ言いながら、結構面倒見の良い剣士のアダンは、皇帝の警護をしながら会場を見渡して言った。

「肝心の黒うさぎが踊っていないじゃないか。ダンスは得意なはずなんだろう？」

「クストランの話ではそうらしいですね」

セリュークも、黒うさぎが見当たらないので首をひねる。

「大喜びでぴょんぴょん飛び跳ねて踊ると思ったのですが……」

「ああっ！」

アダンが声をあげた。

「みつけた！　あのうさぎ、なにやってんだ？　踊りを見ながらハイエルフと宴会をやってるぞ！」

「あ……」

頭痛をこらえるように、額に手を当てるセリューク。和やかに談笑しながらグラスを傾けるハイエルフとその弟子の姿を見て、頭痛がしたらしい。

ガリオンは「俺もあそこに行きたい……」と呟き、アダンに「陛下、却下だ」と即答される。

と、特別審査員のキルミット夫人がミイシャたちに近づくのが見えた。どうやら、最後に残ったミイシャの踊りを見たいと話しているらしい。黒うさぎは笑顔でうなずくと立ち上がり、ハイエルフもあとに続いた。

「大丈夫だ、キルミット夫人がうまくやってくれたようだ。うさぎが踊るぞ」

「ここまで満点ですからね、よほど酷い踊りをしなければ、総合的に見て黒うさぎのミイシャが花嫁候補の中でトップに……宰相閣下、どうされましたか？」

彼らの元にヤギの宰相クストランが大慌てでやってきたのだ。ゼエゼエハアハアと荒い息をしながら血走った目で周りを見回す。

「うさぎはどこですか!?　黒うさぎのミイシャは!?」

「あ、ああ。これから踊るところだが……そんなにあのうさぎの踊りが見たいのか？」

のほほんと答えるアダンの眼前にヤギの顔が迫り、思わず「うおっ」とのけぞるアダン。

「なにをする、宰相」

「踊らせてはなりませんぞ!!!」

皆がびっくりするくらいの大声で、クストランは言った。

「あのうさぎを、絶対に、踊らせてはなりません!!!」

「なんだ、どうしたっていうんだ」

アダンは、ヤギのあまりの慌てぶりに頭をかきながら言った。

「実はめちゃめちゃ下手だったのか？　まあ、だとしても、今までの試験が満点だから……」

「踊らせてはならないのです、『災厄の種』に踊らせてはならないのです!!!」

ヤギの目は血走っていた。

「うさぎの踊りは魔性の踊り、下手するとこの辺り一帯が火の海になります!!!」

「な、火の海とはどういうことですか、宰相閣下!?」

クストランの言葉を聞いて青ざめたセリュークが言った。

「あのハイエルフの常識を信じてはいけなかったのです。あれは、あれは、うさぎに頭がヤラレた残念なハイエルフなのですよ！」

そう、ミイシャがどんな魔物を召喚するかわからない時に、イルークレオンは涼しい顔でこう言ったのだ。

『まあ、宰相殿、多少魔物が暴れても大丈夫ですよ。わたしは回復魔法も得意としておりますので』

「火の海になったら消せばいい、死傷者が出たら治せばいい、そういう考えのハイエルフなのです！」

「な、なんですって!?」

「なんだと!?」

「……」

セリューク、アダン、そしてガリオンが顔を見合わせた。ガリオンが呟いた。

「……そうだった。あのハイエルフは、弟子の貞操を守るため、一国の皇帝に対して下手すると死ぬような防御魔法を展開する非常識な人物なのだ……」

王座の下に潜り込んでブルブル震えるヤギを置いて、三人はミイシャに向かって駆け出した。

「その踊り、待ったああああああーっ！」


残念。

遅かった。

その19　紅蓮のダンス

「黒うさぎ、待て……ううっ」

ミイシャを止めようとするが、彼女から噴き出す魔力で威圧されるアダン。

「なんですか、これは！　こんな強い魔力が……」

同じく、言葉を続けることができないセリューク。

夜会の会場は広く場所が空けられ、その中央にミイシャが立っていた。

長い垂れ耳を、ピンと立てて。

なにも知らない人々は、いったいなにが行われるのかと興味津々で、離れた場所からうさぎを囲んでいる。

「ミイシャ……」

ガリオンが、それ以上は黒うさぎに近寄れないというギリギリのところで彼女に声をかけると、ミイシャは彼の目を見て笑った。

うさぎの目は、真っ赤に輝いていた。

その中に渦巻く、純粋な魔力。

禍々《まがまが》しいほど美しいその光に魅入られたガリオンに、ミイシャが優しく言った。

「わたしの大好きなトラ、踊りを捧《ささ》げるから見ていてね？　うさぎはトラのために愛の踊りを踊るから」

「美しいでしょう」

声をかけられ、ガリオンがはっと隣を見ると、いつの間にかイルークレオンがいた。

「あの子の瞳は紅蓮《ぐれん》の炎。ミイシャは炎を操る魔導師なのですよ、それも、いまだかつてないレベルの、強力な魔力を持つ。あの子を本当に愛するのなら、素晴らしい踊りを見てやってください。大丈夫、わたしが結界を張ってありますから……王宮は燃えませんよ」

「イルークレオン！　しかし、」

「もう彼女を止められませんよ」

イルークレオンは、見た目からは想像できないくらいに強い力でガリオンの腕を掴《つか》むと、そのまま後ろの安全な場所へと彼を引きずっていった。

真っ黒なドレスに真っ赤な靴を履いたミイシャは、右手を高く上げた。

赤い唇が弧を描き、笑いを形作ると、大きく開かれた。

「フォオオオオオオオオオオーッ、ファイアッ！」

「うわあああああっ！」

「きゃあああああっ！」

ぼんっ！　と真っ赤な炎がミイシャを包んで燃え上がった。

「大丈夫ですよ、炎は彼女を傷つけませんから」

飛び出そうとするガリオンの肩を引き留め、イルークレオンが穏やかに言う。

「しかし、あんなに炎が」

「よく見てご覧なさい、彼女の表情を。どう見えますか？」

「……とても……幸せそうで……楽しそうだ」

キラキラ輝く赤い瞳で、ミイシャが笑っている。

彼女は両手を上げると、くるくると踊り出した。

黒くて小さなしっぽも、くるん、くるん、と回る。

炎は彼女の動きに合わせて渦巻き、火花を散らす。

「あははは、ファイア！　ファイア！　ファイア！」

その度に現れる、巨大な火柱。

みるみる会場は火の海になるのだが、イルークレオンの結界のおかげで観客の元には熱は一切伝わってこない。

ミイシャが跳んだ。高く、まるで流れ星のように、火の粉を散らし、炎を従えて、跳んだ。

広い会場を、ところ狭しと黒いドレスのうさぎが踊る。

楽しそうに、嬉しそうに、幸せそうに踊る。

手足を大きく動かして、身体をしなやかにしならせて、縦横無尽にうさぎが踊り、生き物のように炎も踊る。

赤、オレンジ、黄、白、淡いブルー、パープル。

ミイシャの周りに鮮やかな炎がまとわりつき、離れ、噴き上がる。

そのあまりの見事さに、見ている人々は言葉を発することも、満足に息をすることすらできない。

まるで魔に魅入られたように、人間離れした身のこなしでのびのびと歓喜のダンスを踊るうさぎから、目を離せない。

「これは……なんという……」

シャム猫の特別審査員、キルミット夫人は、目玉がこぼれ落ちそうになるくらいに目を見開き、食い入るようにうさぎをみつめた。

『みて』

『うさぎをみて』

『たのしいね』

『うれしいね』

『おどろうよ』

『とんで』

『はねて』

『くるっとまわるのよ』

炎を従えて楽しげに踊るうさぎの横で、ひときわ大きな炎が噴き上がると、そこにひとりの人物が現れた。

燃え上がる真っ赤な髪をした、人とは思えないほどの凄《すさ》まじい美貌を持つ、背の高い男だ。

彼は恭しくミイシャの手を取ると、一緒にダンスを踊り出した。

「あれはいったい……」

怪しい人物の登場に、すわ、恋人のピンチかと乗り込みそうになるガリオンに、ため息交じりのハイエルフが言う。

「彼はミイシャを害するような存在ではありませんよ。あれは、火の精霊王《サラマンダー》です」

「なっ、サラマンダーだと!?」

身体から炎を噴き出しながら、ミイシャと情熱的に踊る紅蓮の貴公子。彼は、四大精霊王のひとり、火の精霊王なのだ。

「彼はミイシャのことをすっかり気に入ってしまいましてね、追い払っても追い払ってもミイシャを口説きに現れてしまうのですよ」

まるでうるさいハエを追い払うように手を動かすイルークレオンだが。

火の精霊王なのである。

四大精霊王のひとりなのである。

本来なら、ぜひとも加護を得たいと、魔導師が這いつくばって祈りを捧げて懇願するような存在なのである。

常識的に考えると、とんでもない偉大な存在なのである。

「いくら追い払っても涌いて出て、もうしつこいったら……」

それを、ハエ扱いするハイエルフ。彼もまた、弟子に負けないくらいに非常識な存在なのであった。

ミイシャと踊りながら、ハイエルフの側を通り過ぎる時、サラマンダーは実にイヤそうな目でイルークレオンを見て、イルークレオンもこれまたイヤそうに鼻の頭にしわを寄せてサラマンダーを見た。どうやらふたりは大変に仲が悪いようだが……四大精霊王を相手にこの態度、さすがは世界に名を馳《は》せる偉大な魔導師、イルークレオンだからこそであろう。

こんなにも大人物であるのに、黒うさぎには飾りちんことしか思われていないのが非常に残念である。

サラマンダーはミイシャのことを愛《いと》おしげに見ながら、彼女の身体をかき抱き、細い腰を両手で掴んで高く持ち上げた。そのまま、くるくると回されながら、ミイシャの腕は炎を操り、脚が高く振り上げられ、空中に放《ほう》り上げられると身体が飛んで一回転した。

「おおっ！」

大胆でアクロバティックなダンスに、会場がどよめく。

着地したミイシャの手を美しい炎の貴公子が握り、ふたりは高速ステップで会場内を踊り回り、時折ぽーんと投げられたミイシャが炎の竜巻と化して火花を散らす。

やがて、ミイシャが会場の中央にとん、と着地し、きらびやかで心を揺さぶる紅蓮のダンスが終わった。すべての炎が消えて、そこには黒いドレスのミイシャと燃え盛る炎でできた貴公子が手を取り合って立っていた。

サラマンダーはダンスが終わったというのに、名残惜しげに黒うさぎの手を離さない。それどころか、ミイシャの手を両手で包むように握って、なにやら彼女に訴えている。

「んもう、サラマンダーったら！　わたしは火の精霊女王《ファイア・クィーン》になんてならないって言ってるでしょ？　うさぎはね、番《つがい》と一緒に家庭を作って、赤ちゃんをたくさん産んで、寄り添って暮らすものなんだよ」

それでもまだ悲しげにうさぎをみつめていたが、やがてサラマンダーはうさぎの手に唇を押しつけると姿を消した。

ようやくうさぎはギャラリーの方を向くとスカートを持って、ちょこんとお辞儀をした。

「うさぎのダンスはこれで終わりでーす」

きゅんと首を傾げて、うふ、と笑うとようやく、感動のあまりに固まっていたギャラリーから、大きな拍手が湧き起こった。

「うおおおおおおお！」

「素晴らしい！　なんて素晴らしい踊りなんだ！」

特別審査員のシャム猫、キルミット夫人に至っては、その美しい瞳から滂沱《ぼうだ》の涙を流し「まあ、なんという、なんという……」と言葉にならない言葉で感動を表していた。

ミイシャはにこにこしながら、ガリオンのところに跳ねるようにやってきて抱きつくと「ねえねえ、うさぎの踊り、どうだった？」と尋ねた。

「ガリオンのために踊ったの。いっぱいキラキラして、綺麗だった？　ねえ？　……あっ、やーん、うさぎのおててを噛んじゃいやーん」

トラは、サラマンダーが口づけたミイシャの手を、かじかじと甘噛《あまが》みしていた。

どうやら妬《や》いているらしい。

「トラったら、やきもちやさん！　うさぎがお嫁さんになりたいのはトラだけなんだよ？」

こてんと首を傾げるミイシャを、所有欲丸出しのガリオンが抱き上げた。

「見ての通りだ。俺はこのミイシャを妃に迎える！」

うわあああああっ！　と、歓喜と祝福の拍手がふたりを包んだ。

「ああもう、陛下、段取りというものをでございますね、ああもう」

オロオロとするヤギをしり目に、ふたりは割れんばかりの拍手をする人々に手を振って応えたのだった。

その20　婚約成立？

「おししょーさま！」

「はい、なんですか？」

イルークレオンの部屋に来たうさぎは、両手を腰に当て、足をたんたんたん、と踏み鳴らすと、今日ものんびりお茶を飲んでいる自分の師匠に思いきり上から目線で言った。

「うさぎは花嫁選抜試験なるものに優秀な成績をおさめたあげく、見事トラとの婚約を成立させました！　さあさあ、今すぐふたりを隔てる根性悪なトラップの数々を、ひとつ残らず綺麗さっぱりと解除してください！」

ややフライング気味ではあったが、ディカルダ帝国皇帝エンデュガリオンによる、黒うさぎミイシャとの婚約宣言は、国の有力者たちに受け入れられた。むしろ、大歓迎で祝福された。

なにしろ、高名な魔導師イルークレオンの愛弟子である、強力な魔力を持つ女性が、ディカルダ帝国の国母になろうというのだ。それも、伝説級の偉大な存在、火の精霊王をも従えるというとんでもない実力の持ち主が。ディカルダ帝国にしたら心強いことこの上ない。

さらに、この婚約者同士はすでに相思相愛であり、おまけに女性は繁殖力の強いうさぎ族だ。世継ぎの誕生は心配ないどころか、王家のメンバーが増えること間違いなしだし、側妃を置く必要も後宮を設置する必要もない。ただ、愛し合う皇帝と妃のイチャイチャぶりを生温かく見守っていさえすればよい。

と、黒うさぎミイシャ本人をよく知らない者は、ほくほくしているのだが。

「決まりましたね」

ふう、とため息をつくのはセリューク。表情に疲れが滲《にじ》み出てしまうのは、大変なのはこれからだと考えているからであろう。

「蓋を開けてみたら、とんでもないうさぎだったな！　全試験で満点を出すとは予想もつかなかった。さすが腐ってもハイエルフの弟子、というわけか……いてっ！」

「ミイシャは腐っていない。ピチピチの可愛いうさぎだ」

アダンをトラの強力なしっぽで横殴りにしたのは、皇帝エンデュガリオン。それでも、いつもは無愛想な口元が少し緩んでいるのは、ミイシャと婚約できたことでかなり機嫌がいい表れだ。

「もう婚約したのだから、ミイシャを俺の部屋に入れろ」

そして、すでにえっちなことをやる気満々の、むっつりなトラであった。

「いいえ、それはお待ちください。……いや、別に、仲良くなさるのはまったく問題はございませんです、はい」

ガリオンに喰《く》い殺しそうな目で見られたヤギの宰相クストランは、ぶるぶる震えながら言った。

「陛下のお部屋の続きになります王妃の間は、まだミイシャ様をお迎えする準備が整っておりませんので、はい」

「……ああ、うさぎ好みに模様替えさせている途中なのか」

「はい。やはり、王妃にふさわしいそれなりの調度で、かつ、狭い巣穴のような安心感を出すため、今少しお時間が必要でございまして、はい」

汗を拭き拭き言い訳するヤギに、ガリオンは「ならば仕方がない、俺がミイシャの元に通う……たとえあのハイエルフがどんなに邪魔をしてもな……」と唸《うな》り声をあげた。

トラの後ろで、メラメラと炎が燃える。

「陛下の闘気が具現化している、だと!?」

「そこまでミイシャ様と……」

驚くアダンとセリューク。

「こ、これ以上魔導師殿に邪魔をされると、陛下の怒りとミイシャ様に対する欲が頂点に達して、恐ろしいことに……!?」

ヤギの宰相は、この国の一大事を予感して、部屋を飛び出すと、黒うさぎの元へと走った。

「ミイシャ様、なにとぞ、なにとぞ、魔導師殿におとりなしを!」

そして黒うさぎは、ふたりのラブラブな夜を邪魔していた過保護な師匠に向かって、足をたんたんと踏み鳴らすことになったのだ。

「おしょーさま、何度も言いますが、わたしは繁殖期の真っただ中なのですよ。子孫を残すためのビッグチャンスフィーバーポイントなのです。なので、一秒でも時間が惜しいのです、うさぎの本能がラブラブを求めて雄叫《おたけ》びをあげているのです!」

「ミイシャ、そんなに慌てる必要などありませんよ。確かに婚約したことが周知されましたが、別に今すぐ一線を越えなくても……」

のんびりとお茶を飲み続けようとしたイルークレオンの、カップを持つ手が止まった。

ミイシャの首につけられたチョーカーの、魔石がびりびりと音を立てて震えている。

「百年童貞のハイエルフであるおしょーさまにはわからないのです……これ以上うさぎの繁殖力をナメた真似《まね》をすると……うさぎの荒《あら》ぶる魔力が直撃するかもしれませんね……おしょーさまの飾りちんこに!」

「やめなさい!」

ハイエルフは両手に超結界パワーを込め、慌てて股間を守った。

「師匠の大事なところを人質に取るとは何事ですか!」

「うさぎは荒ぶってますから！」

「ターゲットの選び方が根本的に間違ってます！」

「荒ぶってます！」

「わかりました、対トラ戦トラップをすべて解除しますので、その荒ぶるうさぎの魂を鎮めなさい！」

黒うさぎは首をきょんと傾げて「おししょーさまー、早くー」と甘えた仕草をしながら言った。

その21　ご機嫌なトラさん

「ミイシャ！」

その晩、侍女のマイラに支度を整《ととの》えてもらいつつねこ耳を狙うという、ハレンチなセクハラがやめられない悪い黒うさぎが茶トラねこを部屋の隅に追い詰め、哀れな侍女をにゃーにゃー言わせていた時、トラの皇帝エンデュガリオンが勢いよく部屋に入ってきた。

「いくら待っても取り次ぐ者が出てこないと思ったら……」

そして彼は、愛する婚約者の黒うさぎが、ねこのふわふわおみみに向かって両手をわきわきしながら、いけない笑顔で迫っているのを見て、「あー……」と肩を落とした。

マイラは、恐れ多くもディカルダ帝国皇帝エンデュガリオン陛下からのお叱りを受けてしまったと、震えながら彼に向かって謝った。

「も、申し訳、ございませにゃーーーっ！」

「つっかまっえたーっ！」

「いにゃあん、いにゃああああん！」

悲痛な悲鳴をあげる茶トラねこのマイラ。その耳は、みかけだけは愛らしい、しかしながら言動はスケベなおっさんにしか思えない、将来のディカルダ帝国妃の手に落ちていた。

「ああ、なんてふわふわなねこ耳なのでしょう。マイラたん、黒うさぎはもう、あなたのおみみにフォールインラブラブラブラブなのですよー、わあ！」

黒うさぎは声をあげた。

つかつかと近寄ってきたガリオンに、両耳を持たれてぷらーんとぶら下げられたからである。

「おみみ持っちゃいやーん」

「お前は……なんでねこをいじめるのだ」

「いじめたんじゃないもん、愛情表現なんだもん」

グーに握った両手を口元に添えて、あざとく可愛こぶるうさぎ。

しかし、ガリオンは重々しく言った。

「ねこが非常に迷惑しているのがわからないのか？」

マイラはうさぎに揉《も》まれてしまった耳を両手で押さえながら、真っ赤な顔をして、こくこくとうなずいた。

「お前だって、耳を触《さわ》られる意味くらい知っているくせに」

「だって、女子同士だよ？　マイラたんとうさぎは、とても仲のいいお友だち同士なんだよ？　ちょっと耳を触るくらい、おはようこんばんはの挨拶くらい自然なことだよ！　ガリオンはふたりの友情を邪魔するの？」

ガリオンがマイラに目で尋ねると、ねこは悲しい瞳をしてふるふると首を振った。

「残念だがこのねこはお前の侍女であって、親友ではない」

「な、なんてこと……うさぎ……うさぎは……」

耳を持たれてぶら下げられた黒いうさぎは、赤い瞳を潤ませる。

「まだ慣れないディカルダ帝国での生活に戸惑ううさぎに、ようやくできた心許せるお友だちだとばかり思っていた、かわゆいマイラたんが……ただの義務で、職業的な意識で仕方なくうさぎに優しくしてくれていたなんて……知らなかったの……うさぎ、知らなかったの……」

あざとい。

実にあざとい。

しかし、心優しきマイラはまんまと黒うさぎの術中にはまる。

「ミイシャ様、そんな、わたくしは義務だけでミイシャ様にお仕えしていたわけではなく、本当にミイシャ様のお支えになりたいと……」

「いいの。マイラたん、もういいの。すべてがうさぎの愚かな勘違いだったの。うふ、笑っちゃうよね……」

ぶら下げられたまぬけな体勢で、ミイシャは寂しげに微笑んだ。

「マイラたんの優しさは、みんな、バカなうさぎの夢だったんだね……」

「違います！　わたくしは本当にミイシャ様の……」

きらり、と、うさぎの赤い瞳が光った。

「それなら……それなら、ミイシャ、マイラたんのおみみを……揉んでもいいの？」

「ダメだ！」

ミイシャの手が空を切った。

「あーん、トラのいけずー」

ねこの頭に伸ばされたうさぎの手がねこのふわふわおみみに到達する前に、長い耳を掴んだトラはうさぎを高く吊り上《あ》げた。

マイラは、はっと我に返り「恐れながら、わたくしはこれで失礼させていただきます！」と叫ぶように言うと、部屋を飛び出して、ドキドキする胸を押さえた。

(危なかったわ！　危うくミイシャ様の言うなりになってしまうところだった……なんて恐ろしいうさぎなんでしょう)


そして、部屋の中ではたかーくぶら下げられたうさぎが、背の高いトラと対面していた。

「ミイシャ、浮気な真似をするな！　俺以外の者の耳に触るんじゃない」

「え？　マイラたんは可愛い女の子だから、浮気じゃないよ……やだ、トラったら」

ミイシャは目の前の不機嫌顔の男の頬《ほほ》に優しく手を滑らせながら、言った。

「あんた、もしかして……妬いてるの？」

ディカルダ帝国皇帝エンデュガリオンは、その端正な顔をうさぎから逸《そ》らした。

「別に、妬いているわけでは……ない！」

「トラ……あんもう、わかってるでしょ！」

ミイシャはトラの耳に口を近づけると、囁いた。

「うさぎが一番好きなのは……ト、ラ、の、お、み、み」

そして、黒くて丸いトラの耳に、ぱっくりと噛みついた。

「あっ」

敏感な耳を突然甘噛みされて、思わず声を漏らしてしまうイケメン皇帝。

「……ねえ、ガリオン……」

うさぎはトラの両耳を指先で揉みながら言った。

「うさぎね、お師匠様に頼んで、ふたりを引き裂くトラップを全部解除してもらったのよ？」

ああ、と目を見開くガリオン。

「だから、今日はこんなにもすんなりとこの部屋にたどり着けたのか」

「そうだよ。ねえ、この意味、わかるでしょ？」

まだぶら下げられているうさぎは、両手をもじもじとこね合わせながら、ちらりとトラを見て言った。

「ねえ、あっちに行かない？　とても素敵な、まるでうさぎの巣穴みたいな……ベッドがあるのよ？」

「べ、ベッド……」

トラはほんの数秒固まっていたが、やがて、ひょい、とうさぎを肩にかけて、寝室に向かって素早い身のこなしで移動する。

「やーん、まさかの荷物担ぎなのー」

そして、ミイシャはベッドの上に放り出された。

「やん、もう、トラったら乱暴ね……」

「ミイシャ、今夜こそ……お前を俺のものにする！」

「ガリオン……うさぎはいつだって、トラのものだよ？」

金の瞳から肉食獣の光を迸《ほとばし》らせながら、ガリオンは丸い目で自分をうっとりとみつめるミイシャに覆《おお》い被《かぶ》さった。

トラの唇がミイシャの唇に押し当てられて、ちゅっ、と音がした。

「ガリオン、大好き……」

ミイシャの位置からは、普段は髪に隠れているガリオンの整った美しい顔が丸見えだった。そのきらめく金の瞳を、ミイシャはうっとりとみつめる。

「黒くて艶があって、本当にいい耳だ」

彼はそう囁くと、うさぎの長い耳を優しくしごいた。

「ねこなどよりも、ずっとふわふわで柔らかいぞ」

「あ……ん、トラったら、これ以上うさぎを好きにさせるなんて……ああん」

敏感な場所を番《つがい》に責められて、うさぎは甘い声を漏らした。

「や……ん、酷《ひど》いトラね……」

「お前がそうさせるんだ……可愛いうさぎ……」

トラはうさぎの耳に唇を寄せて、音を立てて口づける。何度もちゅっちゅと口づけられたうさぎは、身をよじりながら言った。

「あん、くすぐったいよ」

「くすぐったいだけか？　ここは……ほら、どうだ？」

「あっ、ああん！」

トラの熱い舌がうさぎの耳を下から上へと舐《な》め上げた。

「ダメ、そんなことをされたら、うさぎ、あああーっ！」

何度も繰り返して耳を舐め、やがてトラは舌を耳の中に差し入れて、舌先でちょろちょろと舐め始めた。

「あーっ、そこはダメ、そこはダメなの、あん、ガリオン、もう」

「ん？　ここがいいのか？」

「あっや、や、ダメ、ダメぇっ、あん、あああーっ！」

赤い瞳に涙を溜《た》めたうさぎは、トラの執拗《しつよう》な舌遣いに翻弄されて、とうとう軽い絶頂に達してしまった。

「……ガリオンたら、酷い……こんなにうさぎの耳をいたぶって……」

「ミイシャ、耳は良かったか？」

「……もう、知らない！　ガリオンのえっち！」

トラはくっと笑いを漏らすと「じゃあ、もっとえっちなことをしてやる」と囁き、うさぎの首元に顔をうずめた。そして、舌で首をべろりと舐め上げる。

「脈打っているのがわかる。俺がここを噛んだら、うさぎは死んでしまうな」

「イヤ、うさぎを噛まないで……あん」

敏感な急所を舌でなぞられて、ミイシャは身悶えた。

「こんなに小さくて柔らかで、とても弱いのに……俺の心を鷲掴《わしづか》みにする悪いうさぎめ」

トラが首筋に歯を立てたので、ミイシャは身体をびくりと震わせた。

「や……」

「どうかしたか？」

「あん、手が……」

「手が？　お前の胸に？」

ガリオンはいつの間にか、ミイシャのふたつの膨らみを手で揉んでいた。さすが肉食獣、油断のならない皇帝である。

「俺にいたぶられて、こんなに先を硬くするなんて……感じやすいうさぎだな。本当はえっちなことをされたくて仕方ないんだろう？」

「違う、うさぎ、えっちじゃないもん」

「本当か？　じゃあ、ここをこうされても、全然なんともないんだな？」

猛獣の顔になったトラの両指が、ミイシャの胸の膨らみのてっぺんをつまみ上げた。

「あっ」

「小さな粒をこうしてこねても、うさぎは全然、大丈夫なんだな、うん？」

ミイシャは恥ずかしいところをクリクリとこね回されて、そこから痺《しび》れるような感覚が身体に響いてしまい、腰をくねらせてあんあん鳴いた。

「ミイシャ、本当に大丈夫なのか俺が調べてやるからな」

「あっ、トラのえっち！　そんなところ、いやあん」

ガリオンはミイシャの足の間に手を差し入れて、指先で狭い隙間を探った。そこはすでにぬるぬるしていて、小さな穴がガリオンの指を誘い込もうとひくひくしていた。

今夜はそこに電撃結界が仕掛けられていないことを確認したガリオンは、濡れた指を引き出してミイシャに見せた。

「ほら、見るがいい。うさぎの大切な場所が、こんなにぬるぬるにいやらしく濡れているぞ？」

「やん、意地悪言わないで……」

ミイシャは赤くなって、身体をくねらせた。

「ほら、大人のうさぎだから、ここをこうすると気持ちがいいんだろう？」

ガリオンは溢れ出した蜜を、うさぎの足の間にある小さな粒に塗りつけ、指の先でくるんくるんと擦《こす》った。その度に、あんあん鳴いてしまううさぎ。

「や、あん、あん」

ガリオンは喘《あえ》ぐミイシャの口に舌を差し込んで、ぐるりと舐め、そのままミイシャの小さな舌をもてあそんだ。

上もぬるぬる、下もぬるぬるにいやらしく責められて、まだまだ性的に未熟なミイシャも快感に押し上げられて、とうとう二度目の絶頂を迎えて身体をのけぞらせたのであった。

その22　うさぎとトラの熱い夜

「ガリオン……」

トラに翻弄されて、頬を染めてはふはふと息をする黒うさぎは、半ば朦朧《もうろう》としながらも婚約者の名を呼ぶ。

「なんだ？」

トラはそんなうさぎが可愛くて、顔に頬をすり寄せたりところ構わず舐めたり吸ったり撫《な》で回したり、いろいろ忙しい。

いつの間にかミイシャの寝間着を脱がせた上、自分も服を脱ぎ捨てて、引き締まった身体をさらしている彼は、金の瞳を細めてうさぎの頭を優しく撫でながら言った。

「ミイシャ、可愛い」

「ガリオン……大好き……」

ミイシャのふっくらした濡れた唇が、そんなことを呟いて、にっこりと笑った。

「！」

「うさぎね、トラのことがすごく好きなの……」

トラのしっぽがぴんと立ち、しましまの毛が逆立った。

もう理性もなにもかも吹っ飛んでしまう、うさぎの破壊力。

これもうさぎの繁殖力が高い原因なのだろう、状況など考えずに、盛ったトラを煽って煽って煽りまくる。

「ガリオン、好きー」

よせばいいのに、煽りまくる。

これでは繁殖オールナイトになってしまう。

「ミイシャ……」

トラのしっぽがミイシャの身体をするりと撫で、敏感な肌をくすぐられたうさぎは「あん」と声を漏らしてしまう。その可愛い姿に、トラの劣情がいたずらにかき立てられる。

するするとしっぽの先でうさぎの身体中の素肌を撫で回すと、彼女はベッドの上であんあん言いながら身悶えた。

「気持ちいいか？　お前の大好きな、しましまのしっぽだぞ」

「やん、くすぐったいよ」

うさぎは瞳に涙を浮かべながら必死に身体をくねらせて、いやらしく身体を責めるしっぽから逃げようとする。

トラはにやりと笑うと、すっかり緩んだミイシャの足の間にしっぽの先を潜り込ませた。両手で膝が閉じないように押さえる。

「あっ、やあん、うさぎに酷いことしないで」

危険を感じたうさぎが訴えたが、それすらトラの劣情を煽ってしまう。

「酷いことなどしていないぞ？　しっぽの先でとても優しく可愛がるだけだ。ほら、うさぎはおと

なしく力を抜いていろ」

言葉だけはいやに優しげだが、金の瞳を爛々と輝かせて牙を剥き出してにやりと笑う姿は、まさしく肉食獣である。ドSなトラである。

「やん、ダメ、やめて、あ、ガリオン、ガリオンたら！」

なにをされるのか気づいたミイシャが脚を合わせようとしたが、もう遅い。ふさふさしたしっぽの先が、ミイシャの脚の間にある感じやすい場所をくすぐり始めた。

「あっ、いやあん！」

柔らかなしっぽの先が、何度も前後してこしょこしょとそこを擦るものだから、やられた方はたまらない。

「あん、やっ、ああん」

「ほら、トラのしっぽを充分に味わうといい。好きなだけな」

黒い笑みを浮かべて、哀れな黒うさぎをいたぶるトラの皇帝。

彼はうさぎの脚をしっかりと押さえつけて逃げられないようにする一方で、器用にしっぽの先をくねらせて、ミイシャの脚の間のスリットをこしょこしょ、こしょこしょと何度もくすぐり責める。

ミイシャは涙をこぼしながら、喘ぎ声をあげた。

「いや、トラ、もういやあん」

「お前のここは、イヤとは言ってないぞ。そら、こんなに蜜をこぼして……」

トラのしっぽの先は、ミイシャが溢れさせた愛液でびしょびしょに濡れていた。

ガリオンは濡れて尖《とが》ったその先を、スリットの合わせ目からこじ開けるように差し込み、中に隠されていた小さな花芽を探り当てた。

「ああああーっ！」

敏感すぎる膨らみをしっぽの先でくすぐられたミイシャは、たまらず声をあげて身体をのけぞらせた。

しかし、ガリオンは両手で押さえ込み、逃がさない。

何度も執拗に、膨れた粒をこちょこちょと刺激する。

「あーっ、あっ、あっ」

「なんだ、ここが一番好きなのか？」

「ちがっ、やめ、やめてえっ、ああん！」

「可愛いうさぎ、もっと鳴け」

綺麗な顔をしているくせに、情け容赦のないトラである。いい笑顔で、快感に乱れて喘ぐうさぎを愛《め》でながら、責めるしっぽを休めない。

やがて、高速のこちょこちょがミイシャの一点を責めて、責めて、責め抜いて、快楽の絶頂まで押し上げた。

「やっ、あ、あ、あああああーーーっ！」

いたいけな黒うさぎは、悲鳴をあげて身体をぴんと硬直させ、びくん、びくん、と痙攣《けいれん》しながら果ててしまったのだった。

ぐったりとして、もう声も出せない状態でベッドに身体を投げ出したミイシャの脚を、ガリオンは大きく割り広げた。

その真ん中に狙いを定めるのは、トラの立派な持ち物だ。

うさぎの痴態にすっかり興奮したそれは、太く長く、天を目指してキリリとそそり立っている。もしもミイシャが見たら、本能がそれを攻撃のひとつだと思って魔力を発動させてしまったかもしれないが、力なく瞳を閉じるうさぎは、凶悪すぎる物体にロックオンされていることに気づかない。

「ミイシャ、お前が一番欲しがっているものをやるぞ」

そう言うと、美形の皇帝はその顔にそぐわない武器をうさぎの濡れそぼった穴に押し当てて、身体をぐっと押しつけた。

サイズ的に無理かと思われたその穴が、意外にも健気に広がってゆっくりとトラのものを飲み込んでいくのは、さすが繁殖期のうさぎとしか言いようがない。

それでも、うさぎとトラのカップリングには体格的にかなり無理があるため、ミイシャは目を開けて、身体に起きている異変を訴えた。

「やっ、きついの、うさぎ、壊れちゃう」

「大丈夫。お前を壊したりしないから、ゆっくりと息をして力を抜け」

ガリオンは腰を進めながら、うさぎに優しく口づけた。

「ミイシャの全部を俺のものにしてやる」

健気なうさぎが涙を浮かべてうなずくと、トラは、自分を熱く締め上げてくるうさぎの柔らかな穴に、快感をこらえながら楔《くさび》を打ち込んでいく。ぎちぎちに狭いそこは、もう彼に暴発の危険すら感じさせるほどに良いものだったが、そこは男のプライドで抑えつけながら、少しずつ先へと進む。

はくはくと喘ぐように息をするミイシャの胸に、ガリオンの汗がぽたりと落ちる。

「お前が一番望んでいるものは、俺の子種だったな。お前のために必ず一番奥へ注《そそ》ぎ込んでやると約束しよう」

なかなか律儀なトラである。

「わたし、ガリオンの赤ちゃんが産めるのね？」

「そうだ。お前だけだ。お前だけに産んで欲しい」

「じゃあ、うさぎ、がんばる！」

真剣な顔で、はくはく喘ぐ黒うさぎ。赤い目は涙で潤んでいる。

それを見て、そんなにも俺の子を産みたいのか、と感動するガリオン。ミイシャの目をみつめながら、ゆっくりと腰を押し進める。

やがて、そんなふたりの努力は実り、うさぎとトラはようやくひとつに結ばれた。

「くっ、大丈夫か、ミイシャ」

汗を流しながら、自分を迎え入れたミイシャを気遣うガリオン。しかし、うさぎの下腹が自分の入れたモノでぽっこりと膨らんでしまったのを見て、心配になる反面、ムラムラと欲情してしまう。

必死のうさぎがガリオンの言葉にこくこくうなずくと、トラはミイシャを抱きしめて口づけた。

彼は「いい子だ、がんばったな。では、なるべくゆっくりするから」と言って腰を引くと、またうさぎに突き入れた。

「あっ！　ガリオン」

衝撃の大きさに、悲鳴のような声でうさぎが訴える。

「すまない。なるべくそっとする。がんばれるか？」

「うん。だって、ガリオンとひとつになれるのはうさぎだけなんでしょ？」

「そうだ。未来永劫《みらいえいごう》、お前だけだ」

「嬉しい……」

あどけない顔で笑みを浮かべる愛する小さなうさぎを壊さないように、まだ年若いトラの皇帝は、腰をガンガン振り立てたくなる衝動を必死でこらえながら、自身のたぎりをできる限りゆっくりと抜き差しした。

「ガリオン、ねえガリオン」

「ミイシャ、痛むのか？」

動きを止め、彼はベッドに横たわる世界一可愛い存在を気遣う。

「違うの。ガリオン、あのね」

「なんだ？」

「大好き！」

途端に、きゅううううっ、とうさぎの中が締まった。

「くうっ！　ミイシャ、俺も……お前を愛している」

ガリオンは愛の言葉を添えて、ミイシャに念願の子種をプレゼントすることができたのであった。

その23　幸せな朝に

夜も深まった、うさぎの寝室では。

「あん、ガリオン、こんなにいっぱいしなくちゃダメなの？」

ベッドの上には、弱々しく訴えるミイシャの姿があった。その肌一面には、トラのマーキングとおぼしき噛《か》み跡や吸われた跡が散らばり、彼女は頬を染め、小さな身体を震わせてハアハアと荒く息をついている。

そして、その中は、すでにトラが注ぎ込んだ精でいっぱいになっていて、身体の向きを変えるとこぽりと流れ出てしまうほどだ。

ディカルダ帝国皇帝エンデュガリオンは、肉食獣であり、絶倫であった。

いくら繁殖期の成人うさぎとはいえ、ミイシャはまだ16歳、見た目は少女、下手をするとまだ10代前半に見える幼さである。

そんなうさぎを遠慮なく散々貪ったのが、たくましい身体つきの青年、若きディカルダ帝国皇帝のエンデュガリオンだ。彼は、初めて自分から欲しいと思って手に入れた女性に対して、盛って盛って、あまりの愛《いと》おしさに身体中を丁寧に舐め回したあげくに（これは実際にやっている）ぱくりと食べてしまいたいほど（さすがにこれはやっていない）盛りまくっているのだ。

さすがは誰もが恐れる肉食獣の中の肉食獣である、凶暴獰猛と評判のトラの皇帝、いったん本能のスイッチが入ると誰も彼を止めることなどできやしない。

そして、対するミイシャは幸か不幸か繁殖に関してはプロフェッショナルなうさぎ族。盛る猛獣をがっつりと受け止めてしまう懐の広さを持っていたため、弱々しく見える割には気力も体力もまだまだ余裕があったのだ。

ガリオンはいまだ情欲に底光りする金の瞳をしながら、優しげにうさぎに囁く。

「ミイシャは俺の子どもが欲しいのだろう？　ならば、なるべく多く子種を注《そそ》いだ方が、子うさぎや子トラが生まれやすいぞ」

「子うさぎや子トラ……」

ミイシャは、真っ黒な赤ちゃんうさぎやしましましっぽの赤ちゃんトラがすでにいるかもしれないと、薄くて白い自分の下腹を撫でて、赤い瞳を喜びでキラキラさせた。

「ねえ、もうできたの？　赤ちゃんが、できたの？」

「それはわからないが……」

ガリオンは、可愛くて仕方がない黒うさぎに覆い被さって、彼女の口元をぺろりと舐めて言った。

「念のためにもう一度……な？」

「うん！　うさぎ、早くガリオンの赤ちゃんが欲しいの」

嬉しそうな顔でこくこくうなずく黒うさぎ。

そして、そんなうさぎ心につけ込む、整った美形顔のくせに実はお腹が真っ黒なトラ。

「では、子どもができやすいように、今度は違った角度からしよう」

「きゃあ」

ころん、とトラにひっくり返されるうさぎ。

そして、その腰がトラに持ち上げられた。

「ここに、またたくさん注いでやるからな」

「あっ、やあん、そんなところをかき回さないで！」

秘所にガリオンの指が差し込まれ、くぷくぷと出し入れされると、その刺激で気持ちがよくなってしまったうさぎはあんあん鳴きながら腰を振った。

「ああ、このしっぽがまた可愛らしくていいな。ほら、こうすると……」

ガリオンは指の先でミイシャの感じるところを探り当てながら、左手で黒くてちんまりしたしっぽの付け根をくにくにと揉み始めた。

「ああん、うさぎ、そこが弱いのよおっ」

身体をくねらせながら声をあげるミイシャに、舌舐めずりしながらトラが笑った。

「ああ、知ってる……可愛いうさぎはもう限界のようだな」

金の瞳を情欲に燃やしたトラは腰のモノを、彼を振り返って潤んだ目でおねだりしているミイシャに押し当てて言った。

「いくぞ」

「あああーっ！」

トラの太い杭《くい》を一気に打ち込まれたミイシャは、快感に背中を反《そ》らせて叫んだ。

「ああん、ガリオン、そんなに激しくされたら、うさぎ、おかしくなっちゃう！」

「ああ、ミイシャ、俺のうさぎ、俺だけのうさぎ！」

牙を剥き出して、ガンガン腰を振り立てるガリオン。幼いうさぎを凶悪なブツで責め立てるその姿は、もはや危険な犯罪者である。

「ああっ、うさぎ、もう、もうダメーっ！」

トラに四つん這いにされた黒うさぎは、首元を獰猛なトラにカプリと噛みつかれながら後ろから犯され、またしても高みに昇りつめた身体できゅうきゅうとトラそのものを締めつけながら、トラに情欲の熱いたぎりを注ぎ込まれてしまったのであった。


そして、翌朝。

うさぎの部屋のベッドの上には、小さく丸まって、トラの腕に抱《だ》き竦《すく》められてすやすや眠る黒うさぎと、その長くてふわふわした耳を口に咥《くわ》えてはむはむしながら眠るガリオンがいた。

「ん……」

先に目覚めたのは、意外にもミイシャの方であった。

か弱い草食動物と思いきや、繁殖期にはばんばん出産するうさぎ族は、こと子作り活動においては驚くべき能力があったのだ。でなければ、劣情にその身を任せた発情したトラ男性の熱烈すぎる愛情表現の前に、不幸な事態が起きていたかもしれない。

ミイシャは隣に眠る綺麗な顔をした婚約者の美しい寝顔を見て、にっこりした。

「うふふ、トラだ。……やん、また耳をしゃぶってるよ！　自慢のふわふわおみみがトラの涎《よだれ》まみれじゃないの」

ミイシャは「むう」と膨れながらまだ眠るガリオンの口元から長い黒耳を引っ張り出そうとしたが、

トラは寝ながら眉をしかめ、離すものかと噛む力を強める。どうやらガリオンは、うさぎの耳の匂いを嗅ぎながら眠る（ちょっと変態っぽい）イルークレオンと違って、うさぎの耳をしゃぶりながら眠る派（変態度はどっちもどっち）であるらしい。

「もう、うさぎの耳はおしゃぶりじゃないって言ってるのに！　トラのしつけ方を間違えちゃったよ、お返しにしましましっぽを噛んじゃうよ！」

うさぎの歯はとても丈夫なので、噛まれるとかなり痛い。

「ガリオン！　ねえ、ガリオンったら！　お口を開けなさーい！」

耳を救出しようとして、トラを揺さぶるうさぎ。やがて「ううん……」と言いながら、やけに肌がつやつやしたトラが目を開けた。

「ああ、ミイシャ……」

朝目覚めたら愛するミイシャが隣にいた喜びで、美貌の皇帝はこの上なく麗しい笑顔でうさぎをみつめた。

「ガリオンったら、あのね……おみみが……」

寝起きのトラに、一言物申そうとしたうさぎだったが、朝の光の中で見た金の瞳があまりにも美しかったので、なにも言えなくなってしまった。

「ミイシャ、俺のうさぎ。可愛い、離さない」

美貌の全裸のトラが、それはそれは嬉しそうな表情でミイシャを抱きしめて笑うから、さらになにも言えなくなる。

（ああもう、うさぎとしたことが！　ちょっとかなりものすごくイケメンだからって、こんなトラ男にされるがままになっちゃうなんて！）

いささか悔しい思いをしながらも、やっぱり番《つがい》に愛されるのが幸せすぎて、もう耳をかじり取られなければ多少ビチョビチョになってもいいやと思ってしまう。

というわけで、ガリオンの裸の胸に「ガリオン、好きー」と甘えたミイシャは……朝から盛ってギンギンになったトラに貪られる羽目になり、茶トラねこのマイラは、こういう場合はどうしたらいいのかと、先輩侍女の元にご指導を受けるために走るのであった。


ふたりはこのまま結ばれて、幸せになるかと思いきや。


遠い遠い異国の地で、ひとりの女性が魔法の鏡を眺めながら、うっとりとして言った。

「ディカルダ帝国皇帝エンデュガリオン、ああ、なんて美しい男なのかしら。絶対にわたくしのものにするわ、絶対に……」

赤く塗られた爪の先で、愛おしげに男の姿をなぞる。

「すぐに行くわ、わたくしのエンデュガリオン、美しいトラ。その心も身体も、すべてわたくしの虜にしてあげる」

遙か遠くの地を映し出す魔法の鏡に映る、黒髪に金のメッシュの入った金の瞳を持つ男、精悍《せいかん》なトラのガリオンに、邪《よこしま》な思いを抱く女が存在したのだ。

そう、邪で、強い力のある、女が。

その24　王女の輿入れ

「スルティーヤの王女が、輿入《こしい》れしてくるだと!?」

王宮の一角にある会議室に声をあげながら入ってきたのは、ディカルダ帝国皇帝エンデュガリオンの側近であり、武力担当の精悍な銀ぎつね、アダンである。銀色の短髪に鋭く光るオレンジ色の瞳を持つ彼は、その部屋にいたヤギの宰相、クストランを睨《にら》みつける。

「いったいどういうことだ？　皇帝陛下の妃は、あの人騒がせな黒うさぎに決まったんじゃなかったのか」

「決まったのだ！」

ガン、と壁が激しく叩かれた。

部屋の中をイライラと歩き回るガリオンのしましまトラしっぽが、腹立たしげに打ちつけられたのだ。

「非公式とはいえ、それは決定事項だ！」

怒りも露わなガリオン。

「陛下、落ち着いてください」

ぶるぶる震えて役に立たない宰相の代わりに、アダンの双子の兄であるセリュークが、やや長めの銀の髪をかき上げながら言った。

「ここへきて、なぜスルティーヤからそのような申し入れがあったのか。それがまったく読めないのですよ」

眉をしかめるセリュークの横に、ガリオンがどかりと腰をかけた。

「スルティーヤは押しも押されぬ大国だ。しかし、我が国とは力関係を均衡に保っていて、今さら政略結婚をする必要性など考えられない。そうだな、クストラン」

「は、はい、陛下！　さようでございます」

冷や汗をかきながら、クストランは答えた。

「しかしながら、スルティーヤは力ある国、この話をむげに断るわけにも、あわわわわわ」

トラの、喰《く》い殺しそうな視線に耐えかねて、部屋の隅まで飛びずさり、そのまま壁に張りつくヤギの宰相。

「速やかに事態の確認をいたしますので、なにとぞ、今しばらくのお時間をくださいますよう、どうかご容赦を！」

「他国になにか不穏な動きがあったのかもしれませんね。そのあたりを諜報部に報告させた方がいいかもしれません」

この場では一番冷静なセリュークが言った。

「こんなことになるなら、さっさと正式に発表してしまえば良かったのだ！」

ガリオンが力任せに拳で卓を叩くと、木製で頑丈なそれにひびが入った。

そんな彼に、アダンが冷静な声をかけた。

「陛下、気持ちはわかるけど、落ち着いてくれ。陛下が動揺すると、あのうさぎに影響が出る」

「ミイシャに……」

アダンの言葉に、目を細めるガリオン。

「そうだ。『災厄の種』黒うさぎのミイシャに、だ。あのうさぎはなにを引き起こすかわからない、とんでもないうさぎだ。それを番《つがい》にすると言うのなら、陛下が責任を持ってあれを落ち着かせる義務がある。そこまで覚悟をして、黒うさぎを嫁にするんだろう？」

ぞんざいなアダンの言葉に、考え込むガリオン。

やがて「そうだな、黒うさぎを嫁にするというのは、そういうことだな」と呟いた。

「それにしても、ずいぶんと急な話ですね。大国の動きにしては、やや強引すぎます」

顎に手を当て、首をひねるセリューク。

「ああ。花嫁大会の噂でも聞きつけて、慌ててディカルダ帝国に食い込もうとしてきたのか……それにしても、スルティーヤの動きは荒っぽいな。まるで唐突に思いついたようだ」

スルティーヤ国からは、いきなり『第一王女ルシーダを、皇帝エンデュガリオンの妃に輿入れする。側に置いてもらえるのなら、側妃でも構わない』と連絡が来たのだ。

「そうですね。なんの根回しもなく、しかも第一王女を側妃でも構わないなどという非常識なほど低い条件で……引っかかりますね」

「ああ、引っかかる」

アダンは唸《うな》った。

「この件は、うさぎの耳に入っていないだろうな？」

「ええ、大丈夫です」

「先にイルークレオンに知らせろ」

口を開いたのは、ガリオンだ。

「あれは、腹の立つほど性悪なハイエルフだが、黒うさぎの扱いには詳しいからな。うまく、気持ちを傷つけないように、ミイシャに説明してくれるはずだ」

「……そうですね。魔導師殿の力を借りた方が」

まさにそんな話をしていた時。

会議室の扉がノックされ、「おそれながら、魔導師殿が大至急お会いしたいとのことでございます」と伝達があった。

「情報が早いな？」

首を傾げ、剣に手をかけながらアダンが扉を開くと、今日もキラキラと無駄に美しいハイエルフのイルークレオンと、今日も無駄な動きが多いエプロンドレス姿の黒うさぎ、ミイシャが部屋に入ってきた。

「ガリオーン！」

そして、もちろん愛しの番《つがい》に駆け寄り、ぴょんと飛びついた。

「ああ、ミイシャ。可愛いな」

「やーん、もっと言ってー」

「可愛い可愛い可愛い可愛い可愛い可愛い」

黒うさぎの頭に頬を擦りつけながら、呪文のように唱《とな》えるディカルダ帝国皇帝エンデュガリオン。

獰猛なトラも、すっかり骨抜きなのである。

いつもならここで横槍《よこやり》を入れるはずのイルークレオンは、今日はなぜかノータッチで、その場で最も落ち着いている男、セリュークに告げた。

「実は、ハイエルフの郷《さと》より、至急戻ってくるようにとの連絡があったのです。『帰らずの森』にはミイシャを連れていけません。わたしが戻るまで、預かってもらえませんか？」

「黒うさぎを、うちで、ですか」

「魔力封じの魔石にはかなりの魔力を込めてありますし、ミイシャに害をなすものには防御魔法が発動するようになっています。この子の魔力が暴走する可能性は低いと思われますので。とにかく、急いでハイエルフの郷に向かわなければなりません」

「おしょーさま、うさぎはトラにくっついて、いい子にしていますよ。安心して郷に行ってください！」

ガリオンにしがみつきながら、ミイシャは言った。

「おしょーさまのお兄様が急な呼び出しをかけるなんて、ただ事ではないのです」

「……わかりました。ミイシャ様は王宮でお預かりいたしましょう。宰相、よろしいですね」

セリュークが、まだ壁際にいるヤギに向かって言った。

「は、はい！　そして、事態がわかり次第、ディカルダの王宮魔導師のところに事の次第の連絡を、早急に、是非とも、お願いいたします！」

震えながら返事をするクストラン。

ただ怯《おび》えているようだが、彼は状況の異常さに気づいていた。

「必ず、ご連絡を！」

「わかりました。では、ミイシャをよろしく」

そう言うやいなや、ハイエルフは呪文を唱え、その場から姿を消した。

「……ここから飛ぶとは、よほど緊急なのですね」

いきなり消えたイルークレオンの行動を見たセリュークが、眉根を寄せて呟いた。ハイエルフはそんな乱暴な真似《まね》をする種族ではないのだ。

「何事もなければ良いのですが……」


王妃の部屋はまだうさぎ向けに工事中だったため、ミイシャは皇帝の私室から離れたところでそのまま暮らすことになった。

「ミイシャ、実はな」

頼みの綱のイルークレオンがいなくなってしまったので、スルティーヤの第一王女のことはガリオンが説明した。他の者がするよりも、番《つがい》としてミイシャを溺愛しているガリオン本人が話した方がいいだろう、という判断だ。

「……というわけで、ルシーダという王女がやってくるが、俺が嫁にして子を産ませるのはお前だけだ。王女は早急に送り返す」

「うん、わかったよ」

ミイシャはこくんとうなずいた。

「うさぎ、トラを信じてるからね！　大丈夫だよ」

黒うさぎは、赤い瞳をきらりと光らせて言った。

唇が三日月の形に持ち上がる。

「……うさぎ、その王女を消し炭に変えたりなんか、しないよ……」

うさぎは変えるつもりだ。

トラの本能がそう告げた。

「変える前に送り返す！」

うさぎの嫉妬で、対スルティーヤ戦が開戦されたら大変なので、皇帝エンデュガリオンはなにがなんでもうさぎの目に王女の姿が映らないようにしようと決心するのだった。

その25　スルティーヤの王女

イルークレオンが帰らずの森の奥深くにあるハイエルフの郷へと旅立ってから数日が経《た》った。

皇帝の執務室の片隅で、黒うさぎのミイシャは日がな一日、王宮の畑から自分で引っこ抜いてきた新鮮で甘い人参をかじったり、ソファでゴロゴロしたり、ガリオンのために休憩時間のお茶を入れたりして大変いい子にすごした。

最初のうちは、偉大なる皇帝エンデュガリオンは、うさぎをその膝に乗せたまま書類仕事をしようとしたのだが、彼がどうしてもうさぎの耳をしゃぶってしまうことがわかり、「耳がトラの涎だらけになるからやだ！」と長い耳を拭きつつ膨れっ面のミイシャが抗議したため断念された。

ガリオンは、非常に落胆した。

しかし、うさぎの耳はガムでも飴《あめ》でもないので、これは仕方がないことである。

「それにしても、こううさぎがおとなしいと、かえって心配になってくるな」

アダンが、弟のセリュークに言った。

「いつ暴れ出すのかと気が気じゃない」

「暴れる余力がないのでしょう」

セリュークは、皇帝をちらっと見て言った。

「おそらく、うさぎの体力はかなり削られています。そう、トラとうさぎでは、体力が違いますからね」

「体力？　……あ、あー、なるほど！　そういうことか」

納得するアダン。

「陛下は毎晩、うさぎの元に通っているというわけか！　そりゃあ、さすがの黒うさぎもおとなしくもなるわな」

アダンは、ソファの上で人参をかじる合間に、あどけなくあくびを漏らすうさぎを見てうなずいた。

そんなうさぎを見て、無表情な顔にほんの少し笑みを浮かべる皇帝エンデュガリオン。どうやら愛する番《つがい》が可愛くてたまらないらしい。

「ガリオーン、うさぎ、眠いの」

人参を食べ終わったミイシャが、ソファの上に小さく丸まって訴えた。

「おやつの時間になったら起こすから、寝ていて構わない」

ヤギの宰相が、未来の国母に風邪などひかせてなるものかと、大慌てで掛け物を持ってきて、うさぎをくるんだ。

ミイシャはすやすやと眠り、執務室に穏やかな空気が流れたと思いきや。

「失礼いたします」

部屋のドアが開き、ひとりの男が入ってくると、クストランに囁《ささや》いた。

「スルティーヤの王女は、すでに国を出発して、まもなくこちらに到着するとのことです」

ヤギの目が、驚愕《きょうがく》に見開かれた。

「な、なんですって!?　正式な返事もまだしていないのに、もうこちらへ？」

宰相の言葉に、双子は顔を見合わせた。

「いったいなにを考えているんだ？　スルティーヤの連中は、頭がおかしくなったのか？」

「陛下が現在黒うさぎを溺愛していることくらい、スルティーヤの情報網には引っかかっているでしょうに、そこにあえて王女が乗り込んでくるとはどういうつもりなのでしょうね。まだ陛下の寵《ちょう》を奪える勝算があるとでも考えているのでしょうか」

「その王女は、そんなに美人なのか？　トラの獣人が番を忘れて心を移すくらいに」

「俺は、ミイシャ以外の女などいらん！」

ガリオンがぐるると唸り、セリュークは「そうでしょうねえ……」と首をひねった。

「獣人の番同士の間に割り込んでくることがどれだけ無理な話なのか、スルティーヤ国の人間がわからないはずないでしょうに。いったいどのような思惑でこのような真似をするのか、読めません」

そして、やがてスルティーヤの王女の一行が到着した。

「ごきげんよう、ディカルダ帝国皇帝エンデュガリオン陛下。わたくしがスルティーヤの第一王女、ルシーダでございます」

謁見室に現れた王女は、獣人ではなかった。

彼女は、背中で燃え立つような長く赤い巻き毛に、すっとつり上がった美しい黒い瞳を持った、大変な美女ではあった。背は高く、凹凸のしっかりとついたその身体は成熟した女性のもので、いかにも魅力的に男を誘った。

しかし、すでに番《つがい》としてうさぎを選んだガリオンは、そんな王女の色香に惑わされることなく「ここにいても無駄だから、さっさと国に帰るがいい」と言い放った。

「だいたい、正式な受け入れの返事もしていないのに押しかけてくるとは、ディカルダ帝国に対して礼を欠いた行いだろう」

「それは大変申し訳ございません。しかし、なんとか皇帝陛下のお慈悲で、しばらくで構いませんからこちらに置いていただくわけにはいきませんでしょうか？」

長いまつげで縁取られた目をしばたたかせながら、ルシーダは言った。

「少々複雑な事情がございまして、わたくし、すぐに国に帰ることができませんの。後生でございますわ、陛下」

「その事情とやらはなんだ？」

「はい、それはおいおいお話しさせていただきたく……」

ハンカチを引き絞り、瞳を潤ませてガリオンを見上げる王女に絆《ほだ》されたわけではないのだが、彼はとりあえずの滞在を許可した。

「まあ、スルティーヤ国に対しての配慮も必要だし、しばらく陛下はこちらには来られなくなった。執務室に顔を出すのも控えてくれ、とのことだ」

「ええっ!?」

黒うさぎの部屋までやってきたアダンの言葉に、驚きの声をあげるミイシャ。

「ちょっと待ってよ！　スルティーヤの王女がいようともいなくとも、わたしはもうトラの番《つがい》だよ？　それを引き裂くことなんて誰にもできないんだから！」

「落ち着け、うさぎ」

今にも部屋を飛び出しそうな黒うさぎを、アダンは止めた。

「俺は今の話を伝達しにきただけだ」

さっさとガリオンの元に駆けていって、そのままトラにひっついていようと思ったミイシャは、アダンの言葉に足を止めた。

おバカな黒うさぎ。

しかし、その実は、高名な魔導師イルークレオンの愛弟子なのだ。

「……あんたはそうは思ってないんだね、アダン」

部屋の出口に向かっていたミイシャは、ゆっくりと振り向いた。

「今、なにが起きているの？」

「スルティーヤの女、あれはおかしい。皆が少しずつ、あの女こそが王妃にふさわしいのではないかと思い始めてるんだが……その根拠がないんだ。確かに綺麗な女だがそれだけだ。黒うさぎ、お前は花嫁選抜の場でとんでもない実力を示して、皆の心に衝撃を与え王妃にふさわしいと認めさせたんだ。その評価がこんなに簡単に揺らぐとは思えない」

「……ふうん。つまりその王女は、なんらかの卑怯《ひきょう》な手段を使って、この黒うさぎを出し抜こうとしている可能性があるってわけだね」

ミイシャは腕を組んで、ふんぞり返った。

「やっぱり、消し炭コースかな？」

「短絡的な考えはよせ！」

アダンが慌てて言うと、ミイシャは「いやーん、冗談だよ、冗談！　うふん」と笑ったが。

(目が、全然笑ってねえええええっ！)

彼の背筋は、剣を持たずに千騎の敵を前にしたようにぞくりと凍った。

「ねえ、アダン。あんたはどうして王女の影響を受けてないの？」

ミイシャに尋ねられて、彼は唸った。

「……よくわからん。時折、あの王女がひどく魅力的に思える時がないこともないが……朝に身支度をすると、頭がはっきりするし……」

「ふんふん、夜はその女のことで、えっちな妄想をしちゃう、と」

「そんなことは言ってねーよ！」

しかし、少々顔が赤かった。

「で、今は大丈夫ってわけだね」

ミイシャは、アダンの言い訳を無視して、彼の周りをぐるっと回った。

「わたしの魔法は攻撃に特化しているから、他はあまり使えないんだけど……」

彼女は、アダンが佩《は》いている剣を指差した。

「でも、これくらいならわかるよ。これ、魔剣じゃない？」

「ああ、よくわかったな。その通りだ。攻撃力にはあまり関係しないが、魔法攻撃を受けた時にそれを魔力に変えて吸い込む働きがある。そして、その魔力を俺の防御力に変えるんだ」

ミイシャはうなずいた。

「なるほどね。それで理由がわかったよ。おそらく、皆の様子がおかしいのは、魔力の影響を受けているからだね。わたしにはお師匠様の防御魔法がかかってるし、あんたはその魔剣が魔法を吸い取ってるから剣を身につけている昼間は影響を受けない。つまり……」

ミイシャは、赤い目を細めた。

「スルティーヤの王女は魔女だ。そして、ガリオンを狙ってる」

その26　お前は魔女だ！

「なるほど、そういうことなら辻褄《つじつま》が合うな」

顎に手を当てたアダンが、うなずきながら言った。

「皆、魔力でおかしくされている可能性が……って、うさぎ、どこへ行く?!」

即、自室を飛び出そうとする黒うさぎを、間一髪でアダンが捕まえた。さすが皇帝付きの銀ぎつねの剣士、反射神経が尋常ではない。

「やーん、しっぽ掴《つか》まないでよ！」

ただし、捕まえた場所が乙女の恥ずかしい場所、つまりちんまりした黒くてふさふさのうさぎのしっぽだったため、ミイシャが抗議をした。

「もちろん、ガリオンのところに行くに決まってるでしょ！　しっぽを放してよ、えっちなきつねね！」

「お前はバカか？　いきなり魔女のところに乗り込んだって、勝機が……って、聞けようさぎ！」

せっかく捕まえたしっぽをうっかり手放してしまい、まんまと逃げられたアダンが叫ぶ。

「自分の番《つがい》が魔女に誑《たぶら》かされてるってのに、悠長に作戦なんて立ててられないよ！」

「力ですべて始末する癖は改めろようさぎ！　拳でなんでも解決しようとするな！」

「拳は使わない。ちょっと消し炭にするだけ」

「余計悪いわ！」

肉体派剣士に力業を諌《いさ》められるというとんでもないうさぎは、アダンを振り切ってガリオンの部屋へと駆けていく。

その後を、全力で追うきつね。

きつねは雑食性で、うさぎを捕食する生き物だ。そのため、うさぎほど足が速くはないのだが、本能なのかミイシャがガリオンを追いかける姿はあまりにも真剣である。

ミイシャがガリオンの私室に着くと、すぐにアダンも追いついた。

「ついて来るなら、その魔剣を放すんじゃないよ、アダン」

「ついて行く前提かよ！」

「さあ、扉を蹴破って」

「そして俺がまさかの先頭か!?」

「いちいちうるさいきつねだね！」

「当たり前だ、皇帝陛下の部屋の扉を蹴破れとか、俺に不敬罪で牢屋《ろうや》にぶち込まれろと言ってるのか？」

「緊急事態だっていうのに、肝っ玉の小さいきつねだね！」

ミイシャは右手を上げてガリオンの部屋に向け、にやりと笑って言った。

「……ファイア」

どがあああああん！　と、ものすごい音がして、扉だった物が焼け焦げた断片になって、辺りに飛び散った。

「う……うさぎ！　これは王宮のど真ん中で使う魔法じゃねえぞ！」

「だから蹴破れって言ったんだよ、あとで扉をはめ込めばすぐ直せるからね。あーあ、これ、アダンが悪いんだよ」

「俺のせいか!?　この破壊行為がすべて俺の責任だと言うのか!?　勘弁してくれ！」

これは不敬罪どころじゃねええええーっ！　と絶叫する残念なイケメンきつね剣士を残し、ミイシャはガリオンの部屋に遠慮なく足を踏み入れた。

「ガリオーン、ガリオーン、ガリオーン」

「……騒々しいですわね」

奥から現れたのは、赤い髪のスルティーヤの王女、ルシーダを名乗る女である。

「……ふうん、あんたがスルティーヤの王女？」

ブルーの膝丈エプロンドレスの見た目は幼い少女の黒うさぎが、腕組みをしながら思いっきり上から目線で言ったので、女は一瞬ひるむ。

「あ、あら、そうですけど」

「わたしは黒うさぎのミイシャ、ガリオンの唯一無二の番《つがい》だよ！　人の旦那の部屋に入り込むんじゃないよ、無駄におっぱいバウンバウンさせてないで、とっととここから出て行きな！」

可愛い黒うさぎの口から出た、あまりにも迫力のある、そして下品な言葉に、女は口をぽかんと開けたが、すぐにそのつり上がった目をさらにつり上げて言った。

「そう、あなたが黒うさぎのミイシャ、ね。いい子だから、おとなしく引きなさい、エンデュガリオン陛下はあなたのものではなくてよ」

女は婉然《えんぜん》と笑った。

「あなたのことは、陛下のほんの気まぐれだったのよ。陛下も、周りの者も、本当に王妃にふさわしいのが誰か、気づいたらしくてよ。わかったら、あなたがここから……って、なにをしてるのよ！」

「ガリオーン」

黒うさぎは、ガリオンがいるとおぼしき寝室に向かっていた。

「さっさと諦めて出て行きなさいよ！　あなたはもう用済みなのよ」

ミイシャは振り返ると、赤毛の女に向かって吐き捨てるように言った。

「あんたって、バカ？　番がそう簡単に相手を諦めるとでも思ってんの？　そのお綺麗な頭は空っぽなんだね」

「なっ……！」

うさぎの毒舌に言葉を失う美女。

その隙《すき》に、寝室に入ったミイシャは、ベッドに起き上がったガリオンをみつけた。

なんと、真っ昼間だというのに彼の上半身は完全に裸だった。

「ガリオーン……！」

その目をみつめたミイシャは、驚きに目を見開いた。

「ガリオン、あんた意識が……」

「せっかくわたしのトラにしようと思ったのに、どうやらお前のせいで心が手に入れられないようね」

ミイシャは振り返って叫んだ。

「この魔女！　ガリオンになにをしたの！　早く戻さないと……」

「邪魔な黒うさぎ。世界の果てに飛ばされて死ぬがいいわ」

ルシーダ王女を名乗るなにかは、その黒い瞳孔を縦に細いものに変え、赤い唇を歪めて言った。

「時空の藻屑《もくず》になっておしまい！」

魔女の両手から、巨大なエネルギーが放たれた。

ベッドのガリオンを庇《かば》うように、両手を広げて仁王立ちになったミイシャを、邪悪な渦が直撃し。

「うさぎいいいいいーっ！」

寝室に駆け込んだアダンの目の前で、うさぎの姿は消えてしまった。

「そんな、あのうさぎが……この魔女、うさぎになにをした!?」

「あら、わたくしの邪魔をするゴミを捨てただけですわ。今頃は世界の狭間《はざま》で粉々に分解されて、もう跡形もなくなってるでしょうね」

ほほほほほ、と、邪悪な魔女は笑った。

「……！　このっ！」

「あら、きつね、そんな程度の魔剣でこのわたくしを倒そうというの？　面白い子ね」

斬りかかったアダンの魔剣を片手であっさりと受け止めた魔女は、そのまま彼に魔力を打ち込んで気を失わせた。

「悪い子にはお仕置きが必要だけど、お前はなかなか見映えがいい男だから、わたくしの側に置いて可愛がってあげるわ」

もうディカルダ帝国に敵になる者はいなくなった魔女は、皇帝エンデュガリオンの頬に手を滑らせた。

「綺麗なトラ。もう諦めて、わたくしのものにおなりなさい。お前の番《つがい》はもうこの世界に存在しないのよ」

魔女は、彼の頬に口づけた。

それでも、ガリオンの意識は魔女に屈せず、彼の自由にならない身体の奥底でひたすら、愛《いと》しい番《つがい》の黒うさぎのことだけを思っていた。


さて、我らが非常識黒うさぎだが。

もちろん、そう簡単にやられるわけがなかった。

ガリオンを魔女の打ち出したエネルギーから守ろうとして、全身で受け止めてしまったミイシャは、魔女の言う通りに時空の狭間に飛ばされてしまうところだったが、伊達にイルークレオンの修《しゅ》行《ぎょう》を受けていたわけではない彼女は瞬間的に魔力を発動し、巨大なエネルギーの網を世界に引っかけて身体を引き戻した。

「どこか、柔らかいとこへ！」

一瞬の判断で、なんとかそれだけを意識して瞬間移動する。

イルークレオンなら造作もないことなのだろうが、攻撃特化の魔法を得意とするミイシャにはいささか難しい技だ。

しかし、なんとか運を味方につけて、うさぎは空中に現れ（壁の中とか山の土の中ではなく、空中に！）そのまま下に落ちた。

「ぐはあっ！」

なにかの声がしたような気がするが、黒うさぎは気にしない。

「よーし、転移成功！　さすが黒うさぎだね、自分の才能が怖いよ」

柔らかなものの上に落ちてケガひとつないミイシャは、満足げに言った。

「ったく、あの魔女め！　見境なく遠慮なく魔法を使ってさ！　今度会ったらただじゃおかないんだから！」

アダンが聞いたら、すかさず「お前が言うな！」と突っ込みそうなミイシャのセリフである。

「で、ここはどこなんだろ？　ディカルダからあんまり遠くないといいんだけど……」

ミイシャが周りを見回すと。

「おい、うさぎ娘！　てめー、どこから入りやがった!?」

お尻の下から声がした。

「俺のベッドに入ってきたからには、覚悟はできているんだろうな？　ああ？」

うさぎはまったく悪びれずに、声の主に向かって首をきょんと傾げて言った。

「……こんにちは、わたしは可愛い黒うさぎのミイシャ、よろしくね！　クッションになってくれてありがとう！　あんた、親切だね」

「誰が親切なクッションだ！」

ミイシャのブリブリにあざとい挨拶に応えたのは、ベッドの上に全裸で横たわる、身体中から色気が噴き出しているようなセクシーな狼男《おおかみおとこ》だった。

「まあ、いい。お嬢ちゃん、ちょっと味見させてみろよ」

金髪に緑の瞳をした、美しいが柄の悪い狼は、ぺろりと舌なめずりして、きょとんとした真っ赤な丸い目で彼をみつめる美味しそうなうさぎ娘に手を伸ばした。

その27　狼さん、気をつけて

「へえ……お前、幼げななりして、もう繁殖期に入ってんだな？」

輝く金髪の色男は、うさぎのふっくらした頬を人差し指でつついた。

「いい匂いがしてやがる。さてはすでに男を知ってるな。なら、話は早い」

色気が滴る狼男が、素早くベッドの上にミイシャを組み敷いてのしかかった。

「可愛いうさぎちゃんの味見をさせてもらうとするか。お前さんの男に抱かれるよりも、もっと気持ちよくしてやるからな」

「ねえクッション、あんたの名前は？」

「……妙なあだ名をつけるな」

「人が名乗ったら自分も名乗るのが礼儀だって、しつけられなかったの？」

ベッドに仰向《あおむ》けに横たわったミイシャは、狼男を見上げて顔色も変えずに言った。

「しつけのなってない狼で悪かったな。あいにくお上品な育ちをしてないもんで、そんな礼儀は知らねえな……うまそうなうさぎだ」

「じゃあクッションでいいや」

「よくねえよ！　ったく、変なうさぎだな。俺の名はギッツェラルド。ギッツと呼ばれてる。このスルティーヤの国のギッツの店は、なかなか有名なんだぜ」

「スルティーヤ!?　ここはスルティーヤなんだね！　ふふん、さすがはうさぎ、おあつらえ向きの着地点ときたよ」

ミイシャはにやりと笑った。

「……お前なあ、この状況でよく笑ってられるな。それとも、みかけによらず、意外とさばけたうさぎなのか？　まあ、このギッツ様のベッドに入りたがる女はあとを絶たないが」

「……狼、あんた、使える男？」

彼は悪そうな笑みを浮かべた。女性が見たらその色気で身体が溶けてしまいそうな、男の魅力をたたえた笑いだ。

「俺のブツで満足できない女はいねーよ」

「ちんこの話じゃないよ！……ちょっとあんた、重いよ！」

あっさりと返された狼男のギッツは、ミイシャに覆い被さろうと伸ばしたその腕をずるりと滑らせ、そのままうさぎの上に落下した。

「てめー、ムードのないうさぎだな！　思いきりこけちまったじゃねえか！」

うさぎの肩にすっと通った鼻をぶつけてしまった狼は、手でさすりながら言った。

そんな狼の訴えを歯牙にもかけずに言ううさぎ。

「あんたが脈絡なくちんこの自慢をするからでしょ」

「この状況で、他のなにを自慢しろってんだよ！　でもって、そんな面《つら》してちんこちんこ言うな！萎えるわ！」

若干涙目の狼。気の毒に、よほど鼻が痛かったらしい。

「どんな面だったらお気に召したか知らないけどね、あいにくわたしには心に決めた番《つがい》がいるんだよ。だから、さっさとそこをどきなよ、萎えたんなら好都合じゃない」

「……このうさぎ、ギッツ様を舐めんなよ！　小さくたって容赦しねえ、ガツガツ突っ込んでよがり狂わせてやる。男ってもんを身体に教え込んでやるからな」

「いや結構です。うちの番も精力自慢だから、間に合ってます」

「真顔で断るな！」

「うふん、間に合ってまーす」

「そういう問題じゃねえよ！」

「……ちっ、このうさぎが大人の色気をふるまってやったというのに、愚かな狼だな」

「今のどの辺に大人の色気が……まあいい、とにかく、ヤってやる！」

とうとう堪忍袋の緒が切れたらしい。狼がうさぎに襲いかかったその時、狼の身体の一点を凝視していたミイシャの口元に笑みが浮かび、小さく「ファイア」と唇が動いた。

「うわあああああああああっ！」

身体に起きた異変に、弾《はじ》かれたように仰向けに倒れる狼。

「な、なんだ、今のは……うわあっ、なんだこりゃっ!?」

悲鳴のように叫ぶ狼の色男。

「うさ、うさぎ、てめーの仕業か、こいつは！」

「うん」

ベッドに起き上がり、可愛らしく首を傾げる黒うさぎ。いかにも無邪気そうな、あどけない仕草なのだが。

「うふ、ギッツのギッツくんが、丸見えになっちゃったね」

「なにしてくれたんだ、この黒うさぎがーっ！」

股間を見ながら絶叫する狼。

彼の恥ずかしいところの毛は、ミイシャが呪文を唱えると同時にぽんっ！と軽い音を立てて燃え上がり、今や一本も残っていないのであった。

「お、俺の、毛が……」

「わたしは黒うさぎのミイシャ、魔導師イルークレオンの一番弟子。得意な魔法は炎を操る魔法だよ！　扉を粉々に吹っ飛ばすことから大事なところの毛を焼き尽くすことまで、どんな規模でも自由自在に魔力を操る天才うさぎなの」

どちらかと言えば、天災うさぎである。

しかし、ミイシャの得意げな口上を聞いていた狼男のギッツは、口元をわなわなと震わせて恐ろしい牙を剥き出した。

「この……うさぎ……絶対に許さない……」

「いやあん、丸出し狼が怒ったー」

くねくねとしなを作るうさぎ。

そして、一瞬で笑顔を消して言った。

「次に丸焼きになるのがどこか、わかってそんな口をきいてるの？」

「な……なんだと？」

ミイシャの唇が、三日月を描く。

瞳が笑っていない笑顔を見て、ギッツは背筋をぞくりとさせた。

「うさぎ、いつでも瞬間的に消し炭にできるように、ロックオンしたからね……」

「ロック……オン……って、どこ、どこをだ……？」

うさぎの視線を追ったギッツは、恐怖のあまり全身の毛を逆立て、耳をぺたりと寝かせた。

「お、おい、嘘《うそ》だろ!?　おい！」

両手で股間を覆う、イケメン狼男。

「うさぎの機嫌を損ねるとね……ギッツのそれ……一瞬で燃え落ちるからね」

「う……うそ……」

狼が、うさぎの軍門に下った瞬間であった。


「きゃあああ、かわゆいうさぎたん！」

「こっちにいらっしゃいな、お菓子をあげるわ」

綺麗なお姉さんたちが、きゃあきゃあ言いながら、ミイシャを手招きした。

「わーい、お菓子ー」

とことこと駆け寄る姿はただの愛らしい黒うさぎの獣人で、その正体を知るギッツェラルドだけが渋い表情をしていた。

ここは、ギッツェラルドが経営するデートクラブだ。といっても、娼館《しょうかん》と違って従業員と客は性的な関係は持たない。見目麗しい女性と健全なデートをするだけで、万一それに反する行動をとった客は、ギッツェラルドかその配下の者に半殺しにされた上で身ぐるみはがれる羽目になる。

そこまで徹底的にスタッフの女性が守られるので、かなりレベルの高い女性が集まり、それもこの店の評判を上げていた。

たいていの獣人は番《つがい》に会うと一生涯結ばれるのだが、なかなか番がみつからなかったり、本番に備えてスマートな振る舞いを身につけたかったり、単に美しい女性とデートをしたいという客で、この店は繁盛していた。

そして、それを聞いたミイシャは、ギッツェラルドにスタッフの女性と話をさせるように「命令」

した。

「わけあって、わたしはスルティーヤについての情報を集めたいんだ。あんたの店は、それにうってつけみたいだからね」

大切な物を人質にとられているギッツェラルドには、否《いな》やはなかった。

と、いうわけで、お店の綺麗どころに紹介されたのだが。

「まあ、うさぎたんはこんなに小さいのに、もう番《つがい》をみつけたの？」

「うん。うさぎはね、ガリオンのことが大好きなの。子トラと子うさぎを産みたいの」

「偉いわねえ」

焼き菓子をかじるミイシャが、お姉さんたちにいい子いい子される。

「ねえ、スルティーヤの王家について、なにか変わった話は聞いてない？　スルティーヤから来た女の人が、わたしのガリオンをとろうとするの」

「ええっ、獣人の番を!?」

「いやあん、信じらんない！　そんなことするなんて、ここスルティーヤだってとんでもない非常識よ！」

いやだわあ、と、声があがる。

「王家、ねえ……」

「ルシーダって王女、いるの？」

「ええ、いるわね」

女性たちがうなずいた。

「あら、あのおとなしい王女様がどうかしたの？」

「おとな……しいんだ」

うさぎの目がきらりと光った。

「そうよ、よく慈善事業に回ってるから見たことがあるけど、優しそうな方ね」

「そう言えば、最近見ないわね。お客さんが言ってたわ、急に施設回りをしなくなったって」

「あら、王様もあまり姿を見せないって聞いてるわ」

「わたしもそれは聞いてるわ。どうしたのかしらね」

「ふうん……」

うさぎは前歯でお菓子をかじりながら、なにやら考え込むのであった。

その28　スルティーヤの謎

「あー、お菓子を食べすぎちゃったよ！　今夜のごはんは、新鮮な人参だけでいいや」

デートクラブで綺麗《きれい》なお姉様方にちやほやされ、客が彼女らに貢いだスルティーヤの美味しいおやつをお腹いっぱい食べた黒うさぎは、ギッツの部屋のソファに身体を沈めて言った。

「美味しかったよ。スルティーヤのお菓子はなかなかセンスがいいね。お姉さんたちもみんな親切でいい人たちだね」

「おう、俺の店は、外見だけじゃなくて中身も重視したとびきりの女の子を揃《そろ》えてるからな……って、なに、お前、俺に人参を買ってこいと言ってんの？　この肉食モテモテ狼男のギッツ様に人参を？」

「ファイ……」

「わあああーっ、わかったよ！　ったく、とんでもない性悪うさぎが降って来ちまった」

ぶつぶつ言いながらも立ち上がったギッツに、ミイシャも続いた。

「どうした？　お前はゆっくり留守番してろよ。すぐに買ってきてやるから」

怪訝《けげん》そうな顔をする意外と親切なイケメン狼に、ミイシャは言った。

「ちょっとスルティーヤの町を見たいんだ。噂話を拾うのにちょうどいいし」

「お前、スパイかなにかをやってんの？」

「ううん。大事な番《つがい》が悪い奴《やつ》に捕まってるから助けるの」

「……」

ギッツは胡散臭げにミイシャの顔を見たが、うさぎの表情が真剣なことを見て取った彼は、彼女に向かって顎をしゃくった。

「なら、行こうぜ。スルティーヤの城下町を案内してやる」

「うん」

うさぎは狼に続いて、デートクラブに併設されたギッツの住む部屋を出た。

「ここがスルティーヤの国の一番開けたところだ。俺の店はだから、この国の一番の人気店ってことになるな」

うさぎを連れて歩きながら、ギッツェラルドは言った。

「あの店は、あんたが作ったの？」

「ああ、一から作った。身体を張って女の子を集めてな。どうせ作るなら国一番の店を作ろうと思った」

「へえ、なかなかやるね！　あんた、たいしたもんだよ」

「……」

思いがけずに誉《ほ》められたギッツは、町を見学しながら隣をひょこひょこ歩くうさぎを見た。

「なに？」

「いや……真っ当な仕事じゃないとか、思わないのか？」

「真っ当だよ。なんで？」

「いや……お前、歳はいくつだ？」

「16だけど。でも、お師匠様にくっついて、結構いろんな国のいろんなものを見てきたからね、この黒うさぎを舐めないでよ」

ミイシャは、幼い少女にしか見えない笑顔で言った。

「綺麗事《きれいごと》ばかりじゃ暮らしていけない国もある。スルティーヤは割といい国だね。あんたの売る夢を買う余裕のある人がたくさんいるんだからさ。それはあこぎな商売じゃない、真っ当なお金儲けだよ」

「……夢を売る、か。そう言うと、ずいぶんと聞こえがいいもんだな」

ギッツは鋭い牙を光らせて笑った。

「まったく、変なうさぎだ」

「変でもなんでも、可愛けりゃ勝ちだよ！」

自信満々なうさぎの言葉に、狼は噴き出した。


「そういや、あたしの甥《おい》っ子が王宮の警備兵をしてるんだけどさ」

果物屋のおばちゃんが、ミイシャの問いかけに応えた。黒うさぎは買った果物をエプロンで拭き、早速かじりながら話を聞く。

「見慣れない側近が急に増えたって話だよ。それも、なんだか不気味な奴《やつ》らしくってさ、王宮の全体の雰囲気がピリピリしてるんだって」

「へー。それっていつからか、わかる？」

「そうだねえ、ルシーダ王女様があまり慰問に出なくなってから、かねえ……。ご病気とかじゃなきゃいいんだけど」

心配げな果物屋のおかみさんに、ミイシャは尋ねた。

「ルシーダ王女様は素敵な王女様なの？」

「ああ。優しくて、とてもいい方だから、スルティーヤではみんな王女様のことを好いてるんじゃないかい？　赤い見事な巻き毛に、丸くて少し垂れた目が可愛らしくてね。いい嫁ぎ先がみつかるといいね」

「ふうん……可愛い系なのか……」

果物をかじりながら、黒うさぎは呟いた。

「おい、涎《よだれ》を拭けよ」

面倒見のいい狼が、うさぎの口の端から垂れた果物の汁を拭った。

「ふふっ、ギッツにこんな可愛い隠し子がいたなんてね」

果物屋のおかみさんの言葉に、やんやんとイヤがるうさぎの頭を押さえつけて、口の周りのベタベタを拭っていたギッツェラルドの動きが固まった。

「かっ、隠し子だと!?」

「おや、違うのかい？　ずいぶんと甲斐甲斐《かいがい》しく面倒をみてるじゃないか」

本気で思っているらしいおかみさんに、ギッツェラルドはぶんぶんと首を振る。

「違う違う、こんなにでっかいガキがいるわけないって」

「おや、うさぎのお嬢さん、いくつなの？」

「16なの」

こてんと首を傾げる黒うさぎ。

「意外に大きいんだねえ。ギッツはいくつだっけ」

「俺は32！」

「わあ、わたしはギッツが16の時の子なの？」

ミイシャの言葉に顔を引きつらせるギッツ。

「てめっ、適当なことを言うんじゃねえ！」

「じゃあ、もしかして、この子はギッツの番《つがい》なのかい？」

おかみさんの言葉に、イケメン狼は顔を真っ赤にし、その後真っ青にして言った。

「違う！　それこそ違う！　そんな恐ろしいことを二度と言わないでくれ！」

若干腰が引けているギッツ。

「これは、たまたま、仕方がなく、預かっているうさぎ、それだけだからな」

「パパ冷たい」

「パパじゃねえええーっ！」

スルティーヤの城下町に、狼の心からの叫びが響いた。


「それじゃあ、お前はここで適当に寝ろよ」

「ええっ、ギッツはどうするの？」

「俺は適当に女のところに行ってくる……なんだよ、その顔は」

不満げなうさぎに、ギッツは顔をしかめた。

「お前は番《つがい》がいるんだろ？　そんな奴と同じベッドで寝られるわけがねーよ」

「じゃあ、その辺の床に転がって寝れば？」

「犬っころじゃあるまいし、そんなところで寝られっかよ！　……あ」

ここで、ギッツは思い当たった。

「そうか、お前はうさぎ族だっけか……」

家族と身を寄せ合って眠るうさぎ族。

ひとりだと寂しくて死んでしまううさぎ族。

なんの因果かギッツェラルドのベッドに落下してきたこの黒うさぎは、番を何者かに捕まってしまい、取り戻そうとしている最中だという。

「そいつは……心細くてひとりだと寝られねーか……」

唇を引き結び、丸い目に涙を浮かべてふるふると震えるうさぎ。

そのいたいけな姿にうっかり絆されそうになった狼だが、はたと思い出す。

「ちょっと待てよ、おいうさぎ、お前の番はうさぎなのか？」

「ううん、トラだよ」

「トラぁ？」

ギッツェラルドの声がひっくり返った。

「うわあっ、あっぶねえ！」

「どうしたの？」

「命が危なくなるところだったぜ！　あのなあ、例えば俺がお前と同じベッドで寝たとする」

「うん」

「そして、お前がトラと再会できたとするが、もしもその時うさぎから狼の匂いなんかしやがったら……怒り狂ったトラが狼を探し出してその爪で八つ裂きにすること間違いなしだ！」

「へー」

「へーじゃねえ！　その八つ裂きにされるのが俺だぞ！　冗談じゃねえ、トラの番なんかに手を出してたまるかよ！」

「昼間、押し倒したよね」

「ああああれは忘れろ！　なにもなかった！　そうだな!?」

「うん。ギッツのちんこ周りはなにもなかった」

「そこはてめーのせいだろうが！　ったく、ちょっと待ってろ」

そう言って、ギッツェラルドはテーブルを倒すと脚の部分をソファに押しつけ、その下に布団を敷き詰めてテーブルの脚に毛布をたっぷりとかけ、ふわふわのふとんを中へ押し込んだ。

「ほら、これでどうだ？」

ギッツェラルドはミイシャにクッションをひとつ、投げて寄越《よこ》した。

「うわあ、うさぎの巣穴みたい！」

クッションを抱いたミイシャは、大喜びでテーブルとソファの隙間に潜り込んだ。

「これならひとりで寝られるよ！　ギッツ、ありがとう」

顔だけ出したうさぎが、にっこりと嬉しそうに笑った。

「お、おう」

少し調子が狂う狼。

「んじゃ、俺は行くからな。明日の朝に戻るから、腹が減ったら人参でもかじってろよ」

「うん、わかったよ。……あ、ギッツ」

「ん？」

「ちんこお大事に！」

「てめーに言われたかねーよ！」

その晩、スルティーヤの城下町のどこかで「うわああああああ、痛くて腰を動かせねええええええっ！」「なにさ、この役立たず！」という男女の声が響き渡ったのであった。

その29　怒ったうさぎは始末に負えない

「ねえギッツ、食べ物の好き嫌いはないよね。まあ、あるって言っても、このうさぎの作ったごはんを食べなかったらその場でお仕置きだけどね！」

台所に立つうさぎが、振り返って言った。

「……なら聞くんじゃねーよ」

気怠げにソファに身体をうずめて応える狼。

結局彼は、あそこの周囲の毛を燃やされた影響で、大事な武器が使用困難になったためにねんごろになっていたお姉様に家を叩き出され、酒場のテーブルで夜を明かしてきたのだ。

彼はぼんやりした頭を片手でゆっくりとかき回し、自分の家の台所でくるくると動き回るうさぎを見た。ミイシャは昨日市場で手に入れた食材を使って、ふたり分の朝ごはん作りの真っ最中だ。

彼女の師匠である魔導師イルークレオンは美しいし仕事もできるが、なんでも魔法に頼ってしまうため生活力に欠ける。彼のお世話を日夜してきたミイシャにとっては、慣れない台所で炊事をすることなど造作もないことだ。

「なにさ、辛気くさい顔しちゃってさ！　ギッツはスケベなことばかりのつながりだから、ちんこが使い物にならないくらいで追い出されちゃうんだよ、もっと女の子と真面目につきあいなよ」

厚切りベーコンをじゅうじゅう焼いて、こんがりと美味しそうなそれをひっくり返しながら、黒うさぎは狼に言った。

「ギッツは商売熱心なようだけどさ、あんただっていずれは愛する番《つがい》をみつけて家庭を持ちたいんでしょ？　そのご立派なちんこはなんのためについているのか、もう一度胸に手を当てて考えてみなよ」

「……正論だ。正論だが、てめーに言われるとすげームカつくわー……」

口も回るが手も回るうさぎを眺めながら、ギッツエラルドは唸った。

しかしながら、逸物を「ご立派」と言われてすこーしいい気分になってしまって、やや迫力に欠ける唸り方なのは、彼の可愛い男心である。

「さあ、美味しいごはんでも食べてさ、頭をしゃっきりさせな」

みかけは可愛いエプロンドレスの幼女寄りの美少女、しかし中身はなんだか世話好きおばさんっぽいうさぎが、大きな皿に料理を盛って出した。

こんがりとローストした厚切りベーコンとスクランブルエッグ、そしてその脇には焼いた芋と茹《ゆ》でたブロッコリーのような青野菜が数種類たっぷりと乗せられて、チーズの入ったソースがかけられていた。

スープボウルには、あっさりした野菜のスープがよそってあり、炙《あぶ》ったパンが添えられている。

「このパンは香ばしいけどかなり硬いから、スープに浸して食べるといいね」

「やけに野菜が多いな」

「獣人はね、獣と違って野菜も必要なんだよ。いいから食べてみなよ」

うさぎに勧められて朝食を食べ始めたギッツは「……意外といけるな」と感想を漏らし、そのまま一人前の山盛り朝ごはんを綺麗に食べ尽くした。

「お前、飯を作るのがうまいな」

「まあね」

うさぎは食器を下げて、ぶくぶくと泡立てた石鹸《せっけん》でよく洗って油を落とした。

「毎日お師匠様の世話をしてるからね、家事は全般得意だよ」

「お前の番は、なかなかいい嫁をもらったってことか」

満腹になった狼が再びソファに身体をうずめながら言ったが、ミイシャの顔は晴れなかった。

「うちの旦那様がわたしに求めるものは、ちょっと違うけどね。でも、好きになった人のためなら、わたしはなんでもやり抜くよ」

「……ふうん。訳ありっぽいな。でも、お前はその番じゃなきゃ本当にダメなのか？」

「うん。ガリオンじゃなきゃダメだよ。だって、番だもん。あんたも出会ってみたらわかるからさ、真剣に番を探してみなよ」

「うーん……ぴんとこないけどなあ……」

ギッツは伸びをして言った。

「まあ、その番の男を助け出すんだっけか？　その方法がわかるまではここに置いてやらなくもないぜ」

大切なものを人質に取られている割に、上から目線の狼。

しかし、ミイシャの返事は彼が予想したものと違った。

「だいたいわかったから、もうわたしは出て行くよ。お世話になったね、ギッツ。ありがとう」

「え？」

彼は思わず頭を上げた。

「なんだって？　もういいのか？　あれでわかったのか？」

「うん」

食器を片し終えた黒うさぎは、長くてふわふわの垂れた耳のついた頭をぴょこんと振った。

「どこから攻めていけばいいのか、だいたいの目星はついてるよ。このうさぎを舐めちゃいけないよ」

ミイシャはむふふと笑う。

「黒うさぎを敵に回した報いはきっちりと受けさせてやるの、泣いても許さないの。わたしとガリオンの仲を引き裂く者は、めったためたのギタンギタンにしてやれと、黒うさぎの魂が叫ぶのよ……」

「なっ、なかなか、物騒な魂だな……」

心なしか底光りしているような赤い瞳を見たギッツェラルドは、思わず声を震わせる。

「で、その敵ってやつは……誰なんだ？」

「うふふ、誰なんだろうね？　うさぎ、わかんない。でも、居場所はわかるからあぶり出してやるのよ……うさぎの炎でね……うふ、焼き尽くすの……焼き尽くすのよ、スルティーヤを……」

びーん、と耳障りな音がして、ミイシャの首のチョーカーについた魔石が震えた。

ミイシャの周りの空気がゆらゆらと揺れる。

（呼んだのか？）

誰かが、なにかが答えた。

呼んではならない恐ろしいなにかが。

イヤな予感にかられた狼男が、ソファから立ち上がって叫んだ。

「おい、なんだかわからないが、落ち着け！　焼き尽くすとか、物騒な考えはやめろって！」

ギッツェラルドはミイシャの肩を両手で掴《つか》み、前後に揺すぶった。

「うさぎ、お前、目がイっちゃってるぞ!?　うさぎ！　おい、うさぎ！」

人形のようにされるがままのミイシャ。

「……あ……」

がくがく揺さぶられたうさぎの目が、ようやく焦点を取り戻した。

「……やだ……うさぎ、ちょっぴり間違えちゃった。焼くのはスルティーヤにはびこる悪だったよ。うわあ、危ない危ない、うっかりスルティーヤごと火の海にしちゃうところだった！」

てへっと笑ううさぎに、「ちょっぴりじゃねーよ、すっげー間違いだろうが！」と全力で突っ込む狼であった。

「案内ありがとう、ギッツ。じゃ！」

しゅたつ、と手を上げて歩き出すミイシャ。

「おい、待て！」

それを思わず捕まえるギッツェラルド。

長い耳を持たれて、黒うさぎはぷら一んとぶら下げられた。

「おみみ持っちゃいやーん」

「いやーんじゃねえっ！　お前、どこに行くつもりだ？」

「スルティーヤ王宮に決まってるでしょ」

ミイシャは目の前の建物を指差した。

「なんで？」

「この中に、わたしとガリオンを引き裂いた悪い奴がいるからに決まってるじゃない。ほら、いつまでも耳を掴んでないで、放してよ」

「放したら、お前」

「ちんこ燃《も》すよ」

瞬間的に放された。

「あそこが王宮の入り口だね。じゃあね、ギッツ。元気でね。あ、お店の二号店をディカルダ帝国に出したくなったら、わたしを訪ねてきなよ。便宜を図ってあげてもいいからさ」

「いや待て、うさぎ。なんでディカルダ帝国なんだ？」

「わたし、そこの王妃になるからさ」

「……は？」

「うちの旦那様、そこの皇帝をやってんの」

「…………は？」

「ばいばーい」

「……皇帝に、王妃？　王妃だと？　お前のように非常識で物騒なうさぎが……王妃？」

口をぽかんと開けたギッツェラルドに手を振り、ミイシャは王宮の検問所に向かった。

「すいませーん」

「なんだい、うさぎのお嬢ちゃん？　お使いなのかい？」

立派な体格をした検問所の兵士が、膝を曲げてミイシャの顔を見た。他にも数人の兵士がいて、たったひとりで王宮にやって来た可愛いうさぎ娘に注目する。

「わたし、スルティーヤの王様に会いたいんだ。だからここを通して」

「うーん、それはできないな。それに、王様には約束がないと会えないぞ」

人のいい兵士は、黒うさぎに答えた。

「どうして王様に会いたいんだ？　なにか困ったことがあるなら、嘆願書を書くっていう手もあるが」

「それじゃあ間に合わないの。あのね、今のスルティーヤの王様は、たぶん偽者だよ」

「……なんだって？」

うさぎ娘が聞き捨てならないことを言ったので、兵士の顔色が変わった。

「下手すると、王族全員がすり替わっていて、本物が監禁されているか最悪の場合殺されている可能性もあるの。だから、偽者を締め上げて、本物はどうしたのか吐かせたいのよ？」

こてんと首を傾《かし》げて、あどけなくしゃべるうさぎ。

しかし、その内容は、あまりにも衝撃的なものであった。

警備の兵士がミイシャを囲んだ。数人が、厳しい視線で辺りを警戒する。

「お嬢ちゃん、それは誰かがそう言ったのかい？」

「ううん、わたしの判断だよ。スルティーヤのルシーダ王女が今ディカルダ帝国に来てるけど、まるっきりの別人でおまけに魔女なんだもん。本物がどうしているのか、あんたたちも心配にならない？　とても優しい王女様だって聞いたよ、酷い目に遭わされてなきゃいいけどさ」

「……お嬢ちゃん、滅多なことを……」

「おかしいんでしょ、今、王宮が」

黒うさぎの赤い瞳にみつめられて、兵士たちの間に動揺が走った。

そう、彼らもなにかに感づいているのだ。

「……だからといって……」

「そうだね、だからといって、いきなり現れた黒うさぎを王宮に入れられるわけがないよね。あんたたちのお勤めとしちゃあ仕方がないよね。わたしの名前はミイシャ」

「ミイシャ？」

「そう。ハイエルフの魔導師イルークレオンの一番弟子のミイシャだよ。この名前を覚えておきな。あんたたちに今できるのはそれだけだから」

「それは、どういう……ああっ！」

ミイシャは高く跳び上がり、兵士たちを抜けた。

「悪いね、強行突破させてもらうよ！」

そう言うと、黒うさぎはものすごい勢いで王宮の建物に向かって走って行った。

「う、嘘だろ!?」

「おおい、緊急事態だ！　王宮に侵入者あり！　黒うさぎの幼……少女一名だ！」

兵士の一団がミイシャを追って走っていくが、本気のうさぎに追いつける者はいない。

「はあっ？　だから、うさぎ！　うさぎの少女！　検問を突破しやがったんだよ！」

「たかがうさぎって、あれは普通のうさぎじゃねえっ！」

緊急配備をしようとしているが、黒うさぎの少女相手だと伝えると悪ふざけだと思われる。

その間も、ミイシャは全力で駆け抜けて、とうとう王宮の建物に入り込んだ。

「おい、待て、うわあっ！」

相手が小さなうさぎだと思って油断した警備兵などミイシャの敵ではない。

「おーさまー、偽者のおーさまー、どこにいるのー、偽者のスルティーヤのおーさまー」

王宮中に響き渡る声で叫びながら、うさぎが走る。

「待て、うさぎ！」

「偽者のおーさまー、にーせーもーのーのーおーさまー！」

追っ手を増やしながら、うさぎは走る。

「にーせーもーのーのーおーさまー、にーせーもーのーのーおーさまー、にーせーもーのーのーおーさまー、にーせーもーのーのーおーさまー」

「誰か、あれをやめさせろ！」

騒ぎを聞きつけたスルティーヤ王が、うさぎの言葉を耳にして、慌てて命令した。

「くせ者だ、早く捕まえるんだ！」

「にーせーもーのーのーおーさまー、にーせーもーのーのーおーさまー、にーせーもーのーのーおーさまー……みつけた」

素早い身のこなしで追っ手を撒きながら走ってきたミイシャの黒うさぎの魂が、スルティーヤ王を名乗る男の元に彼女を導いていたのだ。

「偽者のスルティーヤ王、本物たちをどこにやったの!?　他の者は騙《だま》せても、この黒うさぎは騙せないよ！」

廊下の向こうにスルティーヤ王もどきの姿をみつけた黒うさぎが、ビシッと指差して叫んだのであった。

その30　お前は偽者だ！

うさぎがビシッと相手を指差しポーズを決めた瞬間、当然のことながらミイシャは足を止めていた。そしてまた、当然のことながら、その機会を追っ手が見逃すはずがなかった。

「捕まえた！」

兵士のひとりに耳を掴まれ、ぷらーんとぶら下げられる黒うさぎ。

「おみみ持っちゃいやーん」

両手をグーにして口に当て、あざとく可愛いポーズを作るのはいつものことだ。

「……なんなのだ、そのうさぎは」

従者を8人引き連れたスルティーヤ国王（のふりをしたなにか）がミイシャに近づき、彼女の顔を覗《のぞ》き込んだ。

「お前は何者だ？」

ミイシャは自己紹介をした。

「わたしは黒うさぎのミイシャ。ハイエルフの魔導師イルークレオンの一番弟子で、攻撃魔法が得意なお茶目で可愛い女の子だよ。ディカルダ帝国から、意地悪な赤毛の魔女に飛ばされてここに来たの」

くりんとした赤いおめめであどけなく話す黒うさぎを見て、スルティーヤ国王（もどき）は眉をしかめた。

「ディカルダ帝国……」

「陛下、このうさぎを取り調べまで地下牢《ちかろう》に放《ほう》り込んでおきますか？」

うさぎを捕まえている兵士が尋ねた。

「ああ……いや、待て。気になることがあるから、こちらで話を聞いてみよう」

国王（偽者）が手を上げると、8人の従者のうちのひとりがうさぎの耳を受け取り、ぷらーんとぶら下げたまま国王の執務室に入った。

「あとはこちらで始末をつける。お前たちは持ち場へ戻れ」

「……はっ！」

兵士たちは頭を下げ、そしてゆっくりと頭を上げて、執務室にぞろぞろと入っていく男たちの後ろ姿を見送った。

『偽者のおーさまー』

そう叫ぶうさぎの言葉を思い出しながら。

「ちょっと、可愛いうさぎになにをするのよ！」

手と足を縛られ、床にちょこんと座ったミイシャが頬を膨らませた。

その周りを、スルティーヤ国王（仮）と8人の従者たちが囲んでいる。

「縛った上に床に置くなんて酷いよ！　こんなにふんわりして愛らしいうさぎは、ソファの上にそっと置いてお菓子をくれるくらいの扱いをするべきだと思うよ！」

「なんて自己評価の高いうさぎなんだ……」

スルティーヤ国王（のふりしたなにか）はため息をつき、騒がしくて一見無害そうに見える黒うさぎに言った。

「うさぎ、お前はどうしてわたしが偽者などと考えたのだ？」

「なに言ってんの、バレないと思ってる方がおかしいよ！」

「なんだと？」

うさぎはけらけらと笑いながら言った。

「国民もみんな、最近の王家のメンバーの様子がおかしいと気づいてるし、ディカルダ帝国に来たルシーダ王女に至っては、髪の色が赤いってところしか同じじゃない、明らかにまったくの別人だしね！」

うさぎは鼻で笑った。

「となると、そのトップであるスルティーヤ国王になにかあったと当然考えるよね？　そう、頭の中身がおかしくなったか、身体ごと入れ替わったかって。さあ、あんたは何者なの？　なんであんな魔女をディカルダ帝国に送り込んだの？」

「あの方を魔女などと呼ぶな！」

スルティーヤ国王（の偽者）は、ぴしゃりと言った。

「魔導師の弟子だかなんだか知らないが、まったく失礼なうさぎだな！　あのお美しく強い我が主に向かって、魔女などと……」

8人の従者たちもうなずいている。

「へー、なるほどね。あんたはあの魔女の手下なんだ。魔女の命令でスルティーヤ国王に成り代わり、魔女をルシーダ王女と偽ってディカルダ帝国に送り込んだわけね」

「！」

相変わらずの魔女扱いに、怒りに身を震わせるスルティーヤ国王（もどき）。

「で、あんたは何者なの？　本物の王家の人たちはどこにいるの？　まさか、全部殺しちゃったわけじゃないよね？」

うさぎの目が、きらりと光った。

「その場合は……うさぎにも考えがあるよ……」

「ふん、愚かなうさぎめが、お前はいろいろと余計なことを考えすぎだな」

スルティーヤ国王（じゃないなにか）が、唇を歪めた。

「場合によっては命だけは助けてやろうと思ったが、そんなに」

「わかったから、ぐだぐだ言ってないで早く名前を言いなよ！」

キメのセリフを遮られ、むっとしながらスルティーヤ国王に化けた男は言った。

「わたしの名は、蛇伯爵《サー・ヒュドラ》だ」

「……蛇の獣人？」

「違うわ！　わたしは偉大な魔族の伯爵、蛇伯爵！」

「あ、なーるほど！　魔族が関わってたわけか」

ポンと手を打ちたいところだが、縛られているためにできず、残念な思いをするミイシャ。

「あの魔女も、人間じゃなくて魔族なんだ！　うん、あっという間にみんなが操られちゃったわけがわかったよ、ふーん、魔族ねー」

「……うさぎ、お前、魔族をバカにしているのか？　なんだか腹の立つ黒うさぎだな」

「気のせい気のせい。で、魔族のおねーちゃんが、なんでスルティーヤの王女に化けてディカルダ帝国にやってきたの？」

「ディカルダ帝国の皇帝を、我が主が気に入ってな、ぜひとも手に入れたいと……」

「なんだって!?　あの魔女、人の番《つがい》に手を出そうとしたわけ？　さいってーい!!!」

ミイシャが、いかにも蔑んだように吐き捨てた。

「最低女、クズの中のクズだね！　いくら魔族だからって、そこまで落ちぶれてるって酷いもんだよ、あー、本気で呆《あき》れるわ！」

「……人の番、だと？」

しかし、蛇伯爵は罵る内容と別の点が気になったらしい。

「うさぎ、お前はまさか、あの皇帝の番だと……言い張るのか？」

「そうだよ！　ディカルダ帝国皇帝エンデュガリオンは、わたしの番で、大切な旦那様だよ。わたしはガリオンの赤ちゃんを産むんだからね」

「……皇帝エンデュガリオンは、確か大変美しいトラの青年で、獰猛《どうもう》かつクールな美丈夫……ではなかったのか？」

「うん、間違ってないよ」

「歳は20代前半……だったと」

「うん」

蛇伯爵は顔色を変えた。

「なのに、お前が番だと？　うさぎの、幼女が、番？」

「ふたりはラブラブなのよー」

ミイシャはむふふと笑った。

「ディカルダ帝国皇帝エンデュガリオンは……ロリコンの変態……」

うさぎは縛られたまま、ぴょんと跳び上がった。

「ちょっとちょっと！　なにを失礼なことを言ってるの！　人の旦那様を変態扱いするとは許さないよ、この蛇野郎めが！」

怒りのあまりに足をたんたんしたかったが、縛られているために、ミイシャはその場でぴょんぴょんした。

「いや、だって、お前はまだ……」

「わたしは16歳！　お年頃！　絶賛繁殖期中のうさぎだよ！」

「……幼女ではなかったのか……」

主の思い人が変態ではないことを知り、ほっとする蛇伯爵。

「なんか……すまんな」

「すまないと思うなら、スルティーヤ王家のみんなはどこにいるのか言ってみなよ！」

「いや、王家の者たちは東の塔のてっぺんに監禁してあるが……」

うさぎは、ぴょんぴょんするのをやめた。

「……ふーん、みんな、無事なんだね……」

突然くすくす笑い出したうさぎを、気味が悪そうに見る蛇伯爵。

「うさぎ、なにがそんなにおかしいのだ？」

「ふふ……あんたが思うつぼだからさ！」

「なんだと!?」

「言質《げんち》は取ったよ、蛇伯爵。……ファイア！」

うさぎが呪文を唱えると、戒めがぼんっという音を立てて焼け落ちた。

「なんだと!?　魔法を使うとは……」

「だから、わたしは魔導師イルークレオンの一番弟子だって自己紹介したじゃん。ちなみに炎を操ってこんなこともできるんだよ」

うさぎの目が魔族よりも邪悪に赤く燃え、唇が弧を描く。

ミイシャの周りにゆらゆらと炎が揺らめき、やがて激しく振動した。

『わたしは偉大な魔族の伯爵、蛇伯爵！』

『王家の者たちは東の塔のてっぺんに監禁してある』

炎が空気を揺るがすと、先ほどの蛇伯爵の言葉が再生されたのだ！

「な、なんだと？」

「あははは、やーいやーい、これをみんなに聞かせちゃおうっと」

自由になったうさぎは笑いながら部屋を飛び出した。

「みんな、聞いて聞いてーっ、やっぱり王様は偽者だったよ！」

『わたしは偉大な魔族の伯爵、蛇伯爵！』

『王家の者たちは東の塔のてっぺんに監禁してある』

『わたしは偉大な魔族の伯爵、蛇伯爵！』

『王家の者たちは東の塔のてっぺんに監禁してある』

エンドレスで流れる、スルティーヤ国王に化けた蛇伯爵の言葉。

「なっ、この、うさぎめ！」

動揺した蛇伯爵は、下半身を蛇の姿に変えてうさぎを追いかけて捕まえようとしたが、もちろん全然捕まえることなどできず、スルティーヤの王宮中に衝撃を与えただけだった。

「なんだと、国王が偽者だと!?」

「うわあ、蛇の化け物だ！」

「東の塔へ！　王族が監禁されている！」

「早く助け出すんだ！」

ミイシャの後ろから蛇男が迫り、その後を同じく蛇に変形した8人の従者が追う。

「いたぞ！　本物の国王陛下だ！」

やがて、監禁されていた王族は無事に助け出された。

「あははは、蛇さんこちらー」

「おのれ、おのれええええーっ！」

そして、捕まりそうで捕まらないうさぎを追いかけて、蛇たちは王宮の外へと出て行き、そのまま少し離れた草原にたどり着いた。

「……蛇」

うさぎがぴたりと止まり、蛇伯爵は彼女の後ろ姿に襲いかかろうとして……できなかった。

（う、動けん！　なんだ、このうさぎ……このわたしを畏怖させるとは……）

ミイシャから距離を取った場所で、蛇伯爵と8人の従者は彼女の背中をただにらむ。

「……さあ、悪い蛇に、お仕置きの時間がやってきたよ」

黒うさぎが、ゆっくりと振り返った。

その31　本当は怖いうさぎ

「あのうさぎ、いったいなにをやってるんだ!?」

したい放題の黒うさぎを、ひとりの人物が追いかけていた。

狼男のギッツェラルドだ。

女たらしでスルティーヤ一のデートクラブ経営者である彼は、実はなかなか気のいい狼で、こんなにも迷惑ばかりかける、股間の毛の敵である黒うさぎのことすら（本人は自覚していないが）かなり親身に心配していた。

彼はミイシャが王宮の検問所で兵士たちといざこざを起こしているのを見て、彼女が納得したところで間に入って救い出してやろうと、近くの木にもたれてタイミングを見計らっていた。ところが、彼の予想に反して、黒うさぎは検問所を突破したあげく、王宮中を叫びながら駆け回るという展開を引き起こし、ギッツェラルドは口をあんぐりと開けた。

捕まって牢に放り込まれるに違いないうさぎを、さてどうやって助け出したものかと腕組みをして計画を練りつつ、狼男がなにやらざわめく王宮の建物を眺めていると、今度は奇妙な炎を身体にまとって『わたしは偉大な魔族の伯爵、蛇伯爵！』『王家の者たちは東の塔のてっぺんに監禁してある』などというとんでもない騒音をエンドレスで撒《ま》き散《ち》らしながら、黒うさぎが王宮の外へものすごいスピードで駆けていった。

のみならず、それでもう充分ギッツェラルドに激しい頭痛を起こさせる状況だというのに、その後を今度は上半身はスルティーヤ国王で下半身が蛇という化け物と、同じく蛇侍従の群れが必死の形相で追いかけていく。

さらに、かなり引き離されてはいるが、武装したスルティーヤ国の兵士たちも、わけがわからないといった表情でその後を追っていく。

「ダメだ、あの黒うさぎは、関わっちゃダメな奴だ」

そう言いながらも、気のいい狼は痛む額に手を当てつつ、非常識極まりないうさぎの後をやっぱり追いかけるのであった。

そして、当のうさぎだが。

膝丈のエプロンドレスに小さな革の靴を履いた、かなり幼女寄りの少女は、ふわふわした長い垂れ耳のついた頭をちょこんと傾げて、満足そうに追っ手の化け物蛇たちを見た。

「ここまで来れば、多少派手なことをしても迷惑はかからないと思うの。わたしはお師匠様にきちんとしつけられたうさぎだからね、気配りができるよい魔導師なの」

「ふっ、笑止！」

半分スルティーヤ国王の蛇は、鼻で笑った。

「お前ごときになにができるというのだ、小賢《こざか》しいうさぎめ！　ははっ、お前など丸呑《まるの》みにしてしまい、そのあとはわたしの姿を見た者共をまとめて始末してくれるわ」

「始末？」

「スルティーヤ国を滅ぼしてくれる……ふ……ふふ……」

そう言って不敵に笑う蛇伯爵の側に、８人の従者たちが集まり、うねうねと身体を動かしながら重なっていった。

「これがわたしの真の姿だ！」

やがて、そこには巨大な蛇の化け物が現れた。

「うわあ、なんだあれは!?」

離れたところにいたスルティーヤの兵士たちが、驚きの声をあげる。

「ヒュドラじゃないか!?　しかも、あんなにも巨大な……」

大人がひとりでは抱えきれないほどの太い蛇の頭が九つついた、塔の高さくらいある巨大な蛇の化け物の姿に、スルティーヤの人々はパニックになった。

「あんな化け物が王宮に入り込んでいたのか！」

「戦闘準備だ！　騎士団を呼べ！」

「魔法院にも連絡を、王宮を化け物が襲ってくるぞ！」

慌てふためく人々の脇では、ギッツェラルドが密《ひそ》かに変化し始めていた。

（なんとかあの場からうさぎを助け出さなければ！　あんなちびうさぎ、あっという間に蛇に丸呑みされちまうぞ）

筋肉が盛り上がり、鋭い牙が生えたギッツェラルドが、黒うさぎに向かって飛び出そうとした、その時。

（な、なんだ!?　足が、全然前に出ねえっ！）

ギッツェラルドは驚き、それが野生の本能によるものであることに気づく。

（そんなまさか……俺は……竦《すく》んでるのか？）

そう、ギッツェラルドの足を止めているのは。

恐怖であった。

そしてそれは、巨大な蛇の化け物に対するものではなく。

『ア　ノ　ウ　サ　ギ　ニ　チ　カ　ヅ　ク　ナ』

（バカな!?　ただのうさぎの魔導師……だぞ？）

しかし、ギッツェラルドの身体はやはり思い通りにならない。

彼は、蛇に対峙《たいじ》する黒うさぎを見た。

(くっそ、俺はいったいどうしちまったんだ!? それに、あのうさぎ、どうして逃げずに……笑ってる……んだ？)

ミイシャは丸くて赤い瞳を楽しそうにきらめかせて、その唇は弧を描いていた。

(うさぎなのに……あれはただのうさぎなのに……)

不可解な状況に歯ぎしりする狼男の毛は、すべて逆立っていくのであった。

「蛇、あんたはひとりでこのスルティーヤ国を滅ぼそうって言うの？ たいした自信家だね」

うさぎの言葉に、蛇伯爵は笑った。

「このわたしが直々に手を下すわけがないだろう。下賤の輩には、我が配下の者たちだけで充分だ」

蛇の周りで黒い霧が渦巻き、次々と魔物が現れた。

「ハイエルフの郷を襲っていた我が軍の魔物軍団だ」

「ええっ？ じゃあ、お師匠様のふるさとに迷惑をかけてたのもあんたなの!?」

何十、何百ときりなく現れる魔物の大群を見ながら、ミイシャは声をあげた。

「ハイエルフは我が主の計画の邪魔になるからな、追い払っておいたのだ」

「結界を管理する、デキる魔導師のお師匠様がいないから、他の人の目を盗んでディカルダ王宮に簡単に魔女が入り込んだんだね！ この蛇、めっちゃくちゃ腹立つわ……」

ミイシャは蛇を睨むと、足をたんたんと踏み鳴らした。

「あんたのせいで、ガリオンにキモいベタベタ女がくっついたんだね！　蛇、あんたは許さないよ！」

怒りを露わにしたうさぎを見て、蛇伯爵は九つの頭を震わせて笑った。

「許さなかったら、どうするつもりだ、うさぎの小娘！　このわたしと魔物の軍隊を相手に……」

「こうするんだよ」

ミイシャは両手を首の後ろに回して、チョーカーの留め具を回した。複雑にロックされた留め具をくるくると回し、あっさりと外したチョーカーをエプロンドレスのポケットにしまう。

イルークレオンが見たら「もう少し苦労して外して欲しかったのに……」と気落ちするくらいの素早さである。

こうして、魔力を抑制する魔石を外してしまったミイシャは、バカにしたような表情で彼女の行動を見ている蛇に向かって、あどけなく笑いかけた。

「……さあ、踊ろうよ……うさぎの楽しいダンスだよ……」

あどけなく可憐《かれん》な黒うさぎにしか見えないミイシャ。

なのに、蛇伯爵の背筋をイヤな予感が這《は》い上がる。

しかし彼は、それを気のせいだと思い込み、笑い飛ばした。

「はははははは、……はは……は……？」

大笑いしながら小さなうさぎを見ていた蛇が、動きを止めた。

「なんだ、あの……魔力は……」

魔族の彼の目には、うさぎの身体から噴き出す魔力が見えたのだ。

それは、ただの獣人が持つには膨大《ぼうだい》すぎる量で……いや、ハイエルフさえも……魔族さえも凌《りょう》駕《が》するほどの、莫大《ばくだい》な魔力であった。

それが、うさぎの身体から溢《あふ》れ、渦巻き、禍々しく光り。

真っ赤に燃える、うさぎの瞳。

幼い姿を突き破り溢れ出す、災いの化身としか思えない巨大な魔力の渦。

彼女は笑顔のまま、両手を上げた。

長い垂れ耳が、ピンと立ち上がった。

ミイシャはとてもとても嬉《うれ》しそうに笑い、そして叫んだ。

「フォオオオオオオオオオオオーッ、ファイアアアアアアアアアーッ！！！！！」

耳が潰れそうな爆発音が響き、巨大な炎がミイシャの身体を包んだ！

「さあ、うさぎと踊ろうよ！」

魔族よりも禍々しく、うさぎが笑った。


それは、うさぎによる一方的な殺戮《さつりく》としか言いようがなかった。

凍りついたように見守るスルティーヤの人々の目の前で、渦巻き宙を踊る炎が魔物を焼き尽くしていく。

斬っても殴っても追い払うことのできない炎に巻かれ、魔物の軍隊はなにもできずにその骨まで焼かれていく。

「あはははははは、楽しいね！　フォオオオーッ！」

叫びながら、七色に燃え盛る炎を身にまとい踊るうさぎ。

花火のように火の粉が散り、バチバチと音を立てて弾《はじ》ける。

その中を、満面の笑顔で黒いうさぎが踊る。

手足をのびのびと動かし、高く飛び上がり、宙を舞う。

黒い巻き毛が肩で踊り、愛らしい笑顔のうさぎが跳ねる。

「ファイアアアーッ！　ファイアアアアアアアアーッ！　ああっ、楽しい！　うさぎ、踊るの大好きだよ！」

そんなうさぎが噴き出す無限の炎に包まれ、苦しみもがきながら燃えていく魔物の軍隊。

彼らは声すら出せないため、うさぎの素敵な踊りの邪魔にならないのだ。

ただ、燃え、消し炭に変わり、それすらも燃やし尽くされて消えていく。

それでもうさぎは踊る。

もがきのたうつ魔物の大群などまったく気にもとめずに、楽しく、明るく、喜びに満ちたダンスを踊る。

「な……なんだ、これは……なにが起きているのだ……」

目の前で繰り広げられる惨劇に、思考がフリーズして、ただ呆然として呟くしかない蛇伯爵。

いつの間にか、炎に形作られた美しい男性がミイシャの手を取り、共にくるくると踊っている。

黒うさぎを愛する火の精霊王《サラマンダー》が、彼女のパートナーを務めるために現れたのだ。

炎を統べる偉大なる王は、人間離れした玲瓏《れいろう》たる美貌に愛《いと》おしげな笑みを浮かべ、楽しそうなミイシャを満足げにみつめて踊る。

その身体から大きく炎を噴き出しながら、黒うさぎの身体を抱きしめ、抱え上げて、くるっと回し、高く放り上げる。

ミイシャは嬉しくて仕方がないといった表情で、火の粉を撒き散らしながらくるくると空中を回転し、サラマンダーの腕に戻る。

そう、紅蓮《ぐれん》の貴公子の抱擁を受けて生きていられるのは、黒うさぎのミイシャただひとりなのだ。

『可愛いミイシャ』

『愛するうさぎ』

『ミイシャ』

『ミイシャ』

『楽しい』

『楽しい』

『わたしのうさぎ』

『愛するミイシャ』

サラマンダーの思いと共に炎が噴き上がり、ふたりの身体を包む。空高く噴き上がったそれは、魔物の群れに突っ込んで新たな犠牲者を無情に燃やす。

「あああああ、わたしの下僕たちが、我が魔物軍団が……」

身をよじって呻《うめ》き声をあげる蛇伯爵。

「うふふ、楽しい、楽しいね！」

貴公子の手を取り、コロコロと可愛らしく笑ううさぎ。

魅力的な笑顔のふたりの織り成す芸術的なダンス。それは微笑《ほほえ》ましい光景のはずなのに……ふたりのダンスの背景を飾るのは、焼けただれ、死に逝く魔物の断末魔なのだ。

「おのれ……おのれ、このうさぎめ、絶対に許さん！」

魔物軍団が壊滅し、怒りに震える蛇伯爵が吼《ほ》えた。

「皆殺しにしてや……」

「サラマンダー、あの蛇、踊りの邪魔！」

ミイシャの言葉に炎の美青年がうなずき、蛇に向かって宙を滑った。

「なんの、精霊ごときに……なに!?」

蛇は勘違いしていた。

サラマンダーが、ただの精霊だと。

火の精霊王にして、黒うさぎの無限の魔力を注ぎ込まれたサラマンダーは、みるみる巨大化すると、その紅蓮の炎でできた身体で蛇伯爵を包み込んでジュクジュクと焼き焦がし、魔族の持つ魔力でも回復できないくらいにダメージを与え始めた。

「GUAAAAAAAAAー！！！」

耳を覆いたくなるくらいの苦悶《くもん》の声をあげながら、巨大な蛇の魔物はどすんばたんと苦しみのたうち回るが、愛するうさぎとの至福のダンスを邪魔されたサラマンダーは容赦なく相手を焼き焦がす。

「うわあ……あれは酷《ひで》えな……」

「ざ、残虐すぎる！」

「あの黒うさぎ……笑ってやがる」

「踊っている！　踊っているぞ！　死に逝く蛇を見て、新しい踊りを思いついたらしい！」

「しかも……いい笑顔だ……」

「恐ろしい……なんて恐ろしいうさぎなんだ！」

熱風から身を守りつつ、うさぎの戦いを見ていたスルティーヤの人々の間に戦慄が走る。

そして、すべての者が心に誓った。

（あのうさぎに逆らってはならない！）

その32　心をえぐるうさぎ

「あ、サラマンダー、その蛇を全部は燃やさないでね。まだ使うから」

黒うさぎの指示に、サラマンダーは蛇を半焼けの状態で離した。

地面に崩れ落ちた蛇伯爵は力を振り絞って、魔力による身体の治癒を行った。

熱傷が治るにつれて魔力が尽きていく蛇から九つの蛇頭は消え去り、やがて地面にはひとりの青年だけが残された。

抜けるような白い肌に、青みがかった銀髪。

つぶった目が長いまつげに縁取られた彼は美しい青年であったが……今はすっかりすすけていた。

ぐったりと仰向けに倒れている彼の艶やかなはずの髪は、今や毛先が無残に焼け焦げ、身を包む仕立ての良さそうな服もぼろぼろだ。血の気のない顔には黒いすすがべったりと付着している。

「お疲れさまー！」

ミイシャに労《ねぎら》われた火の精霊王は、うさぎを愛おしげに見ると彼女を長い腕でぎゅうっと抱きしめた。

その広い背中を、うさぎが拳でぽかぽか叩く。

「やん、もう、サラマンダーったら！　わたしはトラのお嫁さんになるの、ぎゅうしちゃダメ！」

サラマンダーは身体を離すとうさぎの両手を握り『ぎゅうもダメなのか？』と悲しげに赤い瞳を覗き込んでいたが、やがて跪《ひざまず》くとその手に唇を押し当てて名残惜しそうな顔で異空間へと消えていった。

「……うわ……俺、燃やされなくてマジよかった！」

そう言いながら股間をさするのは、狼男のギッツェラルドだ。

彼はミイシャの実力（と、容赦なさ）を目の当たりにして、自分の男にとって大事な部分がいかに危険な状況に置かれていたかを改めて理解し、震え上がっていた。

「ありゃ、世界一押し倒しちゃなんねー生き物だったわ……」

冷や汗を拭うギッツェラルドが観察していると、うさぎは倒れた蛇伯爵を首を傾げてしばらく見てから、その左足首を掴んだ。

「あのうさぎ、なにやってんだ？　……って、おい！　おい！　おいおいおい！」

思わず突っ込みを入れながら、離れた場所にいるうさぎに向かって走り出すギッツェラルド。

「おい！　うさぎ！　止まれ！」

「あっ、ギッツだ。ギッツーッ、ギッツーッ！」

彼をみつけてぴょんこぴょんことやってくる、いい笑顔の黒いうさぎ。

「だから、止まれって言ってんだろ！」

引きつった顔で叫ぶ狼。

なんとうさぎは、蛇伯爵の足首を掴んだままスキップをして、こちらに駆けてくるのだ。

気を失った美青年の身体は、うさぎの動きに合わせて跳ね上がり、がっつん、がっこんと地面に叩きつけられている。

「うさぎ、てめーのやることは残虐すぎんだよ！　今すぐ止まれ！　今のてめーはどう見ても悪役にしか見えてねーよ！」

「え？　……可愛いうさぎが悪役？」

がーん、といった表情で立ち止まるうさぎ。

拷問のようにがっつんがっこんされていた美青年も、ようやく止まる。

「そんな……うさぎ、スルティーヤの王家のためにがんばったのに……うんとがんばったのに……うさぎ、悪い子なの？　うさぎ、スルティーヤのみんなに嫌われちゃったの？」

赤い瞳が涙でうるうるする。

「だって、うさぎ……うさぎは……」

そんなうさぎを、怯えた目で見ていたスルティーヤの人々だが。

殊勝な姿のうさぎの背後に、なにやら陽炎《かげろう》のようなものが揺らめくのを見て取って、背筋を凍らせた。

(あれはマズいやつだ！)

(うさぎをなんとかなだめろ！)

「……あ……ありがとう、黒うさぎさん！」

スルティーヤの兵士のひとりが叫んだ。

「わ、悪い蛇を、やっつけてくれて、ありがとう！」

屈強な兵士である、彼の野太い声は震えている。

ここで失敗してうさぎの機嫌を損ねたら、なにが起こるか見当がつかないからだ。

「そ、そうだぜ！　うさぎのお嬢さんのおかげで、スルティーヤは助かった！　助かったんだ！」

さらに、他の者も加わった。

「あ、ありがとうよ、うさぎさん！」

「ありがとう、うさぎさんはスルティーヤの恩人だ！」

「王家の方々も無事に保護された、これもうさぎさんのおかげだ！」

次々かかるすべての声が震えていたが、それを聞いてミイシャはにっこりと笑った。

「うさぎはいい子？」

「いい子！」

その場にいた全員が、心をひとつにした瞬間だった。

「ああよかった。じゃあ、この蛇を王様のところに持って行こうっと」

「いや待て！」

安心したうさぎが再び蛇伯爵の足首を掴んだのを見て、ギッツェラルドは叫んだ。

「その運び方はよせって！　いくら敵でもな、それは見ていて心が削られるほど酷いからな」

「えー、そうかなあ？」

こてんと首を傾げるうさぎだったが、やがて倒れた蛇に向かって呪文を唱えて、その身体を空中に浮かべた。

「これなら大丈夫かな？」

「ああ。って、そんな便利な魔法が使えんなら、最初から使えっつーの」

「えへ」

可愛らしく笑ううさぎとギッツェラルドは、後ろに蛇の身体を従えながら、塔から助け出されたスルティーヤ王家の人たちが見ている方へ向かって歩き出した。


王宮の外には、蛇とうさぎの戦いを見るために、そして状況次第ではいつでも避難できるように準備して、王家のメンバーがいた。

「あっ、あんたが本物の王様だね！」

宙に浮かんだ蛇の美青年（ただしボロボロ）を連れて、うさぎがスルティーヤ国王に駆け寄る。

「で、赤い髪のあんたが本物のルシーダ王女だ。あんな魔女よりも全然いい感じの王女様だね」

王族に向かっていきなりため口であるが、もちろん注意する者など誰もいない。

「ええと、魔導師イルークレオン殿の弟子の、ミイシャ殿、であったかな？」

国王の言葉に、まだ耳がぴんと立ったままのミイシャはうなずいた。

「そうだよ！　そして、これはうさぎの気のいい仲間、狼のギッツェラルド。スケベだけど結構いい奴だよ！」

勝手に『うさぎの気のいい仲間たち』のメンバーに加えられてしまったギッツェラルドは、普段の如才ない態度も忘れてうっかり、自国の王族に向かって「どうも」と気の置けない挨拶をしてしまったが、王家のメンバーは彼をこの得体の知れないうさぎと親しくつきあえるだけの大物だと考えていたので、なにも問題にしなかった。むしろ彼は「それはそれは、ぜひよろしくお願いしたい」などと国王に言われてしまい、目を白黒させた。

「あとね、わたしはディカルダ帝国皇帝エンデュガリオンの奥さんなの」

「ディカルダ帝国、の、皇帝の？　奥さん？　ということは、ディカルダ帝国の王妃？」

うさぎの口から出た爆弾発言で、またしても度肝を抜かれるスルティーヤ国王。口をぱくぱくさせながらうさぎを見る。

スルティーヤ王妃とその娘のルシーダ王女も、「あらまあ！」とこちらは少し嬉しげな声をあげる。

「そう。うふふ、わたしとガリオンはね、なんていうかなー、運命の出会いからもうラブラブカップルなんだよ」

照れてくねくねとあやしい動きをするあやしいうさぎ。

しかし、スルティーヤ国王は驚いてそれどころではない。

女性陣は「まああ！」とうふふ笑っているが。

「あの、トラの獣人の皇帝の？　確か、ものすごく強くて迫力のある人物だと思っていたのだが……」

彼が知っている皇帝エンデュガリオンは、眼光が鋭く攻撃力も高い、心身ともに恐ろしいほど強く、そして大変見目の整ったトラの獣人で、とてもロリっ娘《こ》黒うさぎを伴侶に選びそうもない人物だったため、スルティーヤ国王は確認してしまう。

「ガリオンはね、うさぎに優しい素敵なトラなのよ。しましまのしっぽがまた素敵なの……」

少し頬を赤らめてしまうのは、えっちなしっぽプレイを思い出したからであろう。

「ところがね……」

ほんわかムードだったうさぎの表情が、変化した。

「最近、スルティーヤのルシーダ王女を名乗る女がやってきてね、なんとわたしとガリオンの邪魔をしたあげく、わたしを変なところに飛ばして殺そうとしたのよ！」

「わたくしの名を名乗る者ですって？」

ルシーダ王女は目を見張った。

黒うさぎは頭をぶんぶん振った。

「そう！　失礼しちゃうよね！　偽のルシーダ王女様が魔法でディカルダの人の心を操っちゃって、それはもう大変だったの！　で、その手下がこの蛇だったのよ」

ミイシャが蛇伯爵を睨むと浮遊の魔法が解け、彼の身体は床に叩きつけられた。

「うぐうっ」

苦鳴を漏らして、蛇は目を覚ました。

しかし、その身体を怒った黒うさぎの革靴が踏みつける。

「暴れるんじゃないよ、蛇！」

「う、うさぎ！」

もう抵抗する魔力も体力も、そして気力も残っていない蛇伯爵は、うさぎに踏まれたまま地面に転がっている。

「蛇、あんたが散々迷惑をかけたスルティーヤ王家の人たちに、一言謝ってみる？」

蛇は踏んづけられながらも、わなわなと唇を震わせて言った。

「わたしは偉大なる蛇伯爵だ！　人間ごときに頭を」

「まあ、魔族なんてプライドばっかり高くて根性曲がった奴が多いからね、どうせ謝るわけないか」

ろくに蛇の言うことを聞かずに、黒うさぎは言った。

「だから、身体で謝罪してもらうからいいよ。わたし、さっき思ったんだけどさ」

うさぎの赤い瞳がきらりと光る。

「あんた……なかなかいい皮をしてるじゃないの……すこーし青くて、艶があってさ……」

「か……かわ……わたしの……」

わけがわからず、ただイヤな予感にかられる蛇伯爵。

「だからね、うふふ、うさぎは蛇の生皮を剥《は》いで、素敵なグッズを作ることにしました！」

「ひいいいいっ！」

思わず変な声を出してしまう蛇。

「あんたに魔力をちょっと注いであげるからさ、また頭のたくさんついた蛇になりなよ。そうしたら、うさぎが皮を剥いであげる。大丈夫、獲物の皮を剥ぐのは慣れてるからさ。肉と骨はいらないから、灰になるまで燃やして、畑の肥料にすれば無駄がないね」

ものすごく残忍なことを明るい笑顔で話すうさぎの姿に、蛇のみならず周りで話を聞いている者たちの肝も冷える。

（生きながら皮を剥ぐだと!?）

（地獄の苦しみを与えながら、焼き殺すらしい……）

（あんなに嬉しそうな笑顔で……なんて恐ろしいことを……）

（見ろ、あの魔族、恐怖のあまりに全身をがくがく震わせているぞ！　残忍な魔族のヒュドラが震えるなんて……）

「うさぎね、蛇皮のリュックが欲しいな！　ギッツにはベストが似合うと思うの。ねえ、スルティーヤの人たちも、バッグとか財布とかベルトとか、好きな物を作ってうさぎとお揃いにしない？　みんなで素敵なお揃いの蛇皮グッズを持とうよ！　仲良しって感じでよくない？　ね？」

うさぎの足の下では蛇伯爵が（このうさぎは本気で言っている脅しではなく本気でわたしの生皮を剥いでリュックとかバッグとかを作るつもりだそしてそのまま肉も骨もさっきの火の化け物を出して焼いて炙って骨まで粉々に焼き潰して畑に撒《ま》くつもりだわたしをわたしを）と完全にガクブル状態になっていた。

（どうしよう、そんなお揃い、持ちたくない……）

顔面蒼白《がんめんそうはく》になって怯える蛇の姿が、迷惑をかけられたことも忘れて哀れに見えてしまった人々は思う。

「おい、うさぎ！　そんなベスト、俺はいらねーからな」

ギッツエラルドの言葉に、勇気ある狼よ！　と、人々は思った。

「こんなに材料が怖がるとこを見ちまったら、普通の神経なら蛇皮グッズを使いたくなくなるってもんだぜ？」

「そうかなあ？」

こてんと首を傾げる黒うさぎ。

「あんなにいい皮なのに」

「悪役になりたくなければやめておけ」

「んー……」

うさぎが蛇伯爵を見ると、彼は（その通り！）と激しくうなずいた。

「うさぎさん、わたくしたちは皆、この通り無事ですから、その魔族の方も命までは取らなくても良いのでは、と思いますわ」

優しいルシーダ王女も口添えしたので、ミイシャは首を傾げた。

「そう？」

蛇伯爵は魔族の誇りなどかなぐり捨てて（ありがとう王女、いい人！）とうさぎの足の下でルシーダ王女を拝んだ。

「うーん、そこまで言うのなら、蛇皮グッズ作りはやめにしようかな。うさぎは慈悲深いんだよ。……でもね、あっさり許して仕返しを企《たくら》んだりしたら鬱陶しいし、やっぱりお仕置きが必要だから、蛇、あんたはわたしの召喚獣になりなよ」

「わたしが、召喚獣に？」

「そう。呼ばれたら出てきて、うさぎのために働くの。どう？　そうしたら蛇皮グッズは諦めるよ」

「ぜひ召喚獣にしてください！」

蛇伯爵がきっぱりと言った。

「じゃあ、あんたは今からうさぎの召喚獣だよ！」

うさぎがそう言いながら手を振ると、光の塊が蛇の首に向かって飛び、彼の首にはうさぎマークがついた。

「もう帰ってよし！」

蛇伯爵はぺこりと頭を下げると、異空間に姿を消した。

「ちょっと惜しかったけど、まあ、仕方ないね」

蛇皮のリュックを楽しみにしていたうさぎは、小さくため息をつく。

「あの……うさぎさん、よろしかったらスルティーヤの名産のレインボー・バジリスクの皮でリュックをお作りしましょうか？」

スルティーヤの王妃が言った。

「虹色のなかなか美しいリュックができますが……いかがかしら」

「ええっ、虹色のリュック!?　うわあ、それは素敵！　いいの？　そんな高級なものをうさぎにくれるの？」

王妃の言葉に、目を輝かせるうさぎ。

「ええ、もちろんですわ。ほんのお気持ちですが、助けていただいたお礼にぜひともお受け取りくださいな」

「ありがとう！　うさぎ、嬉しい！　あんた、いい人だね！」

王妃はにっこり笑った。

「恐れ入りますわ。では、お作りしたら、ディカルダ帝国にお届けいたします」

「うん、楽しみにしてるよ。ディカルダ帝国といえば、そろそろガリオンを助けに行かなくっちゃね」

スルティーヤの国王が言った。

「ディカルダ帝国とはかなりの距離があるから、馬車を用意して……」

「大丈夫、うさぎに乗って帰るから」

ミイシャは両手を天に向けて上げると、黒いしっぽをくりんと回して叫んだ。

「黒うさぎミイシャの名において、我が僕《しもべ》を召喚する！　出《い》でよ！　ブラックサンダーバニーちゃん！」

どごーん！

天からの魔通路が開き、一匹の魔物が現れた。

『うふん、なあに？　あたしをよんだわね』

そこには、馬ほどもある巨大な黒いうさぎの魔物、ブラックサンダーバニーがモッフモフにうずくまって、ミイシャを見ていたのだった。


そして。

魔界に逃げ帰った蛇伯爵は、屋敷に着くなり自分の部屋に飛び込んでベッドに潜り込み「こわい……うさぎ、こわい……」とがたがた震えて、なかなか出てこられなかったということである。

その33　ディカルダ帝国へ

（うさぎ……だよな？）

（うさぎだが……サイズがおかしいな）

　いきなり魔物を召喚する非常識なうさぎに驚いた人々だが、現れた召喚獣の姿にまた驚いた。

　前回、ディカルダ帝国の王宮で召喚したブラックサンダーバニーも、小型犬くらいはある立派な大きさのうさぎであったが、今度の黒うさぎに至っては、ミイシャくらいの人物なら2～3人は乗せられそうな巨大なうさぎなのだ。

「わーい、バニーちゃん、今日もモッフモフですっごくいい感じだね！」

　現れた召喚獣に抱きついて、ふわふわ毛並みのモフモフ感を楽しむミイシャ。にこにこ顔で頬ずりする召喚主に、ブラックサンダーバニーの方も『うふん、あたりまえじゃないの』と満更でもない表情で目を細めている。

（完全に心が通い合っている！）

（さすがは魔導師イルークレオンの弟子だ、凄腕《すごうで》の召喚獣使いなんだな）

　そして、無駄にうさぎの評価が高くなる。

「じゃあ、わたしはこの子に乗って帰るから……どうしたの、王女様？」

　ミイシャは、ルシーダ王女が両手をわきわきさせながら羨ましそうにブラックサンダーバニーを見ているのに気づいた。

「……ああっ！　さてはあんた、うさぎ好きだね!?」

「あっ、ええと、そんな……はい」

図星を突かれて頬を染めるルシーダ王女。

「なあんだ。それじゃあ、ちょっとこのうさぎに乗ってみなよ、すごく楽しいから！　ほら、こっちに来て」

ミイシャは膝を折ってうずくまるブラックサンダーバニーの上にまたがると、ルシーダ王女を手招きする。

いくらなんでも、一国の王女を召喚獣に乗せるのはまずいのでは、と思い、一同の中で一番勇気があり、意外にも常識的なギッツェラルドがうさぎに声をかけた。

「おい、王女様を乗せて大丈夫なのか？　馬に乗るのとはわけが違うぜ？」

「心配いらないよ」

すでにルシーダ王女を引っ張り上げながら、ミイシャは言った。

「ブラックサンダーバニーは魔法の生き物だからね、乗せてる人は絶対に落ちないんだ。この子は生まれたての赤ちゃんにだって安全な乗り物なんだよ」

「そ、それならいいが……」

乗り物なのか？　と首をひねるギッツェラルドの前で、ふたりを背中に乗せたブラックサンダーバニーが立ち上がった。

「まあ、ふわふわですわ！」

黒うさぎに抱きつき、全身で柔らかな毛並みを感じて、ルシーダ王女が嬉しそうに叫んだ。

「さあ、バニーちゃん、ちょっと走ってみてよ」

『んもう、しかたがないわね』などと流し目をしつつ、気のいい召喚獣はリクエストに応えて辺りを跳ね回り始めた。

「きゃあ！　うふふ」

「わーい、バニーちゃん、跳ねて跳ねてー」

「まあ、すごいわ！　うふふ、うふふふふ」

ロリロリ黒うさぎとおしとやかなルシーダ王女を乗せたブラックサンダーバニーは、乗り手たちが非常に喜ぶので、気を良くして辺りを元気に跳ね回る。

その度に、乗り手の少女たちは大喜びして、きゃあきゃあと笑い声をあげた。

『あんたたち、なかなかイケてるわね』

バニーちゃんも結構楽しんでいるようだ。

「まあ、ルシーダがあんなに楽しそうに笑って……」

普段はおとなしくて、良くできた評判の良い娘が、幼い子どもの時のように屈託なく笑い転げる姿を見たスルティーヤ王妃は、目を見張って言った。

「あの子があんな笑い方をするなんて……」

スルティーヤ国王は、妻にうなずいた。

「我らの第一子として、そして、スルティーヤの王女として、常に立派であろうと心がけ、日々自分を抑えて笑っていたのかもしれんな。知らず知らずのうちに、あの子に無理をさせていたのだろうか」

「あの子は優しい子ですからね。時々はあんな風に笑わせてあげたいものですわね」

久々に目にした娘の輝くような笑顔を見ながら、スルティーヤ国王夫妻はうなずき合うのであった。

「とても素晴らしいひと時でしたわ。ミイシャさん、ブラックサンダーバニーちゃん、ありがとうございました」

スルティーヤの者が気を利かせて持ってきた掘りたての人参をバニーに食べさせながら、ルシーダ王女はお礼を言った。

ちなみに、ミイシャもちゃっかり一本もらって、こりこりといい音を立ててかじっている。

「ふたり乗りも楽しいもんだね。また一緒に乗ろうよ。バニーちゃんも結構ノリノリだったしね」

ブラックサンダーバニーは『うふん、またのせてあげてもよくてよ』と流し目をしてみせた。バニーちゃんもかなり楽しかったらしい。

「わたしはこれで帰るけどさ、また遊びに寄らせてもらうよ。あんたたちも、ディカルダ帝国に来るといいよ。うさぎもトラも歓迎するよ」

「ありがとうございます」

ルシーダ王女が言い、国王夫妻も会釈した。

「ギッツ、あんたも商売したくなったらいつでも来なよ」

「おう」

イケメン狼は片手を上げた。

「それじゃあまたね！」

うさぎがひらりとバニーに飛び乗ると、ブラックサンダーバニーはものすごい勢いでディカルダ帝国へ向かって走り出し、スルティーヤの人たちがろくにお別れの言葉を言わないうちにあっという間に見えなくなった。

「……行っちまった。嵐のようなうさぎだったな。ひとつ確実なことは、今後全力でディカルダ帝国との友好関係を保っていく必要があるってことだ。スルティーヤを滅ぼしたくなかったら、な」

独り言のように呟《つぶや》くギッツェラルドの言葉に、スルティーヤの人々は大きくうなずくのだった。


「……ガリオン、魔女はこのうさぎが追い払ってやるからね……」

ディカルダ帝国に向かって、凄まじい勢いで疾走する黒うさぎの上で、ミイシャが呟いた。魔力を封じるチョーカーを外してあるために、魔力に溢れた彼女の長い耳はピンと立ったままで、召喚獣であるブラックサンダーバニーにも大量の魔力が流れ込んでいる。

「魔女の正体を暴いて、お仕置きしてやるんだ……番《つがい》に横恋慕して仲を引き裂こうとするなんて、クズの中のクズだからね、魔女が想像もできないような酷いお仕置きにしよう……うふふ……」

黒うさぎの背後から、どす黒い炎が渦巻く。

ギッツェラルドがいない今、うさぎの暴走を止める者はいない。

ディカルダ帝国でのストッパーであったアダンも、魔女に魔法剣を取り上げられては精神攻撃を防ぐこともできず、操られるままになっている。

「待っててね、ガリオン。うさぎ……うんとがんばるから……」

うさぎを知っている者なら口を揃えて「がんばるな！　もう全然がんばらなくていい！」と叫びたくなるような邪悪な笑いを浮かべたうさぎは、ブラックサンダーバニーを駆って、一路ディカルダ帝国王宮を目指した。

その頃、王宮では。

「エンデュガリオン、美しい男。あなたはもう、わたくしのトラよ……」

赤い巻き毛の美しい魔女は、ソファにしどけなく座るガリオンの頬を撫《な》でて笑った。

全裸に薄物一枚を羽織っただけという無防備な姿のディカルダ帝国皇帝エンデュガリオンは、いつもは生命力に溢れた輝きを見せる金の瞳から光を消していて、茫《ぼう》とした視線は魔女に向かうことはない。

「いい加減に諦めて、わたくしのところに堕《お》ちていらっしゃい。あなたの番《つがい》だったうさぎは、もうこの世から消え失《う》せて毛の一筋も残っていやしないのよ？」

ほほほ、と魔女は笑う。

しかし、彼女に金のメッシュの入った長い黒髪をさらりとかき上げられても、ガリオンはなにも反応しない。

「なにもかも忘れれば楽になれるのに。わたくし、たいそう可愛がって差し上げてよ？　綺麗なものは大好きなの。ねえ、エンデュガリオン、わたくしのものになっておしまいなさいな」

言葉に魔力を乗せて、魔女が甘く囁《ささや》く。

魔女の手のひらがガリオンの胸を滑り、引き締まった腹を撫で、そのまま下へ下ろされる。

「……まったく、強情なトラね」

彼女の唇が歪む。

いくら魔女が口説いて淫猥《いんわい》な責めを与えても、ガリオンの男性自身はぴくりとも反応しないのだ。

ミイシャが見たら、世界一の役立たなちんこである！　と力強く判定するだろう。

「あなたは綺麗だけど、趣味の悪さは天下一品ね。あんな奇妙な黒うさぎのどこがよかったのかしら」

ガリオンの唇がわずかに動き、うさぎ、と形作られた。

「わたくしの姿をあの黒うさぎに変えれば、少しは反応が良くなるかしら。でも、あんなちびっこになるなんてイヤだわ。あなたにはわたくしのこの美しい姿を愛して欲しいのよ、エンデュガリオン」

魔女の両手がガリオンの顔を包み、彼に唇を押し当てようとした時。

「そこからおどき、薄汚い魔女！」

「なっ！」

魔女が声の聞こえた方を見ると、バルコニーに巨大な黒いうさぎが着地したところであった。

「お前は黒うさぎゃあああっ！」

途中から魔女の声が変な悲鳴になったのは、その胴体にミイシャの跳び蹴りが決まったあげく、何度も革靴で蹴りつけられたからだ。

うさぎの脚は、とても強いのだ。

「ぎゃん！」

ひときわ大きく蹴られた魔女は、悲鳴をあげて部屋を端までごろごろ転がった。

「あんたの手下の蛇は、この黒うさぎがお仕置きしたよ！　今度はお前の番だ、覚悟しな！」

黒うさぎの瞳がギラリと光り、その人差し指が魔女をびしりと指差した。

その34　本気のうさぎに近寄るな

「わたしのガリオンに、もう二度と汚い手で触れないようにしてやるよ、この（ピーー）の（ピーー）な（ピーーーーー）魔女め！」

「っ！　まっ……な……！」

あまりにも酷い言われように、顔面蒼白になり、口をパクパクさせる魔女。

彼女は蛇伯爵という部下がいるくらいだから、魔族の中では高い位にいる、いわゆるエリート魔族の比較的お上品な女性だ。

なので、みかけだけはあどけなく可愛い黒うさぎの口から飛び出した、自分を責める言葉のあまりの酷さに、彼女はショックを受けていた。

うさぎにいささか偏った性教育を施した女豹のレダ姉さんは、女同士のケンカに使える破壊力抜群の罵詈雑言《ばりぞうごん》をもうさぎに叩き込んでいたのだ。

『相手の心を砕いて、そのまま戦闘不能にしてやる勢いで言うのよ。ただし、男に聞かれちゃダメ。これは大事よ。もしも聞かれたら、とんだアバズレだと思われること間違いなしだからね』

レダ姉さんの忠告を聞いてこくこくうなずいたミイシャであったが、いざ恋のお邪魔虫を前にしたら、そんなものは吹っ飛んでしまった。

ガリオンがいる前で、全力で魔女を罵ってしまう黒うさぎであったが、幸運なことに、魔女にかけられた精神を操る魔法のおかげで、彼の耳にはミイシャの可愛らしい口から飛び出した過激な言葉は入らなかった。

「さあ魔女、表に出な！　わたしは王宮内で魔法をぶっ放すような非常識なうさぎじゃないからね。それがイヤなら今すぐひれ伏して謝りなよ」

「謝ったら許すと言うの？　お人好《ひとよ》しのうさぎね」

赤毛の魔女は、蹴られたところをさすって回復魔法をかけながら立ち上がった。

しかし、ミイシャはそんな魔女を鼻で笑った。

「誰が許すなんて言ってんの？　甘ったれるんじゃないよ、わたしはひれ伏したあんたの頭をグリグリ踏みにじってやろうと思っただけだよ。それで少しは気がおさまれば、消し炭になる運命から半殺しに変えてやる可能性もちょっぴりあるけどさ」

バカにしたような上から目線で言われた魔女は顔を歪め、思わず舌打ちして「なんて根性悪なうさぎなのかしら！」と呟く。

自己中心的で残忍で、人を人とも思わない魔族に『根性悪』認定されるとは、たいしたうさぎである。

「わたくしのエンデュガリオンが、なんでお前のような品のないうさぎを番《つがい》にしたのか、見当もつかないわ」

「あんたバカだね。ガリオンはあんたみたいなおばさんのものじゃないし、うさぎが若くて可愛いから番にしたに決まってるでしょ！」

勝ち誇ったように言ううさぎに、「根性悪な上に自己評価が高いうさぎね！」と腹を立てる魔女。

「おや……あんた、もしや」

そんな魔女を見てにやりとする黒うさぎ。その笑顔も真っ黒だ。

「おばさんと言われてその反応の少なさ……さては、お師匠様と同じく長寿な種族で、本当に年寄りとみたね！　おばあさん！　あんた、おばさんじゃなくておばあさんなんだ！」

あはははと笑うピチピチの16歳であるうさぎ。

「んなっ、なにを……」

どうやら図星だったようで、魔女は顔を真っ赤にして口ごもる。

「なになに、まさかの百歳超えなの？　あんたは若作ってるけど、見映えのいい若い男に執着するお年寄りなんだね、いやだー、はっずかしー。うさぎ、ピチピチだから、そういうのわかんなーい」

相手の心の傷口に拳で塩を擦り込むようなうさぎの言葉に、わなわなと震える魔女。

「こ、この、うさぎ！　よくも……」

「残念だったね、ガリオンはまだまだ若くてかわゆいうさぎたん相手だとギンギンにはりきっちゃうけどさ、お年寄りには立たなかったんだねー、ドンマイ！　あんたはせいぜい手下の蛇にでもご奉仕してもらうといいよ。あいつもみかけよりも年寄りっぽいからさ、年寄り同士でヤっちゃえヤっちゃえーっ！」

「年寄り言うなあああああああああああーっ！」

うさぎは大笑いしながら、しっぽをくりんくりん回してお尻を振り『ヤっちゃえヤっちゃえの踊り』を踊る。

こんなに酷いことを言いながら、無邪気な幼女のように楽しそうな顔をして笑ううさぎに、憤怒《ふんど》の表情になった魔女が長い鉤爪《かぎづめ》を向けながら叫んだ。

「許さない！　お前だけは許さないわよ、最低の根性悪の黒うさぎ！　いいわ、かかってらっしゃい、全身を八つ裂きにして、ひと思いに死なせてくれと懇願するほどいたぶって殺してやる！　絶対に許さない、散々なぶって、今度こそ息の根を止めてやるわ！」

血のように赤い爪でミイシャを指差し叫ぶと、魔女はバルコニーに出てにやりと笑い、ひらりと身を翻して飛び降りた。

と、すぐに下から赤くて巨大な魔物が蝙蝠《こうもり》のような翼をはためかせて飛び上がってきた。

「わあ、あんたドラゴンだったの！」

その姿に、さすがに驚くうさぎ。

そう、魔女の正体は、ヒュドラよりももっと身体が大きく邪悪な、巨大な赤いドラゴンであった。

『ドラゴン・レディの名にかけて、黒うさぎとお前の国をすべて滅ぼしてやるわ！』

咆哮《ほうこう》をあげる、巨大なドラゴン。

途端に、彼女がディカルダ王宮の人々にかけた魔法が解ける。

「……俺は……ミイシャ？」

しどけない姿のガリオンが意識を取り戻し、髪をかき回しながらミイシャを見た。

「頭がぼんやりして……俺はいったい……」

「ガリオン！」

彼に飛びついてしがみつきたいところを、我慢する黒うさぎ。

「赤いドラゴンがスルティーヤのルシーダ王女に化けて、みんなを操っていたの！　ちょっと待っててね。うさぎがあの女を……サクッと……やってきちゃうからね……」

うさぎの目が赤く光るのを見て、息を飲むガリオン。

「なんだかよくわからないが、ミイシャ、落ち着け」

「悪いドラゴンには、うさぎのしつけが必要だからね……うふふ……」

「待て！」

これはまずい、と野生の本能で察知したガリオンは、ストッパーになる存在を探す。

「イルークレオン、イルークレオンはいないのか？　ミイシャ、待てと言っているっ！」

ふらつく身体で立ち上がった、ディカルダ帝国皇帝エンデュガリオンの叫びを背に、ブラックサンダーバニーにひらりとまたがり、うさぎが笑う。

「ガリオンはゆっくり休んでいていいよ。じゃあね、ちょっと始末してくる！」

「待てーっ！」

トラの本能が危険を告げる。

「ミイシャ、ディカルダ帝国を滅ぼすな、滅ぼすなよーっ！」

遠くの方でブラックサンダーバニーに乗って疾走するうさぎが振り向いた。

「ああんもう、わかってるわダーリン、うさぎ、そんなことしないよー」

ガリオンが不安を隠しきれず、彼に投げキッスをしながら赤い巨大ドラゴンを追いかける愛する婚約者の姿をしばらく目で追っていると、侍従であるアダンとセリューク、そしてヤギの宰相クストランが部屋に駆け込んできた。

「陛下！　ご無事ですか!?」

「ああ、今のところはな」

彼はまだぼんやりする頭を軽く振り、「着替えをくれ、ミイシャを追う」と言った。

「黒うさぎはやはり生きていたんだな！　あんな魔女ごときにやられるはずがないとは思っていたが」

セリュークに渡された服を着るガリオンに、アダンが言った。

「防御魔法がかかった黒うさぎと、魔剣を持っていた俺以外は、あのスルティーヤの王女に化けた魔女に魔法で操られていたんだ」

「魔女！　魔女だったとは！」

恐ろしさに震えるヤギ。

「たぶん、ハイエルフの魔導師をここから離したのも、あの魔女の差し金だったのだろう。で、魔女はどうしたんだ」

無言で指差すガリオンの仕草に、バルコニーに出て外を眺めたアダンが叫んだ。

「ドラゴンじゃねえかあああああああーっ！」

絶叫である。

セリュークとクストランもアダンに続いて外を見て、「うわあああああああああああああーっ！」

と叫ぶ。

ドラゴンとは、そのくらい恐ろしい存在なのである。

ミイシャの反応が非常識なのである。

「まさか、うさぎはひとりであいつと戦いに行ったのか!?　陛下！」

「そうだ」

「そうだじゃなくって、なんでそんなに落ち着いて……宰相、腰を抜かしてないで早く軍隊を！」

アダンの言葉に、ぶるぶる震えながらも部屋を飛び出すクストラン。

「陛下、うさぎ、ヤバいだろ！」

アダンの口調もヤバくなっている。

「アダン、とりあえずミイシャはディカルダ帝国は滅ぼさないと約束したから」

「違う違う違うーっ、うさぎがやられるって！　ドラゴン相手にうさぎ一匹だぞ、喰われる、つぶされる、鈎爪《かぎづめ》で一裂きされたらおしまいだろうがっ！」

血相を変えてうさぎの身を案じるアダンは、結構いい奴である。

その脇で、呼んだ部下に、王宮の魔導師をうさぎのフォローに向かわせるよう指示を出すセリュークも、結構いい奴である。

しかし、ガリオンは言う。

「おそらく、心配すべきなのはそこではない」

「じゃあどこだよ!?」

勢いよく迫るアダンに応える皇帝エンデュガリオンの顔は、恐怖で少しばかり青ざめていた。

「ミイシャのチョーカーが外れて、耳がピンと立っていた……」

「な……なに？　なん、だと？」

アダンとセリュークが、その場に凍りつく。

「だから……『災厄の種』の力が、解放されていると言っている」

「『災厄の種』の力が……」

「解放……」

3人はしばし顔を見合わせ、そして部屋から走り出した。

ミイシャの暴走を止めるために。


「おばあさん、おばあさん、あんまり張りきると身体に障りますよ！」

『こんのおおおおお、クソうさぎがあああああーっ！』

怒りにとらわれたドラゴン・レディの口調からは、お上品さはすべて抜け落ちていた。

広い場所にぽつりといるブラックサンダーバニーに乗ったミイシャに、ドラゴンは空中で旋回して向かい合い、大きく口を開けて息を吸った。

『ドラゴンブレスーーーーーッ！』

紅蓮の炎がドラゴンの口から噴き出し、ミイシャを襲う。

しかし、すでに右手を構えていたミイシャはにやりと笑い、唱えた。

「フォオオオオオオオ、ファイアーーーーーッ！」

黒うさぎの手のひらから、ドラゴンブレス以上の強烈な炎が噴き出し、凶悪なブレスをドラゴン・レディに押し返した！

『ギャアッ！』

顔面に炎を浴びてしまい、悲鳴をあげるドラゴン。

「わたしは黒うさぎのミイシャ、ハイエルフの魔導師イルークレオンの一番弟子だよ！　炎の魔法がお得意の、若くて可愛い魔導師さ！」

あはははと高笑いするその姿が、魔族よりも邪悪に見えるのは……気のせいか？

『ふ、ふん、これくらいわたくしには痛くも痒《かゆ》くもないわ！　わたくしは火山の溶岩から生まれたドラゴン・レディ、炎の申し子よ！』

そんなドラゴンを、ふふんと笑い飛ばすうさぎ。

「だけど、この上なくラブリーな黒うさぎの魔法はそれだけじゃないの。むふふふ」

『む、むふふ、ですって？』

自信満々な黒うさぎの様子に、眉をひそめるドラゴン・レディ。

「そう、黒うさぎの恐ろしさを改めて知るがいいよ」

ミイシャはそう言うと、両手を上に上げて黒いうさぎしっぽをくるんと回した。

真剣な顔で天を仰ぐうさぎの身体から、ほんのりと赤く光る魔力が立ちのぼる。そして、ミイシャの身体から立ち上がる魔力に応えるように、天からうさぎに向かって太く黒く渦巻くエネルギーラインが降りてきた。魔界から召喚獣がやってくるための通路なのだが。

「なんだ、あのバカでっかい渦は!?」

アダンが目を見張りながら言った。

身の危険を感じて、かなり離れたところから近寄ることができずにドラゴン・レディとうさぎの戦いを見ていた3人は、魔界からの通路のあまりの大きさに驚愕する。

「うさぎは、いったいどんな恐ろしい魔物を召喚するつもりなのでしょうか!?」

あまりの恐怖に、冷静なセリュークの声すら震える。

「あの魔力からすると、相当な魔物だぜ。ここにいたらまずい、陛下、もっと離れた方が……」

ブラックサンダーバニーに乗ったまま、ミイシャが呪文を唱えた。

「黒うさぎミイシャの名において、我が僕を召喚する！　出でよ！　ブラックサンダーバニーちゃんご一同！」

「なにぃ!?　またバニーちゃんだと!?」

「しかも……今回は一家ではなくご一同？」

ずっこけるアダンと唖然《あぜん》とするセリューク、そして妙に冷静に「可愛くていい召喚だな」と呟くガリオンの前で、どごがああああああああん！　と轟音を立てながら魔界からの通路を通り抜け、召喚獣が現れた。

「……なんだこりゃ」

広い草原は、手のひらサイズから馬サイズまでの、ふんわりした毛並みとつぶらな瞳のブラックサンダーバニーたちで埋め尽くされていた。

一面のモッフモフであった。

「あの黒うさぎ……いったいなにがやりたいのか……俺にはさっぱりわからない」

混乱したアダンが、口元に微笑みさえ浮かべながら言った。

「いい召喚だな」

腕を組んだガリオンが、満足そうにうなずいた。

その35　恐怖のたんたん

ドラゴンの飛んでいる場所の下を、真っ黒でふわふわな物体が埋め尽くしている。

小高いところよりうさぎの大群を見下ろしながら、アダンは言った。

「不気味なくらいに一面のうさぎだ……あの黒うさぎはバカでアホでなんにも考えていないように見せかけて、実は侮れないことはわかっているが……こいつらをどうするつもりだ？　ブラックサンダーバニーだなんて弱っちい魔物をいくら集めたって、戦闘力はたかが知れているだろうに。……もしや合体か？　合体なのか？　あのお騒がせうさぎが合体した巨大な黒うさぎに乗って戦うのか？」

アダン、落ち着け。

「あの戦いに割り込む力は、我々にはありません。ここは黒うさぎを見守るしかないですね」

淡々としているのはセリューク。

どうやら彼は追いつめられると開き直るタイプのようだ。

「なるほど、ディカルダ帝国の命運はあのうさぎにかかっているというわけか……って、うわあ、命運をかけたくねえっ！　あいつにだけはかけたくねえよっ！」

皇帝の前だということをすっかり忘れているアダンは、悲鳴のように言葉を絞り出して頭を抱えた。

「我が国はいったいどうなるんだ？　まさか、まさか……」

アダンの脳裏に『滅亡』という恐ろしい言葉が浮かび、背中を冷たい汗が伝った。

「ミイシャは大丈夫だ」

こちらは、愛の力で黒うさぎを信じる皇帝エンデュガリオン。力強いその言葉に、アダンは頭を上げた。

「そして、バニーを一匹こちらにも寄越して欲しい」

……にしても、彼には余裕がありすぎだ。

愛とは恐ろしいものである。

「陛下……一匹もらってバニーをどうすんだよ……」

「陛下……残念さに磨きがかかっていますね……」

銀ぎつねの双子は、王者の風格で落ち着き払っているかのように見えるけど限りなくあやしい、どこから見ても美形の皇帝を見て、ため息をついた。

『ほほほほほ、血迷ったわね、うさぎ！　いくら大量に現れようとも、ブラックサンダーバニーなど所詮は弱い魔物。こいつらではこのわたくしには毛筋一本ほどの傷もつけられなくてよ！』

当然のことながら、うさぎをバカにして大笑いをするドラゴン。

そんなドラゴン・レディに、巨大なバニーの上に仁王立ちになったミイシャが、腰に手を当て偉そうなポーズを作りながら言った。

「愚かなドラゴンだね。うさぎを笑う者はうさぎに泣くんだよ。一匹一匹は可愛いバニーちゃん、しかし！」

ぴしっと天を指差す。

「力を合わせれば、ドラゴンすら地に落とせるんだよ！　さあ、バニーちゃん、今こそ力を見せるんだ！」

ブラックサンダーバニーたちが、額の透明な石を一斉にうさぎの指に向けた。

「サンダー！」

『な、なに!?』

ミイシャの掛け声に合わせてきゅん、と首を傾げたすべてのブラックサンダーバニーの額の石から、白く光る稲妻が飛び出して、ミイシャの指の上に集まった。

「そうだよバニーちゃん！　さあ、力を合わせてうさぎを下に見ているバカなドラゴンに目にものを見せてやりな！」

魔力を全開にしたミイシャに呼び出されたブラックサンダーバニーが、ただのバニーであるはずがないのだ。

「なんだ、あの雷の塊みたいなやつは？」

「大変なエネルギーの集合体ですよ」

無数のブラックサンダーバニーから生み出された電撃は、強く圧縮されてまばゆい光を放っている。バチバチという不穏な音が、離れたところから見守る3人の男の耳まで届いた。

『あれはブラックサンダーバニーの雷撃？　あんなのは見たことないわ……でも……』

自分の知識にはない事態を、訝《いぶか》しがるドラゴン・レディ。

ブラックサンダーバニーたちのまん丸な黒い目が、一斉にくりんとドラゴン・レディを見た。びくっとするドラゴン。

同時に、ミイシャの指の上に集まっていた光る稲妻の玉が、ドラゴンの方へ飛んでいった。

『たかがうさぎの雷撃ごときに、このドラゴン・レディが……ええっ!?』

ぐんぐん加速する光る玉を避けようとしたドラゴンだったが、避けたはずのそれがいつまでもまとわりつき、さらに加速して追いかけてくることに気づいた。

『なにこれ、いやだ、しつこいのよ、もう！　ああっ！』

しばらく空中を飛んで避けていたが、次第にスピードを上げてくるそれを避けきれないと思ったドラゴンは、その太くたくましいしっぽで玉を叩き落とそうとして。

『ギャアアアアアアアアアアアアアアーッ！』

バリバリという辺りに響き渡る耳障りな爆音に包まれながら、ドラゴン・レディは絶叫した。

玉がしっぽに触れた途端、ドラゴンの堅い防御力などものともせずに、彼女の全身をブラックサンダーバニーの強い電撃が貫いたのだ。

『うあ……あ……』

強く痺れ、空中でよれよれになるドラゴン・レディ。

そこへ、容赦のないミイシャが炎の槍を打ち込んだ。

「ファイアーーーーーッ！」

『ギャアアアアアアアアアアアアアアーッ！』

もはやドラゴン絶叫祭りである。

「嘘《うそ》だろあのうさぎ、ドラゴンの翼をもぎ取りやがった！」

ありえない光景に、唖然とするアダン。

頑強で、なかなか傷をつけることのできないドラゴン。

炎の魔法が通じないドラゴン。

なのに、あまりにも魔力の強いうさぎが作り出した炎の槍は、もはや『炎』の概念を超えるほど凄まじかったため、ドラゴンの翼の付け根を貫き、そのまま翼全体を消し炭に変えてしまったのだ。

さすがは『災厄の種』である。

片翼を失ったドラゴンは、そのまま失速して地面に落ち、いまだに身体中をビリビリと走る電撃に動けずにいる。

『う……ぐ……』

彼女は声を出すことすらできない。

「ドラゴンを無力化したようだが……」

しかし、アダンは事態を楽観視していなかった。

今は身体を痺れさせているが、電撃が切れれば、またドラゴンは膨大な魔力を使って回復するだろう。早くとどめを刺さなければ、怒り狂ったドラゴンに反撃されることは間違いない。

いったいどうするのだろうと見守る中で、ミイシャはブラックサンダーバニーからひょいと飛び降りると、地面に横たわりものも言えずにヒクヒクするドラゴンに近寄った。

「ざまあないね、ドラゴン。でも、楽しいのはまだまだこれからだよ……」

睨み返そうとしたドラゴン・レディは、うさぎの輝く瞳を覗き込んで、戦慄が走るのを感じた。

あくまでも無邪気な振りを装ったミイシャの瞳の奥には、得体の知れない禍々しいなにかが存在しているのだ。

『お……まえ……は……』

さっきこのうさぎは蛇伯爵の名を口にしていたが、彼は……いったいどうなったのだろう？

ドラゴン・レディの胸に不安が広がる。

(でも、こんな電撃はすぐに効かなくなるわ。なにも恐れることはない、わたくしは無敵のドラゴン・レディなのだから)

そう思うのだが、なぜかこみ上げる不安を拭い去ることはできない。

そんなドラゴンの内心などまったくお構いなしで、あくまでもマイペースのうさぎはぴょんと飛び上がると、なんと大岩くらいはある巨大なドラゴン・レディの頭に飛び乗ってしまった。

「ドラゴンの魔女め、よくもわたしの大切な番《つがい》に手を出してくれたね！　わたしのガリオンに触るなんて、絶対に許さないからね、覚悟しな！」

そう言うと、ミイシャはものすごい勢いでドラゴンの頭を踏みつけ始めた。

「悪いドラゴンはこうしてくれる！」

ミイシャは強いうさぎの足で、ドラゴンの頭をたんたんたんたんたんたんたんたんたんたんとひたすら踏みつけた！

『いやあああああああああああ』

頭を強く揺さぶられて気持ちが悪くなったドラゴン・レディが悲鳴をあげる。

魔力のこもったうさぎのたんたん攻撃は、ドラゴンの頭を守る鎧《よろい》のような鱗《うろこ》すらものともせずに、ドラゴンの脳の細胞ひとつひとつにダイレクトに衝撃を与えているのだ！

これでは、いくらドラゴンでもひとたまりもない。

激痛と吐き気とめまいと、とにかくありとあらゆる不快な症状にみまわれたドラゴンは、情けない鳴き声をあげた。

『いたたたたたたたたちょっとやめてそれやめてきもちわるいしあたたたたたたたやめやめやめやめてててててててていたいいたいいたいってぼうえええええきもちわるいいいいいいい』

しかし、やめないうさぎ。

たんたんたんたんたんたんたんと、しつこく頭を踏みつける。

踏んで踏んで踏んで踏んで踏んで踏んで踏んで踏んで踏んで、そしてようやく足を止める。

『……すごく……きもちわる……い……』

激しく脳を揺すぶられて脳震盪《のうしんとう》を起こしたのだろう、ドラゴンは気分が最低最悪でとても動けない。

しかし、大事な大事なガリオンに散々悪さをされて、怒りで我を忘れた黒うさぎはまだまだ容赦しない。

「うさぎのお仕置きが、こんなもんだと思ったら大間違いさ！　さあ、悪いドラゴン、地獄を見るといい！」

ミイシャはそう言うと、周りで待機していたブラックサンダーバニーの群れに「やっておしまい！」と命令した。

『こ、これ以上いったいなにを……ええっ!?』

無抵抗なドラゴン・レディの身体に、無数のブラックサンダーバニーがぴょんぴょんと乗り始めた。柔らかなうさぎの毛がモフモフとドラゴンに群がっていく。

『い、や、やめて、それだけはやめて、こんなふわふわなうさぎが身体中にだなんて』

恐れおののくドラゴンの声など無視して、大小様々なバニーがドラゴンの身体にみっしりと乗った。

「さあ、バニーちゃんたち、思いきりたんたんしな！」

たん！

無数のうさぎが、ドラゴンをたんたんする。

ふわふわした気持ちのいい足で、黒うさぎたちがたんたんたんする。

『いやああああああああ、やめてええええええーっ！』

うさぎに踏まれる度に、ドラゴンの身体からぽふっ、ぽふっ、と魔力が抜けていく。

『ダメ、そんな風に踏まないで、そんなことをされたらわたくし、ああっ、ああああああーっ、やっ、ダメ、ああああああああああああああああーっ！』

「あはははははは、鳴け鳴け、うさぎに踏まれる快感で鳴いておかしくなるといいよ、悪いドラゴンめ！」

ドラゴン・レディの頭の上で、ミイシャは楽しそうにくるくる回って踊る。

魔力がブラックサンダーバニーに注ぎ込まれ、うさぎのたんたんはより激しくなり、ドラゴン・レディは動けない身体で身悶えた。

『ああああああーっ、あーっ、ああああああああああーーーーーーッ！』

巨大な身体を黒うさぎに埋め尽くされ、悲壮な悲鳴をあげるドラゴンを見て、あまりにも凄惨なその姿にセリュークは目を逸《そ》らす。

「む、惨《むご》すぎます……」

「なんて酷い真似《まね》を。あのうさぎは本当に容赦ないな。まさか、ドラゴンをあそこまで追いつめるだなんて、まったく信じられない！」

涙と涎を流して、のたうつドラゴンを見て、アダンは恐ろしさに震えた。

ミイシャは素敵で楽しいステップをドラゴンの頭で踏みながら言った。

「ガリオンの苦しみはこんなもんじゃなかったんだよ！　さあ、ドラゴンめ、この世のものとも思えないほどの苦しみを味わうがいい！」

「……いや、俺はここまで酷い目には遭《あ》ってないと思うが……」

思わず呟く皇帝エンデュガリオン。

ドラゴンの身体からは、どんどん魔力が抜けていく。

意識が朦朧《もうろう》としたドラゴン・レディは、自分の左腕に乗ろうとしているうさぎを見た。

まだ幼い子うさぎは、よちよちした動きでようやく腕によじ登ると、そのまんまるなおめめでドラゴン・レディを『たんたんするの』と見た。

ようやく左腕に乗れた小さなうさぎは、その柔らかな後ろ脚で小さな小さなたんたんたんをした。

まだ幼くて上手にたんたんできず、たん、た……ん、たんた、たん、とたどたどしい脚つきで、懸命にドラゴンを踏む。

そこから、ちっちゃな魔力がぽ、ぽ、と抜けた。

やがて子うさぎは、ふう、と息をついて、ドラゴン・レディの顔を見、誇らしげに目を丸くした。

『たんたんしたの』

『あああああああああああああもうダメえええええええええええええーーーっ！』

ドラゴン・レディはとうとうドラゴンの姿を保《たも》てなくなり、ばふっと音を立ててその姿が消え去った。

あとには全裸で横たわり、「いや……もう許して……」と涙を流す女性がいた。

『わるいこにはたんたんなの』

その背中で、小さなうさぎが一生懸命たんたんたんしている。

『ほら、ごめんなさいして』

「ご……ごめんなさい……」

子うさぎの脚が止まった。

幼いうさぎはドラゴン・レディの頭に近づいて、ちっちゃな前脚でぽふぽふと優しく頭を撫でた。

『ごめんなさいできていいこ』

「うっ、うううううう……うあああああああああ」

むせび泣くドラゴン・レディ。

「どう？　うさぎの恐ろしさが身にしみたでしょ？」

勝ち誇ったように言うミイシャに抵抗する気力は、もはやドラゴン・レディには残されていなかった。

その36　ドラゴン、敗北す

「さて、このドラゴンをどうしてくれようかな」

腕組みをしてドラゴン・レディを見下しながら、ミイシャは言った。

「ドラゴンの鱗は高く売れるんだよね……生きたまま剥《は》ぎ取ってから……」

「おいうさぎ、こいつをまだ痛めつけるのか!?　もうやめておけよ」

止めるのは、うさぎVSドラゴン・レディの戦いに決着がついたので、駆け寄ってきたアダンである。

「この魔族は完全に戦意を喪失しているじゃないか」

ようやく起き上がることのできたドラゴン・レディは、すっかり心を折られ、地面にうずくまってしくしく泣いていた。その頭を『いいこね』とぽふぽふ優しく撫でる、肩に乗ったブラックサンダーバニーの子。

だが、ミイシャは不服そうに口を尖《とが》らせる。

「えー、でも、わたしのガリオンに変なことしたし、わたしとガリオンの仲に割り込もうとしたし、そう簡単には……許せないよね、この魔女……うさぎ的にはね……」

うさぎの背後に渦巻く、黒い魔力。

どうやら黒うさぎの怒りはまだまだ収まらないらしい。

「だって許せないよ。この女は、こともあろうにガリオンのちん」

「ミイシャ！」

ガリオンはミイシャを抱き上げ、自らの唇でミイシャの口を塞いだ。

「ミイシャ、魔力を封印する魔石はどうした？」

「あ……これ？」

ミイシャはエプロンをごそごそ探ると、ガリオンに魔石のついたチョーカーを渡した。

そっとうさぎを下に下ろしてそれを受け取った彼は、黒うさぎの首に着けてやる。

「よく似合う。可愛いな」

首にころんと魔石を着けたうさぎに、ちゅっと口づけてから微笑みかけるトラ。

「やんもう、トラったら！　うさぎ、照れちゃう」

両手を口元に当てて、ガリオンを見上げながらあざとく可愛こぶるうさぎ。

とりあえず、黒うさぎの黒い炎が収まったので、アダンとセリュークは（陛下、グッジョブ！）と心で叫んだ。

「ミイシャ、助けてくれてありがとう。お前は可愛くて賢くて勇気のあるうさぎで、ディカルダ帝国を救った勇者だ。お前がいなかったら、ディカルダ帝国は魔族の手に落ちていただろう」

「いやーん、そんな、ガリオンったら、本当のことを！」

まあ、確かに大筋は本当のことだな……と思いつつ、アダンとセリュークもうなずいた。

「魔女に魔法をかけられていた間も、俺はお前に会いたくてたまらなかった……可愛い俺の番《つがい》、ミイシャ……」

「ガリオン……うさぎもだよ。うさぎもガリオンに会いたくて会いたくて、寂しくて死んじゃうかと思ったの……」

「ミイシャ……」

「ガリオン……」

「ちょっと待とうか！」

勇気あるアダンは、そのまま手に手を取って王宮に戻っていちゃいちゃ始めそうなふたりに待ったをかけた。

「その前に、この魔族の始末をしていってくれないか？　これ、どうすんだよ」

「うーん、そうだねー」

黒いうさぎは顎に人差し指を当て、小首を傾げた。

「今は魔力を搾り取っちゃったから無害だけど、放置して復活したらうさぎに仕返しをしようと企むかもしれないからね……鱗を回収して消し炭から畑の肥料コースかな？」

幼い少女の外見で、残酷なことを言う黒うさぎ。

「ちっちゃなバニーちゃん、そこをどきな。ドラゴンの鱗を剥いでちゃちゃちゃっと燃やしちゃうから」

『？』

ドラゴン・レディの肩に乗った子うさぎは、彼女の頭に手を当てながら首を傾げた。

しばしみつめ合う、召還獣と召還主。

「……ええっ、バニーちゃんはいやなの？　あんた、その魔女を気に入っちゃったの？」

『このひとちゃんとごめんなさいしたの』

天使のような子うさぎなのである。

「それは困ったな。でも、うさぎ心を傷つけたくないしね、わたしは気のいい黒うさぎだからね……うん、じゃあ、こうしよう。ドラゴン、あんたも蛇と同じく、わたしの召還獣になる？　そうしたらその子に免じて、命だけは助けてあげるよ」

「……なるわ」

『よかったの』

子うさぎが喜んで、ドラゴン・レディの顔を優しく撫でたので、そのふわふわ感に彼女は涙した。

「よし、それじゃあ、あんたは今からうさぎの召喚獣だよ」

黒うさぎがそう言いながら手を振ると、光の塊がドラゴン・レディの首に向かって飛び、彼女の首にはうさぎマークがついた。

「呼んだら出てきて、うさぎのために働くこと！　いいね？」

彼女はこくこくとうなずいた。

「じゃあもう帰っていいよ」

うさぎがそう言うと、ドラゴン・レディはびくびくしながら異空間に姿を消した。

「まあ、一匹ドラゴンを持っていても便利だからね。……あっ、ちっちゃなバニーちゃん！　あのドラゴンにくっついて行っちゃったよ。すっかり懐いちゃったみたいだね。バニーちゃんたち、お疲れー！　みんなよくがんばったね、いいこ！」

うさぎは、他のブラックサンダーバニーたちを元の世界に戻しながら言った。

ブラックサンダーバニーたちは『きょうはかなりいけてたね』『だいかつやく』『うさぎさいきょう』などと言いながら満足そうに異界に消えていった。

そして。

魔界に逃げ帰ったドラゴン・レディは、屋敷に着くなり自分の部屋に飛び込んでベッドに潜り込み「わたくし……もうお嫁に行けない……」としくしく泣いて、なかなか出てこられなかったという。

そして、その横ではすっかり慣れた子うさぎが小さなふわふわの前脚で彼女をぽふぽふして、傷ついた心を慰めていたとのことであった。

その37　そして、うさぎは

「ガリオーン！」

すべての片をつけると、うさぎは番《つがい》の胸に飛び込んだ。

「ねえ、うさぎ、すごくがんばったよ！」

自分の顔を見上げながら笑顔で言うミイシャに、ガリオンも優しく微笑んで言った。

「そうだな、ミイシャはよくがんばった。おかげで俺は変な女から逃げられたし、ディカルダ帝国が魔物に滅ぼされずに済んだ。これは、うさぎにご褒美をあげなければならないな」

「え？　ご褒美をくれるの？」

赤い瞳をきらめかせた黒うさぎを、ガリオンが抱き上げた。

「そうだ。まずはお風呂に入れて、身体をよく洗ってやる。耳の毛もふわふわにしてやる。美味しい採りたての人参もたくさん食べさせてやるからな……」

話しながら、ミイシャを抱き上げたガリオンはすでに王宮に向かってすたすたと歩き出している。

「ちょっ、陛下！」

「あとは任せた」

顔だけ振り向いて、アダンとセリュークに一言告げると、彼はもう振り返らない。

「……あー……丸投げか……」

肩を落とし、ため息をつくアダン。

「まあ、仕方がありませんよね、男の事情として。陛下は連日あのドラゴンの魔女に悪さをされて、耐え抜いてきたのですから」

「そうだな」

そしてふたりは『陛下はお疲れなのでお休みになられた』と皆に連絡をして、どこかでぶるぶる震えているはずのヤギの宰相を探しに行った。一緒にドラゴン・レデイの起こした事態の後始末をさせるために。


「ミイシャ様！　ご無事だったのですね！」

「あっ、マイラたん！」

ミイシャが久しぶりに自室に戻ると、そこには彼女の侍女である茶トラねこのマイラがいた。優しいねこは急に姿を消したミイシャのことを心配していたようで、ガリオンに抱えられたミイシャの顔を見るなり目に涙を浮かべて駆け寄ってきた。

「よかった……よかったですわ、ミイシャ様」

「ありがとう、マイラたん！　わたしはこの通り無事に帰ってきたよ、これからもよろしくね」

あどけない笑顔で彼女に向かって手を差し伸べる黒うさぎに近づこうとしたマイラは、ふと違和感を感じて途中で立ち止まった。

「マイラたーん、マイラたーん」

変わらぬ笑顔で侍女を呼ぶ黒うさぎ。

「……ミイシャ様、その手の高さはなんですか？」

「え？　マイラたんを抱きしめるためのうさぎの可愛い腕だよ？」

きょん、と首を傾げる黒うさぎ。

「高さが！　どう見ても違いますよね！」

そう、ミイシャの手は明らかにマイラのねこ耳の高さでわきわきしていた。

「やーん、マイラたんったら！　うさぎの真心を疑うの？」

疑わざるを得ない位置でわきわきする手を見て、両耳を押さえながらマイラは後ずさった。

「危ない危ない、油断をしてしまいましたわ」

「……風呂は沸いているか？」

身を乗り出してなんとかねこ耳に迫ろうとして腕から落ちそうになるミイシャをぐいと引き戻しながら、ガリオンは言った。

「はい、準備はできておりますので、いつでもお使いになれます。さあ、こちらへ」

「やーん、マイラたーん」

「ねこをいじめるのはよせ」

「いじめじゃなくって、愛なのー」

ガリオンの介入でほっとしながら、マイラはふたりを浴室に誘った。

「ガリオンと一緒にお風呂に入るの？」

気の利くメイドたちが着替えからなにから用意を済ませてあったので、ガリオンは準備の整った浴室にミイシャを連れて行った。

「そうだ」

彼がミイシャをとんと下ろすと、黒うさぎはうつむいてもじもじした。

「どうしよう……うさぎ、なんだか恥ずかしいよ」

普段遠慮なくちんこちんこ連呼している黒うさぎだが、彼に裸を見られるのは恥ずかしいらしい。そして、そんなミイシャにますます萌《も》えて、気持ちが盛ってしまうトラ。

「俺たちは番同士《つがい》なのだから、今さら恥ずかしがることなどない。さあ、服を脱がせてやろう、よく洗ってやると約束しただろう？」

そう言いながらも、こっそり舌舐めずりしてしまうあたりが肉食獣らしいガリオン。ミイシャのエプロンドレスの背中についたボタンを次々に外していく。そのあまりの素早さに目を身張るうさぎ。

「トラって意外と器用なんだね」

「そうだ。洗うのだってうまいぞ？」

適当なことを言って騙していく、誠に悪いトラである。そして、ミイシャを下着姿に剥いてしまうと、今度は自分の服を全部脱ぎ捨ててしまう。その真ん中に位置する逸物が非常に役立ちそうになっているのを見て「わあ」と声を漏らすうさぎの下着も剥ぎ取られる。

「やん、トラのえっち！」

「あのやけにベタつくドラゴンに触られたところを、お前が洗ってくれないか？」

その言葉で、ミイシャの表情が変わった。

「え？　あーっ、そうだ、あのドラゴンの魔女！　わたしのガリオンに散々触ったんだっけね！

わかった、この黒うさぎが全部綺麗にしてあげるからね」

ガリオンの言葉にまんまと誘導されて、洗う気満々になり、浴室に入りながら笑顔でトラを見上げる黒うさぎ。

やはり、一番腹黒い策士はトラなのかもしれない。


「ねえ、ガリオン」

石鹸《せっけん》をぶくぶくと泡立てた洗い布でせっせとガリオンの背中を擦《こす》り、魔女が触った跡を残さず綺麗にしようとする裸のうさぎは、さっきから身体に巻きついているしましまのトラしっぽも洗いながら言った。

「このしっぽを外してよ。うまく洗えないんだけど」

「……仕方がない」

渋々といった表情になって、黒うさぎにしっかりと絡みついたしっぽを外すガリオン。

彼は、ミイシャを離すとまたどこかへ行ってしまうような気がして、無意識にしっぽを絡めていたのだ。

ミイシャは外れたしっぽを掴《つか》むと、根元の方に石鹸の泡をつけてせっせと洗い出した。

その刺激で、思わず「ん……くっ」と声を漏らすガリオン。

なにしろしっぽの付け根は獣人にとっては性感帯なのだ。通常なら他人に触らせないところを、たっぷりの泡をつけた可愛い番《つがい》の手がモミモミぬるぬると揉んでくるのだ。ただでさえ大事な大砲が発射準備ＯＫになっている状態なのに、さらに刺激が加わったらさすがのクールなトラも口から喘《あえ》ぎ声など漏らしてしまう。

しかし、お色気担当の女豹、レダ姉さんにレクチャーを受けたミイシャは、知識はあったものの、そこを揉《も》まれた男性になにが起きるか、実際のところはよくわかっていなかった。

「わたし、ガリオンのトラしっぽ、大好き！　よく洗ってあげるからね」

無邪気に笑いながら、無自覚に男性の性感帯責めをする黒うさぎ。

「うっ、ん、すごく、いいな」

断りたいのに断りたくない、トラ。

指で輪を作り、しっぽを下から上へとしごき上げるように洗うミイシャ。しゅっ、しゅっ、としごかれる度に、彼の秀麗な顔は赤く紅潮し、切なげに眉根が寄せられ「あ、はあっ」と吐息が漏れる。

しかし、黒うさぎは自分が番にエロエロな刺激を与えていることに気がついていない。

「えい」

「あっ」

何日も魔女に性感帯責めをされ、ようやく可愛いうさぎに会えたガリオンは、誇り高いディカルダ帝国の皇帝にふさわしい忍耐力で今度はうさぎの性感帯責めに耐えていたのだ。

しかし、とうとう股間の大砲を自らの手でぎっちりと締め上げなければ、うさぎを孕《はら》ませるべき大事な砲撃が、単なる無駄撃ちになってしまいそうになる。

「ミ、ミイシャ」

「なーに？」

しっぽを洗う手を休め、背中からひょいと覗く頭をあざとくこてんと倒して、鼻の頭に泡をつけた黒うさぎはガリオンににこっと笑いかけた。

「もうしっぽは綺麗になったと思うのだが」

「そうかな？　うん、そうだね。えい」

最後にご丁寧にしっぽの根元から先までしゅるんとしごかれて「あーっ」と声を漏らし、息も絶え絶えなガリオンは目許《めもと》を赤くしながらうさぎを抱き込んだ。

「……俺は限界を超える男、ディカルダ帝国皇帝エンデュガリオンだ。よって、これからうさぎを洗う！　洗うまでは耐えてみせる！」

力強い宣言の意味がまったくわからずに、ミイシャはこてんと首を倒して「わーい、ありがとう！」と番《つがい》に向かって笑顔でお礼を言うのであった。

その38　うさぎとトラの大団円

「あ……ん、やんっ……ガリオン」

トラの膝の上で、石鹸にまみれてぬるぬるになったうさぎが悶える。

「そう暴れるな。膝から落ちる」

そんなうさぎの様子を、今にも舌舐めずりしそうな欲望に満ちた顔で見ながら笑うトラ。

「だって、ガリオンが変なところばかり洗うからでしょっ、あん」

真っ赤な顔をしてトラに抗議するうさぎだが、目は潤み、口は半開きなのでまったく迫力がない。

「そんなことはない。頭の先から爪先まで、まんべんなく洗っている」

そう言う彼は、現在ミイシャの長い耳を丁寧に洗っているところだ。そう、丁寧すぎるくらいに。

黒くて感じやすいうさぎの耳を泡立てた石鹸で包み、優しく揉むように洗われて、ミイシャは息も絶え絶えである。しかも、今度は耳の付け根に男の指を差し込まれて、指の腹でなんともいやらしくくちゅくちゅと根元を擦られているのだ。

トラのしっぽがミイシャの胴体に巻きつき、ぬるつく身体を支えていなければ、彼女はとっくに床に滑り落ちていただろう。

「まだ？　ねえ、ガリオン、まだ綺麗にならないの？」

喘ぎながら必死で尋ねるミイシャに、トラは牙を剥き出して笑った。

「そろそろいいか。湯をかけるぞ」

頭と身体をお湯で流されて、ほっと息をつくミイシャだったが。

「あん！」

綺麗になった耳をパクリと咥《くわ》えられて、うさぎは悲鳴をあげる。

「やあん、トラってば、おみみ噛《か》まないで！」

「噛むものか。きちんと洗えてるかを調べているだけだ」

そう言いながらトラは咥えた耳を舌でなぶり、ちゅうちゅうと音を立てて吸った。

「やっ、ダメ、やめてーっ、やん」

ガリオンに背中を向けて、膝にまたがった状態にされたミイシャは、耳をいたぶるトラから逃れようとしたが、身体にしっぽが巻きついて離れることはできない。

「うさぎをいじめないで！」

「いじめてないぞ？　ご褒美に洗ってやっているというのに、酷い誤解だな。いじめるというのは、ほら、こういうことだろう」

そう言うと、トラは耳から口を離し、両手をミイシャの膝の下に差し入れて、大きく開脚させた。

「やあああっ、トラったら、なにをするの」

両手でトラの手を掴み、膝を閉じようとするうさぎだが、男の力にはまったく敵《かな》わないので、わたわたと慌てるだけだ。

「いじめるというのはどういうことかを、わかりやすく教えているんだ」

「いいよ、教えなくていいから」

「ほらどうだ、うさぎの恥ずかしい場所がぱっくりと開いてしまったぞ？　これでいじめやすくなったからな、じっくりといたぶってやる」

「やだやだやめてーっ！　ガリオンのえっち！」

そして、ミイシャから見えない位置で黒い笑顔を浮かべながら、ガリオンは彼女の身体からしっぽをほどき、その先をぱさりぱさりと振りながら露わになったうさぎの秘所に近づけた。

「せっかくだからお前の大好きなしっぽで、身体が全部綺麗に洗えたかも調べてやろう」

「あ、ああっ、そんなところを調べちゃいやあん！」

暴かれた秘肉のスリットをちょろちょろとトラのしっぽの先で擦られて、うさぎは喘ぎ声をあげた。何度も何度もくすぐられたそこは、たまらずに蜜をこぼし始めて、ガリオンはしっぽを持ち上げてにやりと笑った。

「……おや、これは湯ではないようだ。なんだかトロトロしたものがしっぽについてきたが……どうやらしっぽでいじられて気持ちがよくなってしまったようだな？」

「やあん、トラの意地悪！」

「そうだ、意地悪だ。俺はうさぎをいじめているんだからな。わかったか？」

「わかったから、もういいから手を離して、うさぎをもてあそばないで」

恥ずかしさで真っ赤になりながら、なんとかトラの恥ずかしい責めから自由になろうとするが、ただの黒うさぎの少女が国でも有数の戦士に敵うわけがない。

「ああん、そこをそんなに擦らないでーっ！」

トロリトロリとしっぽで秘所をかき回された。そして、溢れた愛液がたっぷり絡んだしっぽがミイシャの目の前につきつけられ、滴り落ちるところを見せられる。

「こんなに濡《ぬ》らして……見てみろ、お前はいじめられているのに、身体は悦《よろこ》んでしまってこんなに恥ずかしい汁を出してぬるぬるになっているな？　俺のしっぽから糸を引いて垂れているぞ、まったくいけないうさぎだな」

「違うもん、いけないうさぎじゃないもん」

自分の出した恥ずかしい蜜が目の前で床に落ちていくところを見せられ、ねっとりとした声でトラになじられたうさぎは涙目になる。

「それじゃあぬるぬるになった恥ずかしいここのところを、もう少し擦って綺麗にしてやらないとな……」

甘ったるい声で耳元で囁きながら、獰猛な顔のトラがしっぽでうさぎの秘所をいたぶると、くちゅくちゅと責められた小さな穴からミイシャの身体に快感が走り、彼女はガリオンの膝の上で身体をがくがくと震わせた。

「あ、あ、あん」

大事な場所を飽きもせず何度も往復するしっぽで刺激され、うさぎの秘所に隠された小さな肉芽が擦られ、ぷくりと大きくなった。それを見たガリオンは、にやりと笑って人差し指の先で膨らみを弾《はじ》いた。

「あん！」

「おや、おかしいな。うさぎのここは、トラにいじめられて悦んでるぞ」

「ち、違うの、これは」

「違わないな。こんなに膨らんだこれはどういうことだ？　ここをこうやっていじくられるとどんな感じだ？」

すでにミイシャが出した蜜でぬるぬるになった粒を、ガリオンは指の腹で転がすように嬲《なぶ》った。

「やん、やめ、あん！」

トラの強い力で固定されたうさぎは、しっぽで感じやすい場所をいじられたうえに、敏感な芽をクリクリとリズミカルに刺激され、逃げたくても逃げ出せず、ただ腰をもどかしく揺らすことしかできずに、全身をもじもじと動かしながらあんあん鳴いた。

「ああ、返事ができないくらいに気持ちがいいんだな。ここから恥ずかしいトロトロが出てくるようだ。この中を洗ってやらないと、いけないうさぎはいつまでも綺麗にならないな……」

「いやあっ、しっぽを中まで入れちゃいやあん！」

ぴんと立てられたしましまのしっぽを見たミイシャは、ガリオンの腕の中でもがく。

「ほら、いい子だから暴れるな、大好きなしっぽで中までしっかりと擦って……ではなく洗ってやるからおとなしくしろ」

いやがってバタバタ動くうさぎの秘密の穴にぐりぐりとねじ込むように、濡れそぼったそこにトラの淫猥《いんわい》なしっぽの先が差し込まれた。

「ああああーっ！　奥まで来ちゃう！」

「すごいな、きついけれどこんなにぬるぬるで……」

嬉しそうに笑いながら、いたいけなうさぎに卑猥《ひわい》ないたずらをする、鬼畜なトラ。何度かしっぽを出し入れしてうさぎをあんあん言わせてから、中をじっくりと探る。

「やっ、ダメ、ガリオン、そんなところをぐりぐりしないでーっ」

身体の奥までしっぽで串刺しにされたうさぎは、はふはふ息をしながら紅潮した顔で必死に訴えた。

「あっそこは、そこは、いや、いやなの」

「……ああ、ここがいいんだな？」

「やあああん！」

秘密の場所の奥深くまで侵入を許してしまい、自由自在に動く不埒《ふらち》なしっぽに身体の中をぐちゅりぬちゅりとかき回され、さらには抜き差しされながらいいところを擦られる。

「も、ダメ、うさぎ、ダメなの、あっ、あああーっ！」

そのあまりにもいやらしく蠢《うごめ》くしっぽの刺激に耐えきれず、とうとうミイシャは身体をつっぱらせて快感の高みに押し上げられてしまった。


トラの卑猥な責めにぐったりしたうさぎを、ガリオンは遠慮なく持ち上げるとくるっと身体の向きを変えた。ミイシャは彼と向かい合って、膝の上にまたがった。その脚の間では、まだしましましっぽが恥ずかしいいたずらに勤《いそ》しんでいる。

クールなディカルダ帝国皇帝エンデュガリオンは、閨《ねや》に入るとドSで卑猥で意地悪く、さらに粘着質ないじめっ子になるようである。

イってもなおくちゅくちゅと責めてくるしっぽの刺激に、ミイシャは涙と涎を垂らしながら「あ……あ……」と微《かす》かに声を漏らし、力の入らない身体をヒクヒクさせた。

「さあ、可愛い我が番《つがい》にいいものをやらなくてはな」

ガリオンはそう言うと、うさぎの身体を軽々と持ち上げて、その胸の硬く尖った先を吸い、舌でなぶりながら、自身の楔の切っ先の上にうさぎを落とした。

「やあああああああああーっ！」

男のモノで一気に身体を貫かれたうさぎはすでにイってしまい、身体を反らして悲鳴をあげた。

「どうだミイシャ？　お前が大好きなモノでいっぱいにしてやったぞ。中がこんなにひくひくして、嬉しがっているようだな。そら、こうすると、どうだ、いいか、そら」

残忍な笑みを浮かべた凶悪なトラは、彼のモノにきゅうきゅうと絡みつくうさぎの身体を何度も持ち上げて落とした。

パン、パン、と肉のぶつかり合う音が響き、うさぎは人形のように無抵抗にトラに犯され、いたぶられた。

「あっ、あん、あん、やん」

「まだイくなよ、まだだぞ」

ガリオンは口元から牙を覗かせた獰猛な笑みを見せながら、うさぎを上下に揺すぶる。

「ダメ、うさぎ、またイく、イっちゃう」

「まだだ。まだ」

「ダメーーーーッ！」

ミイシャの手が宙を泳ぎ、触れたものをきゅっと掴んだ。

「まだだって、う、くううーッ！」

突然性感帯を責められたガリオンは、思わず喘ぎ声を漏らしてしまう。

うさぎの手が掴んだのは、トラのふたつの耳だったのだ。

ただでさえ、ミイシャの身体の中で彼自身が絞り上げられているのに、別の感じやすい場所を心の準備もなく小さな手で掴まれたトラは、こみ上げる快感をこらえることができなかった。

「まずい、あっ、くうっ、で、もう、あああーーーーッ！」

ミイシャの身体がビクンビクンと痙攣《けいれん》すると同時に、残念ながら余裕のなくなったトラも大噴火し、うさぎの中に何度も何度も情熱を送り込んだのだった。


「なぜいつも負けた気になるのだろう？　……無念だ……」

納得のいかない顔で、朦朧とした黒うさぎの身体を流してタオルで拭き、寝室のベッドへと運ぶガリオン。

どうやらトラが納得できる勝利に輝くまで、ミイシャと大人の勝負を続けたいらしい。

「ん……ガリオン、大好き……」

無敵のうさぎは譫言《うわごと》のように呟き、最愛の婚約者ににこりと笑いかけた。

「……可愛いな、俺のうさぎ」

彼もまた甘く囁き、ミイシャに口づける。

「可愛いが……次は負けないぞ」


そして、ハイエルフの郷から帰ってきたイルークレオンが「うちのうさぎを抱き殺す気ですか!?　いい加減にしないとちんこ凍らせますよ！」と、思わずお下品に叫びながら寝室に突撃するまで、トラVSうさぎの甘い戦いが繰り広げられたのであった。

数年の時が過ぎた。


ディカルダ帝国の王宮に、視察に出かけていた皇帝エンデュガリオンが戻ってきた。

「帰ったぞ、ミイシャ」

「ガリオーン！　ガリオン、ガリオン、ガリオン、ガリオン、ガリオーン！」

彼に飛びつき、くりくりと顔を擦りつけてから熱烈な口づけをするのは、この国の王妃となった黒うさぎのミイシャである。

「うさぎ、寂しかったの。ガリオンがいなくて本当に寂しかったのよ」

「ははは、ミイシャは甘えん坊だな」

涙で潤んだ赤い瞳が可愛くて、ガリオンは妻の頭を優しく撫でた。

「だって、うさぎはガリオンのことが大好きなんだもん、もう離れるのはイヤなの。愛してるわ、あ・な・た」

「俺も愛してる。可愛い俺の黒うさぎ」

甘える妻に、愛情いっぱいの瞳で微笑むガリオン。そしてふたりは抱きしめ合い、熱い口づけを交わす。側近の誰かが「はい、そこまでーっ！」と手慣れたストップをかけるまで。

クールで無表情で獰猛なトラがこんな顔を向けるのは、妻と、ふたりの間に生まれた子どもたちにだけである。

「よくがんばって留守を守ったな、ミイシャ」

「そうよ、がんばったご褒美をうんとちょうだいね」

あざとくこてんと首を倒す少女。彼女は嬉しそうに「赤ちゃんが欲しいな」とおねだりした。

そう、この数年間でガリオンとの子を産み、すっかり成熟した大人のうさぎになった彼女は、さすがに幼い少女には見えなくなったのだが……しかし、見た目はやっぱり少女である。

しかも、顔はあどけないままだというのに、ガリオンに散々愛されて身体の方が先に大人になってしまったためなのか、身長が伸び、ボン、キュッ、ボンのナイスバディになって、誠にアンバランスな美少女になっていた。黒い巻き毛は背中まで伸び、くるんくるんと豊かにカールを作っている。着ている服も、エプロンドレスを卒業して、太ももまで大きくスリットの入ったセクシーなタイトドレスだ。このスリットのおかげで足さばきがよく踊れるのだが、大胆に脚が見えるため、実は火の精霊王をかなり喜ばせているのであった。

そして、無邪気で妖艶な不思議な魅力を持った彼女は、多くの男性に思いを寄せられる羽目にもなった。

一度などは、恐れを知らないたちの悪い魔族の男に惚《ほ》れ込《こ》まれ、彼がミイシャを奪い去って我がものにしようと魔物の軍団と共に進軍してきたことまであったが、その時のミイシャの怒りようは凄まじかった。

「わたしとガリオンの仲を裂こうとするなんて、なんてバカな魔物なのかしら……バカな奴には、うさぎがお仕置きをしてやらなくっちゃね……うふふ、生きながら皮を剥いで魔界に送りつけてから、一族郎党まとめて消し炭にして、二度とうさぎに関わらないようにしつけてやろうっと……あ、消し炭になったらしつけられないね、どうしてやろうかな……」

そして、魔力を封じるチョーカーを外したミイシャは黒い笑みを浮かべて、ひとり魔物の軍団の前に立った。

観念したミイシャが自分の元に投降したのだと思った魔族の男は、その美しくも邪悪な笑顔で炎のダンスを踊り出した黒うさぎをうっとりと見ていたが、派手に炎が噴き上がる様子を見てこれはただ事ではないと気づき、やがて恐怖で顔を引きつらせることになる。

例によって、嬉々《きき》として現れた火の精霊王《サラマンダー》と魅惑的な踊りを踊る黒うさぎは、愚かな魔族と魔物軍団に対してのちに魔界で『炎の惨劇』と言い伝えられる凄惨なお仕置きを行い、皮は剥がれなかったもののボコボコにされた魔族の男はしばらくの間ベッドに潜り込み「うさぎこわい……うさぎこわい……」しか話せなくなったという。


「あ、おとうさまだ！　おとうさまー」

「おとうさまー」

「おとしゃまー」

「おとー、しゃー」

「しゃー」

ガリオンのところに、わらわらと子トラと子うさぎがやってきて、彼の背中に次々とよじ登りかじりつく。ガリオンの方も慣れたもので、背中に5人がくっつこうともびくともせずに、笑って立っている。

「おー」

「とー」

ようやく歩けるようになった、ミイシャにそっくりな黒うさぎの双子の女の子もやってきた。

ガリオンはひときわ優しい笑みを浮かべるとふたりの娘を両手で抱き上げ、長い耳に優しく口づけた。

「皆、いい子にしていたか？」

「してましたー」

「ましー」

「たー」

お父さんトラが大好きでたまらない子どもたちは、元気に答える。

「王妃様、ちょっとよろしくて？」

「あっ、テン！　どうしたの？」

再会（といっても、ほんの数日の留守なのだが）の騒ぎの中に、冷静な女性の声がした。テンの令嬢、セルリア姫だ。

のし上がる気満々のテンの貴族の意志で、皇帝エンデュガリオンの妻の座を狙っていたセルリア姫であったが、どういうわけか黒うさぎに絆されてしまい、親よりもやり手であった手腕を買われて結局父親よりも上の地位に登りつめてしまったのだ。

現在は、主に王妃の側近兼教育係として働いていて、すっかりディカルダ帝国の要人である。

皇帝の側近であるアダンとセリュークも、相変わらずエンデュガリオン皇帝の側で忙しく働き、ヤギの宰相クストランは仕事を彼らに引き継いで引退しようと、その準備を始めている。

ちなみに、優しいリスの令嬢、イリュアン姫とも仲のよい友だちになった。人とのコミュニケーション能力に長けたイリュアン姫は、その広い人脈から様々な情報を入手しており、ミイシャとセルリア姫、イリュアン姫の三人は、お茶会という名の情報交換を頻繁に行っていて、ディカルダ帝国の貴族社会の情勢はその場でほぼ把握することができていた。

セルリア姫は、今日もミイシャに教育的指導をする。

「ほら、テンって言わないの！　変な呼び癖をつけたら、公の場面で出ちゃうからダメって言ってるでしょ」

「あーん、ごめーん」

黒うさぎは首を傾げて「てへっ」と笑い、日頃から非常識な王妃を常識的にするための教育に心を砕くセルリア姫はため息をつく。

「もう、仕方がないわね。これは、今度の夜会の計画案よ。これで他国の要人は網羅してあると思うから、目を通して気になるところがあったら言ってちょうだいな」

「わあ、いつもながら仕事が早いね！」

にこにこするうさぎのふわふわな耳を指先でつんとつつくと、テンの令嬢は踵《きびす》を返した。

「それから、そろそろイルークレオン様がいらっしゃるわよ。お茶の準備を始めるわね」

「あっ、そうだったね！」

そこへ、忘れられていたハイエルフの偉大なる魔導師、イルークレオンがやってきた。

ちなみに、まだ童貞である。

「こんにちは、久しぶ……」

「おししょーさまー」

「おしょーさまー」

「おしょーしゃまー」

「しゃまー」

「まー」

ガリオンに群がっていた子トラと子うさぎたちが、一斉にイルークレオンの元に押し寄せ、その魔導師のローブによじ登り始めた。

「こらこら、なんでいつもそうなのですか！」

あっという間に子どもまみれになったイルークレオンのローブには、すでに重量軽減と強化加工の魔法がかけられている。

「イルークレオン、いいところに来た」

無表情のガリオンはハイエルフにつかつかと歩み寄ると、腕の中の娘たちをイルークレオンの腕にひょいと抱かせた。受け取る方も手慣れたもので、危なげなく幼子たちを抱く。

「ミイシャが赤ちゃんを欲しいと言うのだ」

「なっ、ミイシャ、あなたはまだ産むんですか!?」

子どもを身体中にぶら下げたハイエルフは、驚いて言った。

「だってー、うさぎは多産なんですよ、おししょーさま！　産んで産んで産みまくって、温かい家庭を作るのです」

ミイシャは、ガリオンの首に両手を回しながら言った。

「いやいや、産んで産んで産みまくって、すでに7人も……ちょっとふたりとも、話を聞きなさい」

子どもまみれの偉大なる保父……ではなく魔導師は、さっさと寝室へ引っ込もうとする皇帝夫妻を引き止めようとする。

「では、そういうことなので、子どもたちは頼んだ」

「じゃあねー、おししょーさま！」

「お待ちなさい、いくらわたしでも、もうこれ以上は子どもを持てませんよ！」

「あら、大丈夫ですよ、まだ頭の上が空いてます」

「頭の上……」

ミイシャの言葉に、情けない顔になる美形ハイエルフ。

「子どもは帽子ではありませんよ。子トラですか、子うさぎですか？」

「んー、両方かもー」

「りょ、ふたりは無理です！　どちらかに！　ミイシャ、ひとりにしてください！」

皇帝夫妻の背中に叫ぶイルークレオンは、どうやら本気で頭にもうひとり乗せるつもりらしかった。

「まったく。まあ、幸せそうなので、よしとしましょう。さて、今日はなにをして遊びましょうか？」

独身、童貞のイルークレオンは、子どもたちににっこりと笑いかけて言った。

金髪碧眼の輝く美貌を持つ偉大な魔導師だというのに、もはや孫たちを可愛がるおじいちゃんにしか見えないのが不思議である。

「そうだ、お外で雪を降らせて、みんなで雪遊びをしましょう。氷のドラゴンも飛ばしますよー」

「わーい」

「わーい」

「わーい」

大喜びの子どもたちを身体に7人まとったハイエルフは、魔法の無駄遣いをするために王宮の庭へと向かうのであった。


「うふふ、ガリオン、だーい好き！」

夫婦の寝室に入った途端、ガリオンにべったりと張りついて甘えるうさぎ。

「お師匠様がいるから、今日はずっとうさぎを可愛がっていてね？」

言われなくてもそうする、と、ディカルダ帝国皇帝エンデュガリオンは妻を固く抱きしめた。

「留守中に、なにもなかったか？　また妙な男に言い寄られたりしていないか？」

ガリオンは、日ごとに魅力が増していく妻の赤い瞳を覗き込みながら尋ねた。彼との愛の日々を重ねたせいで、女性の魅力がすっかり花開いてしまった妻は、無差別に男性の心を掴んでしまい、それをせっせと蹴散らすのもガリオンの大切な務めなのであった。

「大丈夫だったよ。もしもそんなことがあっても、うさぎはすぐに消し炭にしちゃうから」

相変わらず物騒な考え方のうさぎ。そして、実行するだけの力を持ち合わせているのがなお物騒である。

「わたしが好きなのは、ガリオンだけ。愛してるのは、大事な大事な番《つがい》のガリオンだけだよ。他の男なんてどうでもいいの。わたしはガリオンと温かい家庭を作ってずうっと一緒に暮らしていければ、他にはなにもいらないのよ」

「ミイシャ……」

トラは、うっとりした目で自分をみつめてくる愛《いと》しい番《つがい》をぎゅうっと抱きしめた。なにしろ歳を重ねたガリオンの方も男盛りの魅力に満ち溢れ、どんな女性も心を惹《ひ》かれてしまう美丈夫なのだ。そんな夫に、もちろんうさぎは首ったけで、側にいるといまだにときめいてしまうのだ。

「ミイシャ、可愛い、愛してる。お前は一生、俺だけの番、俺だけのうさぎだ」

軽く口づけながらトラが愛を囁くと、黒うさぎは赤い瞳をきらめかせて嬉しそうに笑った。

「うん、わたしは一生、ガリオンのもの。ガリオンだけの、黒いおみみのうさぎなの」

そしてふたりは、今日も仲良くベッドに倒れ込むのであった。

FIN.

おまけ話

「ガリオーン！　ガリオン、ガリオン、ガリオン、ガリオーン！」

　ある日の午後、いつものようにディカルダ帝国皇帝エンデュガリオンが、側近のアダンとセリューク、そして宰相のクストランと執務に励んでいると、王宮の廊下に女の子の声が響き渡った。途端に、ガリオンの顔が輝き、セリュークとアダンが迷惑げな顔を見合わせ、クストランが恐怖にブルブルと震える。

「ミイシャだな……今日も可愛い……」

　婚約者のミイシャとは毎晩ラブラブな時間をすごしているというのに、彼はまだ足りないらしい。ガリオンのしましまトラしっぽが激しく振られて、近くの壁をびしりと叩いた。

「まったく騒がしいうさぎだな！　なんで魔力で声を増幅させながら来るんだ」

「いえ、音もたてずに来られたら、そっちの方がやっかいですからね」

「……まあ、それもそうだな」

　銀ぎつねの剣士アダンは、双子の弟のセリュークが冷静に言った言葉に納得する。

「心の準備もなく、いきなり執務室のドアをバーンと開けられても……」

　執務室のドアが、バーンと開けられた。

「ガリオン！　会いたかったよ！」

　いや、今朝も会ってるだろう、と皆が心の中で突っ込む。

「……あれ？　ガリオン、『俺も会いたかった』って言ってくれないの？」

ガリオンの返事がなかったため、黒うさぎのミイシャが揃えた握り拳を口元に当て、きゅんと首をかしげた。

「冷たくしちゃいやん、うさぎ、寂しくなっちゃうの」

「……ミイシャ、その格好は……？」

赤いおめめをうるうるさせて、寂しいうさぎを表現していたミイシャは、ガリオンの声にぽんと手を打って言った。

「あっ、そうだった！　この格好を見せに来たんだったよ！　やだ、うさぎったら、愛するトラの顔を見たら嬉しくなって忘れちゃってたの。ねえガリオン、可愛い？　うさぎ、可愛い？」

ミイシャはてへっと笑って、その場でくるくると数回回り自分の姿を３６０度ガリオンに見せてから、顎にちょんと人差し指を添えてあざとくも可愛らしいポーズをとった。

「これはうさぎとトラの結婚式のドレスなのよ！」

ミイシャが身につけているのは、膝丈の真っ白なウェディングドレスであった。フリルとレースとパールがたっぷりとついているそれは、軽い布地でできているためミイシャの動きを妨げず、彼女が動くと揺れて光ってとても華やかだ。そして、その下には丈が短く、こちらもふんだんにフリルがついた可愛いドロワーズと、白いガーターストッキングを履いている。ガーターベルトがちらりと見える様子が、可愛いデザインの中でちょっと色っぽい。そして、足下にはぴかぴかに磨かれた真っ白な靴。

ミイシャの黒い巻き毛は後ろに結い上げられて、ふわふわの黒いうさぎの耳の間にはパールとダイヤモンドが光る小さなティアラがちょこんと乗っている。

「ねえ、ガリオンったら、なんとか言ってよ！　今日はできあがったドレスを試着して、本番通りに髪もセットしたんだよ。こんなに可愛いうさぎの姿を、結婚式の日にいきなり見せられたら、トラが動揺して暴れ出してしまうんじゃないかって心配になったの。だから、あらかじめ見ておいてもらおうと思って。どう？　ガリオンのお嫁さんの晴れ姿よ。きゃ、お嫁さんだなんて、うさぎ、恥ずかしくなっちゃう、いやーんもう！」

頬を染めてくねくねするミイシャを見て（あざとい……）とげんなりする側近と宰相。しかし、ガリオンはそうは思わなかったようだ。

「そ……そうだな」

若干目の周りを赤く染め、ハアハアと荒い息をしながらガリオンが言った。

「か、可愛すぎるな、確かに可愛すぎる。大きな雄叫びをあげながら暴れ回って、その辺をところ構わず破壊してしまいたいくらいに可愛いし、そのままお前を抱き上げてどこか遠いところに連れ去って、誰にも見られない場所に隠したくなる……」

「陛下、落ち着け！」

エンデュガリオン皇帝陛下が発言通りに実行しかねないと思ったアダンが、表情を変えてふたりの間に入り、ガリオンの視線を遮った。

「アダン、邪魔だ！」

「いいから落ち着いて深呼吸だ、気持ちをしっかり持ってくれディカルダ帝国エンデュガリオン皇帝陛下！　黒うさぎと結婚して、国民に祝福されて、ふたりは幸せな夫婦になるんだろう!?　一時の激情に駆られてうさぎを監禁してどうする、キレたうさぎの踊りでディカルダは焼け野原だ！

そんなことでは黒うさぎを幸せにできん！　そうだろう？」

皇帝を監禁ヤンデレにしないように、そしてディカルダ帝国を焦土にしないために、必死で説得するアダン。

「……ミイシャを幸せに……」

「ディカルダ帝国公認で好きなだけいちゃいちゃできるぞ。世継ぎ作りに精を出しても、褒められこそすれ、文句を言う者はいないしな」

「そ……そうだな。それもそうだ。俺たちを引き裂く者など誰もいないのだからな」

変なオーラがめらめら燃えていたガリオンはそう呟き、そのまま正気に戻ったようである。

「そうだ、俺とミイシャは皆に祝福されながら結婚式を挙げる！　その日を楽しみに待とう」

セリュークとクストランは心の中で（アダン、グッジョブ！）と親指を立てた。そして、帝国の救世主アダンはそっと額の汗を拭った。

「あのね、ガリオン。今日は見るだけなのよ。真っ白な花嫁衣装を着た可愛いうさぎの奥さんは、もうすぐガリオンのものになるんだから、今は我慢してね」

ミイシャはこてんと首を傾けて笑った。

「そしてうさぎは、ガリオンの色に染めてもらうのよ……」

むふふと笑ううさぎ。

この黒うさぎ、お腹まで真っ黒なのにこれ以上染まることができるのか、と三人は思った。

「そうか！　俺色に染まるのか！　よし、染めてやる、今すぐ染めて……」

「ぐあっ！」

油断していたアダンが、ガリオンの腕で払いのけられて部屋の隅まで飛ばされた。このトラは戦闘能力が非常に高いのだ。

「あっ、ダメよガリオン」

「ミイシャ！」

可愛い婚約者を抱きしめようとしてミイシャに近づいたトラは。

「ぐああああああああ！」

バリバリと凄まじい音が響き、電撃に全身を貫かれたトラが弾け飛んだ。

「いやあん、ガリオン！」

「陛下!?」

慌てて駆け寄るセリューク。宰相のヤギは、ソファの陰に隠れてブルブル震えている。相変わらず自分だけが助かろうとする、卑怯なヤギである。

「くっ！　今のは……」

幸いトラは丈夫な獣人であったので、激しい電撃でダメージを食らったものの、セリュークに支えられてなんとか立ち上がることができた。

「もう、だからダメだって言ったのに」

腰に手を当てて、ミイシャが言った。

「お師匠様がね、『いくらうちの弟子が可愛いからといって、昼間っから不埒なことをして国政をないがしろにするような人物には、我が弟子を嫁にやるつもりはありません』って言って、結界を張ったのよ。大丈夫？」

「……あの腹黒ハイエルフめ、絶妙な強さのトラップを仕掛けてくるな」

ガリオンは怒りでグルグル言いながら、まだくらくらする頭を振った。弟子バカのハイエルフ、偉大なる魔導師イルークレオンは、婚約が確定したのにまだガリオンに対する意地悪な気持ちを捨てきれないようだ。

「じゃあね、ガリオン。お仕事がんばってね。……うさぎ、今夜もトラを待ってるから。きゃん」

恥ずかしがって顔を隠すというあざとすぎる仕草をしながら、見た目も声も可愛いが世界を滅ぼしかねない力を持つ『災厄の種』、黒うさぎのミイシャが部屋を出て行った。

「……ふっ。可愛いうさぎめ。今夜は覚悟をしておけよ」

ご機嫌のトラは、鼻息荒くしっぽを振り、猛然と仕事を片付け始めた。もちろん、愛する婚約者と心置きなくラブラブな夜を過ごすためだ。

そんなディカルダ帝国皇帝エンデュガリオンを、三人は生温かい目で見守り、今日も災厄は回避されたと胸を撫で下ろすのであった。


「ねえ、ガリオーン」

「どうした、ミイシャ」

「ウエディングドレスはどうだった？　気に入ってもらえた？」

「もちろんだ、お前はなにを着ても最高に似合う可愛いうさぎだからな。しかし、一番可愛いのは……なにも着ていないこの姿だ」

目を爛々と光らせ舌舐めずりする美しい猛獣に、今夜もうさぎは食われるのであった。

あとがき

こんにちは、葉月クロルです。この本をお手にとってくださいまして、ありがとうございます。

これは、２０１６年の夏にＷｅｂで連載していたお話にかなり加筆したものです。

このお話を読まれた方は、ヒロインや話の流れがあまりにもＴＬらしくなくて驚かれたかと思います。ＴＬや乙女系の小説って『純真なヒロインとイケメンのやや強引なヒーローがいちゃいちゃしながら困難を乗り越えて恋愛を成就させる』話が多いと思うんですよね。ヒロインのピンチをヒーローが助けに来てラブラブに盛り上がって。うん、イケメン最強。イケメン無敵。

けれど、このお話は一言で言うと『うさぎ無双』です。ヒロインが無敵なのです。立ちはだかる困難は乗り越えずに破壊して進みます。そして、純真なはずのヒロインが、おみみも黒ければお腹も真っ黒のあざというさぎです。まあ、タイトルのあざとさからわかっちゃいますけどね！

でもこの黒うさぎはあざといだけではありません。寂しいと死んでしまううさぎは、この人こそが自分の番《つがい》いだと感じたなら、ひたすら愛しい彼への思いを貫きます。あざとく可愛く立ち回り、邪魔者は赤い瞳を禍々しく光らせて蹴散らします。そして、そんなうさぎに関わる人々は、キラキラおめめでまっすぐ前を見るうさぎにうっかり絆《ほだ》され、ふわふわしたおみみを撫でてしまうのです。

このお話を読んでくださった方が、しばし現実を忘れて黒うさぎの無双を楽しんで、明るい気持ちになっていただけたなら嬉しいです。そう、女の子は無敵なのです！

葉月クロル

ディアノベルス

黒いおみみのうさぎなの

2017年 3月27日 初版第1刷 発行

❖著　　者　葉月クロル
❖イラスト　椎名咲月
❖編　　集　株式会社エースクリエイター

本書は「ムーンライトノベルズ」（http://mnlt.syosetu.com/）に掲載されたものを、改稿の上、書籍化しました。
「ムーンライトノベルズ」は、「株式会社ナイトランタン」の登録商標です。

発行人：久保田裕
発行元：株式会社パラダイム
〒166-0011
東京都杉並区梅里2-40-19
ワールドビル202
TEL 03-5306-6921

印 刷 所：中央精版印刷株式会社

DN005

宇佐美月明
Tsukita Usami
イラスト 壱也
Ichiya
実の妹に婚約者を奪われた侯爵令嬢のレオノーラは、
妹の婚約者だったアルウィンと代わりに結婚をすることに。
彼の中に妹への想いが残っていると感じた彼女は、
それぞれの未来を守る為、
アルウィンのもとを去る決意をする。
「愛していただけなのに…こんなわたし、
貴方に見せたくない」
聡明で美しい侯爵令嬢と
本心を明かせない公爵子息の
ドラマチックラブストーリー第一弾!!
二〇一七年四月頃発行予定
頬にサヨナラのキスを1

それは団長《だんちょう》、あなたです。
1
ちろりん
Chirorin
イラスト KRN
真面目さが取り柄の堅物役人リンジーは、
優しくて皆に頼られる、騎士団長ユーリに、
密かに憧れを抱いていた。
かげながら頑張っているといつも励ましてくれる彼。
自分に自信のないリンジーは
素直になれずにいたのだが……。
「……私は恋愛とか、不得手ですから」
素直になれない努力家レディと
包容力のあるスーパー騎士団長の
優しい優しいラブストーリー、開幕!!
好評発売中！